SORCEROUS STABBER
ORPHEN

魔術士オーフェンはぐれ旅

Season 4 : The Episode 2

解放者の戦場

秋田禎信
YOSHINOBU AKITA

ューサイト跡地
浅 海
原大陸全図

Sorcerous Sta
シマス進
開拓村へ
物資を供給
騎士団基地
キルスタンウッズ
資材輸送基地
開拓方向
スウェーデンボリー
魔法学院
発送基地
ローグタウン
カーロッタ村
ラポワント市
黒の森
アキュミレイション・ポイント
希望街道
（現在封鎖）
上座区
市街地
大統領邸
港区
岬の牙
工業区

登場人物紹介

ついに始まった原大陸での戦い。

複雑に絡みあう登場人物の関係性を、相関図を用いて紹介。

前巻までのあらすじ

妹であるベイジットを追い、マヨールは再び原大陸のオーフェンの元を訪れた。

しかし、《ヴァンパイア》の突然の襲撃の前に《戦術騎士団》は崩壊。オーフェンは市議会に拘束され、校長としての立場を失ってしまう。

残されたマヨールは《キエサルヒマ魔術士同盟》を離れ、イシリーンと二人、自らの目的を果たすための旅を始める。

キエサルヒマ魔術士同盟

マヨール・マクレディ

オーフェンの旧友であるフォルテとティッシの息子。キエサルヒマ大陸有数の魔術士養成所《牙の塔》で育った魔術士。妹のベイジットを追い、原大陸の各地を放浪している。

イザベラ・スイートハート

《牙の塔》の女教師。マヨールと同行して原大陸を訪れるも、離反される。

師
弟子
婚約者
兄妹
弟子

ベイジット・パッキンガム

マヨールの妹で《牙の塔》の魔術士。《ヴァンパイア》の力に憧れて原大陸を旅している。

イシリーン

マヨールの婚約者であり、《牙の塔》イザベラ教室の生徒。

対立

反魔術士勢力

シマス

巨人化が進行し、騎士団をたった一体で壊滅に追い込んだ《ヴァンパイア》。

上司
部下

カーロッタ・マウセン

元《死の教師》。《カーロッタ派》を形成する《ヴァンパイア》たちの首領。

戦術騎士団

オーフェン・フィンランディ

《魔王》と呼ばれる魔術士。神人種族への対抗手段である《魔王術》を開発し、《戦術騎士団》の長と《スウェーデンボリー魔術学校》校長を兼任していた。

クリーオウ・フィンランディ

オーフェンの妻。かつては《ドラゴン種族》とも交流があった。

妻　夫

娘たち

三姉妹

ラチェット

三女。魔術学校に通う生徒。同級生のサイアン、ヒヨラと共にあらゆる悪戯を行う。

エッジ

次女。《戦術騎士団》の一員であり、ラッツベインとの同調により特殊な魔術を使用する。

ラッツベイン

長女。《魔王術》に長けており、《開拓公社》を経て《戦術騎士団》の一員となる。

上司　部下

クレイリー・ベルム

オーフェンの腹心。現在は拘束されたオーフェンに代わり校長を務めている。

師　旧友

エド・サンクタム

かつてコルゴンと名乗っていた元暗殺者。現在は《戦術騎士団》の隊長。

弟子

弟子　師

マジク・リン

魔術技能の高さと経歴から《ブラディ・バース》《魔王の弟子》と呼ばれる。

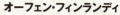

SORCEROUS STABBER
ORPHEN

CONTENTS

解放者の戦場

1

世界の条理が個人の感覚に結びつき、操作を受け付ける状態。

これが魔術と呼ばれる能力である。

魔術士は魔力と呼ばれる特殊な感性で現象を掴《つか》み、構成し直すことで望みのものに造り替える。なにもない状態から燃料も必要とせず熱を起こせるし、空間や時間を操作することもでき、実在しない現象をも創造できる（精神、と呼ばれる）。

これはかつてドラゴン種族によって見出《みいだ》され、世界の破局を招いた。

世界を司《つかさど》る原理とドラゴン種族が直結して魔術が生まれたが、その表裏一体の不可避として、世界そのものの擬人化をもたらしたのだ。それは神のような力を持ち、神を名乗り、神のように振る舞った。つまり世界の終局を宣言した。神人種族である。

数百年に亘《わた》る抵抗の後、ドラゴン種族は滅んだが、神人種族の活動は停《と》まらなかった。神人にとって本来の宿敵は別にあったのだ。神話にもある巨人種族——つまりは人間種族だった。

人間種族はそのことを知らないままドラゴン種族との関わりから魔術の能力を得て、

魔術士を生んだ。

そして一方で、本質的な強大な力も持っていた。

巨人種族は神人種族と対になる存在だった。神人種族が世界を無限可能性の無に帰すのと同レベルで、巨人種族は全不可能性の無に固着させる。

巨人種族は巨人化、ヴァンパイアライズと呼ばれる現象でそれを為す。人体が無尽蔵に強大化して、最終的には完全物質と化す巨人種族の能力だ。

双方の破滅に対抗する手段が魔王術だった。ドラゴン種族の聖域で操作した魔王召喚機、世界図塔の経験を経て魔王オーフェン・フィンランディが編み出した（ということになっている）秘技で、世界の事象のみならず根本まで改編する。この秘術でオーフェン・フィンランディは神人種族デグラジウスを消し去り、封じた。また神人種族との接触により原大陸で頻発するようになったヴァンパイア化を、手に負えなくなる前にその人間ごと抹殺してきた。戦術騎士団の魔術戦士は秘密裏に魔王術を修得し、殺人も破壊も厭《いと》わずその役目を負ってきた。

主に元キムラック教徒の間にはいまだに魔術士排斥へのこだわりがあり、また開拓に希望を抱いて海を渡ったにもかかわらず、いまだに権益のほとんどを資本家に牛耳られていることへの不満から、現体制の打倒を求めて組織を作っている。主に死の教主、カーロッタ・マウセンが旗手となり、自由革命闘士と戦術騎士団との抗争は続いてきた。

自由革命闘士はヴァンパイアライズを武器にしてきた。それは魔術への最も有力な対抗策だったからだ。

これについては議会も認識していた。秘匿されていたのはヴァンパイアライズが行き着けば世界を崩壊させるほどの危機になることと、同様の危険性を持つ魔王術の存在だ。抗争は十数年と続いてきたが、先日ついに、革命側が本気の攻勢に出た。対処を読み誤ったオーフェン・フィンランディは騎士団の半数を失う致命的なミスを犯し、自らすべての職責を手放し、出頭……現在にいたる。

「というわけだ。何回説明させる?」

オーフェンは両腕を頭の後ろに回し、椅子の背を反らしながら天井を見上げていた。供述も数度目になればほとんど諳《そら》んじて、別の考えごと混じりにこなせる。身柄を拘束され、恐らくこのままなら間違いなく自分が有罪になるであろう状況で、彼がぼんやり思い浮かべていたのは家族のことでも、原大陸の行く末のことでもなかった――

(ここはいつ頃建てられたんだったかな)

窓もない、奥まった会議室。

しかめ面の男たちと向き合い、テーブルを挟んでぼそぼそと話を続けているこの場所は行政ビルのひとつで、特に秘されているわけでもないが恐らく一般的には役所の管理下にある建物とは認識されていない。オーフェンは今朝からこの部屋に詰めていた。

拘束後、一日と少しが経過した。つまりは騎士団基地の壊滅後からそれだけが経《た》ったということだ。

まだ監獄に入れられたわけではない。

拘置されているのは派遣警察隊の管理する拘置所だ。派遣警察隊が逮捕したわけでもなく、オーフェンの身柄を預かるのは大統領の指揮下にある軍警察だった。戦術騎士団の司令としての責任を裁くためだろうが、非魔術士によるコントロールを前提とした戦術騎士団の裁判は、非公開では済ませられない。裁判の前には市議会への召致が避けられなかった。

手錠や足かせをされているわけでもない。が、隣室には武装した兵士が待機している。ビルには他に誰もおらず、静まりかえっている。

テーブルに差し向かいの議員の返答を待ちながら、オーフェンはなんとはなしに数を数えていた。十、二十を数えた頃に、勘定に追随するように別の音が混じりだしたのに気づいた。カタカタと、机が鳴っている。議員がテーブルに押しつけている肘が震えている。

家具の脚を鳴らすほどの震えではないし、下は厚い絨毯《じゅうたん》だ。聞こえるはずもない音が耳に入ったことに、オーフェンは少々驚いた。自分とて、思ったよりは神経質になっている、ということだろう。

「二週間後の公聴会ではこの内容が公開される……それがどういうことか、分かっているのか、君は」

議員はようやく、声を絞り出した。

オーフェンは顔を下げ、姿勢を正して向き合った。

「俺が分かっていないとでも？」

だん、と激しく、議員はテーブルを叩《たた》いた。

「ようやく、ようやく安定し始めたんだ！　我々の社会は！　それが、また全部吹っ飛びかねないんだぞ！　反魔術士団体は息を吹き返すだろう。昔の混乱が再来する。これほどの秘密を共有していたか見過ごしていたか、どちらにせよ議会は信用を失う。開拓村が一斉に反乱すれば都市部は人口を賄えない。キエサルヒマも混乱を見逃さない――」

本当に、そんなことを誰が分かっていないと思うんだ？

だが議員とて他人から聞かされれば同じことを思うだろう。それでもまくし立てずにいられないのだ。破滅を前にして、意味がなくとも泣かずにいられないように。

ゆっくりと手で制止して、オーフェンは口を挟んだ。

「そのキエサルヒマを俺が追われた理由を忘れたか？」

「………」

相手がゆっくりを息を吸って気を落ち着かせるのを見届ける。

原大陸を支配する魔王が戦術騎士団を壊滅させるという歴史にも残る大失態を追及するため、市議会はこの男を代表として送り込んだ。元アーバンラマ資本家の若手だが、開拓期の働きで元キムラック教徒らの社会にも通じ、本来なら血相を変えてこの役を負いたかったであろうカーロッタ派の議員連を抑えて選ばれるのだから相当にリスクも背負っている。また、有能さも物語っている。

損な役回りだ。魔王オーフェンへの追及が甘ければカーロッタ派に公然と反発されるのみならず、魔術士を不当に擁護する者として自由革命闘士らに命を狙われることにもなる。だが戦術騎士団を糾弾するなら資本家たちもセットになる。仲間のうち幾人か、犠牲の人選をする役目ということだ。どちらにせよ良い目はなく、しくじれば捨て駒だろう。

だからこの男の憤りも嘆きも理解できる。破滅の道中の道連れだ。

ともあれいったん怒りを吐きさえすればすぐに落ち着くだろう、とオーフェンは踏んでいた。そういう相手だと見ていた。つまりプロだ。そしてそれだけに、付き合い方を考える必要はなかったし、信頼もした。

議員はこめかみをさすりながら座り直した。一息ついて、つぶやく。

「あの時は、混乱を起こすだけの理由があった。そう信じているが。今回はなんだ」

「情報の公開は、魔王術の最大の欠陥を正す、恐らく唯一の方法だ」

「欠陥？」

「あの時、騎士団が全滅していたら魔王術の封印はすべて解除されていた。神人種族デグラジウスも再現出していた。魔王術が公開され、原大陸中の人間が効果を知れば……」

説明についてきているか、オーフェンは相手の視線の動きを観察した。議員が口を開く。

「自由革命を標榜《ひょうぼう》する連中は、術を解除するのに原大陸の全市民を殺さなければならなくなる、と？　人質にする気か」

「革命闘士たち自身にも知れれば、特にな。奴《やつ》らは自分たちも殺さない限り術を解けなくなる」

「それで少なくとも壊滅災害だけは避けるわけだな」

「壊滅災害のひとつはな」

オーフェンは静かに告げた。苦々しく続ける。

「起こり得るふたつの壊滅災害のうちひとつを避けられるなら、価値はあると思うね」

「些細《ささい》な代償とは言えんぞ。議会が信頼を失えば市民は革命側につくかもしれない。都市を失うなら壊滅災害と同じだ……」

「市議会や俺たちの信頼がその程度なら、この先あてにもできないさ。戦術騎士団は半壊した。現状維持では戦えない」

「そうもあっさり言えるか？」

呆気《あっけ》に取られたような相手の顔を、オーフェンはじっと見つめていた。議員はきかん坊でも見るように顔の片側だけ引きつらせている。

（してみると、俺はプロとは思ってもらえなかったようだ）

それは仕方ない。まったく仕方がない。

議員はもう一度諭すよう、身を乗り出した。

「君は再び破壊者になって、今度は原大陸を追われて逃げるとでも？」

「それは厳しいな」

「だが現に君はまた戦争を起こすことになるんだ！」

「それは否定しない。だから最低限の責任は果たす」

「……責任？」

目に恐れを過《よ》ぎらせて、議員は戸惑いを見せた。

彼が恐れたものはなにか。政治家が恐れるのは敵の不意打ちと、味方の自暴自棄だ。現状どちらも綺麗《きれい》に揃《そろ》っている――オーフェンは嘆息し、首を振った。

「所詮、俺は雇われの喧嘩《けんか》屋だからな。喧嘩には勝つ。あとは、あんたらに任せるさ」

「……君は今後、自由などありはしない。無罪放免されるとは思っていないだろうな」

「分かってる。だが必要な時には好きにさせてもらうよ。迷惑をかける。悪いな」

と言われたところで、まっぴらごめんだろうが。

意地悪の虫というわけでもないが疼《うず》きを感じて、つぶやいた。

「ようやく安定し始めた、か」

「……なんだ？」

言った本人が忘れているようなので思い出させた。

「さっき、そう言っただろう。安定。上に立つ人間は、そう考えるだろうが……」

「貧しい連中は違うという話か。そんなことを言う輩《やから》は、本当になにもなくなるのに比べればどれだけマシかを想像できない馬鹿者か、想像できないふりをできるくらい小狡《こずる》いか、どちらにしても――」

また怒りがぶり返しかけたようだ。が、頭を冷やすのはさっきより早かった。こちらを睨《にら》んで、言い直してくる。

「責めやすい問題に責任を押しつける気か？」

「いや。違うんだろうな。肌感覚でしか言えないが、根がもっと厄介なのは分かってる。とりあえずは、どっちかの皆殺しって結末を避けることから始めるしかない……もっとも」

オーフェンも言い直した。

「誰のどんな問題であろうとそうでない場合なんて、ないかもしれないがね」

互いににこりともせず、視線を合わせる。

静寂に、音なき音がまた聞こえてきた気がした。

2

子供の頃はすべてがふわふわしていた。それはまあ、そういうものだろう。赤ん坊が頭をぶつけても大丈夫なよう、ベッドの柵にカバーをつけるように。触れる場所はなんでも柔らかかった。世界は自分に優しいものだけで出来ていた。

今となってはどうだろう？

サイアンはぼんやり思い浮かべる。霧の中に影が集まって形になるように。世界は自分を裏切って棘《とげ》と毒だらけだ、とでも言えば気分は良いが、大人たちは笑うだろう。

まあ笑われるだろう、と思うくらいの分別はある。

が、そんなに笑ってくれるなよ、というくらいの意地もないではない。予期せぬ困難に見舞われれば、途方に暮れるのは大人だって同じようなものだ。

サイアン・マギー・フェイズが初めてキスをしたのは六歳の時のことだった。

別に誰に言いふらすわけでもないのだが、仮に言えばきっと、普通そんな歳《とし》の頃のはノーカンだ、と反論されるだろう。

だけどサイアンとしてはこう思う。というか信じている。それは一般論としてはそうだけど、違うんだ、彼女は本当にぼくが好きでキスをしたんだし、ぼくもそうだ。とにかくまあ、その時はそのはずだったんだ。彼女はふわふわしていた。ぼくもだ。子供はみんなそうだけど、ぼくらはもうひとつ違うところでふわふわしていた。幸福だった。

それがどうしてか、学校に入ったあたりでなにか変わった。

八歳でスウェーデンボリー魔術学校に入学する際には、サイアンは彼女と手をつないで一緒に行った。それは間違いない。

だがしばらくすると彼女の言動が、なんていうか、変わってきたのだった。

「びせきぶんって分かる?」

入学して三か月ほどで、彼女はそう言い出した。

「お姉ちゃんが馬っ鹿みたいに頭抱えてたんだけど、教科書のどこにも載ってないのよね。多分、わたしが思ってるので正解だとは思うんだけど」

その後はエスカレートするばかりだった。

一年後。

「計算してみたら世界を裏から支配してる秘密結社が十八・六個ないと、社会情勢の矛盾点を説明できないのね。サイアン、いくつか知らない？　え？　うん。暇だったから政治経済を内包する数式を作ってみたんだけど……」

二年後。

「十一次元の重力理論を検算したいんだけど、そんな暇なことしてていいのかなー。胸椎黄色靭帯《じんたい》骨化症の手技もせっかく考えたのに使う機会ないし……」

三年後には、とにかく彼女は図書館に入り浸って話もしてくれなくなった。

「忙しいからパン買ってきて。あ、別にわたしはいらないから、どっかで食べてて」

十五歳になる頃には、彼女はもう本あさりにも飽きて、学校にはただぶらぶらしに来るだけになっていた。彼女はもうはっきりと、この学校で学ぶことはなにもないと理解していた。ただそれを公言はしなかった。黙って授業には出ていたけれど、試験も狙って平均点を取る遊びにしてしまっていた。

彼女はラチェット・フィンランディ。この魔術学校の校長……いや元校長の娘だ。

いつでもマイペースに授業もさぼるラチェットが、よりによって今日、当たり前のような顔をして登校してきたことに、サイアンは正直、仰天した。自分の父親がどうなっているか知らないのではないかとすら思ったが、そんなわけはない。校内の誰もが知っていた――知らずに済ませられるような問題でもなかった。魔術士社会全体がひっくり返る状況だ。実際、登校してきた生徒は普段の半分ほどだった。

　教室に入ってきた生徒たちも一様に険しい顔をして、仲の良いグループに集まっては声をひそめて話している。が、ラチェットはまったくいつもと変わっていなかった。といっても、にこりともせず誰のことも一切気にせずにいるということだが。

「ラチェット」

サイアンが呼びかけると、彼女はこっちを向いた。

「なに?」

と、あいているサイアンの隣に席を取る。

やはり平然としているので、サイアンはうめいた。

「まさか、来るなんて」

「そう?」

「いや、だって――」

「ラチェ、来ーたのー?」

これまた気楽に――歌うように間延びした調子で、話に加わってきたのはヒヨだった。

ヒヨ・エグザクソン。ふわふわした金髪の長い髪は、なんとなく彼女の性質全体を表している。ラチェットはぐりんと首を回して向きやると、あっさり言った。

「来ーたよ」

「危ないよー」

そんなことを言いながらヒヨは、ラチェットの隣に腰を下ろした。

ラチェットは無表情に首を傾《かし》げる。

「なにが？」

「だってラチェットこの前、ヴァンパイアに殺されかけたんでしょー？」

「ああ、あれは大丈夫だった。大した相手じゃなかったし、役には立たなかったけど味方もいっぱいいたし、襲ってきたのは騎士団に引き渡したたし」

指折り数えて言う彼女に、サイアンは顔をしかめた。

「その騎士団が……」

「うん、まあ、やられちゃったけどね」

他人事のように言ってから、横でびくりとうなだれるヒヨに気づき、ぎゅっと手を握って肩を撫《な》でる。ラチェットの態度は淡々としているので奇妙な感じはするが、元気づけようとしているらしい。

ヒヨは頬を緩めたが、それはそれとして気まずそうでもあった。ヒヨが反応したのは両親が元魔術戦士で、彼女が幼い頃に戦死したということがあったからだ。が、それを言えばまさに今姉ふたりが騎士団員で父親が逮捕されたばかりのラチェットに慰められるというのは、まあ、微妙な話ではある。

かかわりの深さにかけてはサイアンも同レベルだった。自由革命ゲリラの襲撃で戦術騎士団が壊滅するというとんでもない事態に、派遣警察隊の総監である母はさっそくてんてこ舞いである。校長の責任を追及する市議会の動きには伯父のエドガー・ハウザー大統領も無関係なはずはないし、戦争のようなことが起こるなら、キルスタンウッズ開拓団も大変だ。キルスタンウッズの社長を務めるのは叔母である。

現役の魔術戦士の関係者は、クラスにはもうひとりだけいる。同学年に何人もいるわけではないが。だが繰り返しになるが、魔術士社会がひっくり返るような状況だ。どんな生徒にも大なり小なり影響はある。

「……で、なんだったっけ」

ヒヨを撫でているうちになんの話か忘れてしまったらしい。ラチェットがぼんやりつぶやきだす。

サイアンは答えた。

「みんなとにかくいろいろ大変だけど、ラチェットはとりわけまずいでしょ。大丈夫なの？」

「どうだろ。今んとこ、そんなに大事《おおごと》かな」

「大事だよ。自由革命の人たちも今までは学校には手を出せずにいたけど、ローグタウンが襲われたっていうならそれもあてにならないし……」

「あと四日は大丈夫」

「え？」

だが当のラチェットが急にさらっと言ったので、聞き流しそうになってしまった。

ラチェットは自分自身困惑したように虚空に目を向け、なにが四日？　とか独り言を口にしている。苛《いら》ついたのかかぶりを振って、言い直した。

「敵はいっちばん大きな切り札を使ったはずなのに、騎士団を全部殺せなかった。焦っていいはずなのに一日経っても議事堂を乗っ取って独立宣言始めてないし、この学校も焼いてない。多分、なにかもっと大きなことを待ってるんじゃないかな」

「………………」

あんまりに物騒なことをさらさら言い出したことには呆気に取られたが。

ラチェットにはそういうところがある。突拍子もないことを言い出すのだが……よく聞いてみると、彼女なりに筋は通っているのだ。十一次元の重力なんたらはともかく、彼女は大雨が降ると地図を眺めては、水道堤防の決壊箇所を時刻までぴったりと予言した。それはそれで重宝がられていたのだが……

三年前の大雨では、ある箇所に誤差が出た。地形から推測できる水道の弱点と実際の決壊箇所にズレが出たという。ラチェットはそれで急にテンションを上げて、雨が引いた後にサイアンとヒヨを連れ出し、現場を調べ始めた。結果、水路に沈めて隠されていたコンテナが発見された。中身は盗難品の資材と貴金属で、派遣警察が押収した。

「あー、もう！」

とラチェットは憤慨していた。

「せっかく見つけたのに、取り上げられちゃうんじゃ意味ないじゃん」

その盗品があったことを予想していたはずはない。彼女が決壊の予想を始めたのは十歳くらいからのことで、コンテナが沈められたのはそれより後だったはずだと判明している。予想していないなにかのために、関係しているかいないかも分からない行動を始めてしまう。偶然を後からこじつけているようにも思えるし、なにか奇跡のようなことを起こしているのか見分けがつかない。恐らく当人にも分かっていないのだ。

「おい！」

苛立ちと怒りの混じった声に、サイアンははっと物思いからもどされた。とはいえ彼にかけられた声ではない。サイアンはその声の主をよく知っていたし、彼が絶対――決して絶対――サイアンに声をかけることはないのを分かっていた。

横目で見やる。直視するのはまずいのだ。目が合えばろくなことはない。クラスメイトのスティング・ライトだ。

背丈はサイアンもそう低いほうではないが、スティングは飛び抜けて大きい。胸板や肩幅では比べるべくもない。十五歳というよりは明らかに大人の男だ。覚えている限り、この体格差は出会った瞬間からずっとだった。成長期にも、どんな時にも比率が変化することは一度もなかった。こっちが大人になった時に、スティングがどんなことになっているのか、サイアンはたまに悪夢に見る。

スティングは今、ラチェットを睨みつけている。ラチェットはさほど気にした様子もなく見返していた。小柄なラチェットとは優に倍は重量差がありそうなスティングが、腕組みして見下ろしてくる姿はいかにも恐ろしい。

「噂《うわさ》は本当なのか」

「本当なのもあるし、そうでないのもあると思うよ。どの噂？」

「お前の親父が、戦術騎士団を売って逃げたって話だ」

教室が、しんとする。

みながこの話に聞き耳を立てていた。スティングは戦術騎士団の魔術戦士、ビーリー・ライトのひとり息子だ。そしてそれをなによりの誇りにしている。スティングの分厚い皮膚の、特に深い眉間の皺《しわ》はこんな場合でもなければ冗談の種にもなるのだが（そんなリスクを冒す馬鹿がいるとして）。今は到底そんな空気ではない。ビーリー・ライトの生死は現在不明だった。

ラチェットは落ち着いたものだったが。

「どうかな。わたしも父さんに会ってないし」

「否定しないんだな？」

当然、雲行きは怪しくなる。スティングは鼻息を吹いた。

「どう責任取るつもりなんだ」

「さあ。どうすんだろね」

「捕まって、ぶっ殺されるさ」

拳を突き付け、スティング。ラチェットは急にしかめっ面で頭を引いた。

「なに触ったの、それ。変なにおい」

「なに？」

言われてスティングは拳を鼻先につけて何度か嗅いでから、

「臭いなんかするか。ふざけてんのか。お前、自分の親父がなにをやったのか分かってないのか！」

「ていうか、前にも戦争やらかしたような人をよくまた使ってたもんだよね」

「他人事みたいに言うな！　無責任に！」

「父さんは他人でもないけど、父さんなんかを祭り上げてた人は他人だもの」

「すっとぼけるのはいい加減に――」

そろそろ掴みかかりそうな気配に見えたので。

「おおっとぉ！」

大袈裟《おおげさ》に声をあげて、サイアンは席を立った。スティングの前に出て両手をあげると、あとは思いつきで喋《しゃべ》るだけだ。

「その手の臭い！　あれじゃないかな、ええと、ほら、君いつもへそに指突っ込んでるよね。誰も見てないと思ってる時」

注意をこちらに向けようと、とにかく怒りそうなことを言ってみたのだが。

実際に、スティングのぎょろりとした眼《め》が独立した生き物のようにサイアンのほうを向いてくると、あまり良いアイデアではなかったようにも思えてきた。

知っている限り、スティングは見た目に反して馬鹿ではないし問題を起こすタチでもない。むしろ優等生だ。だが彼の怒りは本物だった。ぞっとして、自然に喉が詰まってくる。

今まで、スティングがサイアンにかけた言葉はいくつもない。機会にしたら三度もないだろう。覚えているのは、一度、誰かと見間違えたのか彼が挨拶してきたことがあった。そしてサイアンだと気づいてからの表情の変化――そのゆっくりとした、得も言われぬ変貌は、買ってきたばかりの小さなぴかぴかのネズミ取りが、翌朝見てみると首の折れた死体を挟んだ惨殺道具に変わっているのを思い出させた。変化はほんの一瞬、バネが弾《はじ》ける時だけだ。目にも留まらず、しかし確実に一変する。ネズミはそれに気づくこともない。

今また、その変貌を見ていた。以前と違うのは、スティングが黙ってその場を立ち去っていくのではなく、拳をさすりながらサイアンに言ってきたことだ。

「お前、どうしてここにいるんだ」

「え、それは」

「魔術士でもない奴が、どうしているんだ?」

と……

言われて教室を見回して、はたと気づいた。

生徒は半分ほどしか来ていないのだが。非魔術士の生徒はひとりも来ていない。

(これは……なーんとなく、まずい気がする、かな)

こうなってみると教室中の視線が全部、スティングと同じものに思えてくる。スウェーデンボリー魔術学校には魔術士の生徒と非魔術士の生徒がいるが、両者には基本的に微妙な隔たりがある。非魔術士の生徒は大抵が元アーバンラマ資本家の子息で、魔術士たちは資本家の牛耳る市議会によって頭を押さえつけられていると思われているのだから、当然といえば当然だ。その中でもアーバンラマの三魔女、マギー家はとりわけ悪名高い……

「あんたより度胸があるから、そんなつまんないことは思いつきもしなかったって」

今度はラチェットのつぶやきに、スティングの動きが止まる。

もう飽きたのか、頬杖《ほおづえ》をついた姿勢で退屈そうに見上げて、ラチェットは告げた。

「においが分からないなら鼻がおかしくなってるんでしょ。昨日一晩、泣きすぎて。お父さんのこと心配するのは勝手だけど、サイアンに当たらないで」

「…………」

あっちへこっちへと注意を回されて。

さすがに興が殺《そ》げたのか、フンと肩を聳《そび》やかしてスティングは去っていった。

教室に、また無数のひそひそ話が始まる。

不穏な空気に肩を押されてサイアンは席にもどった。思わずため息を漏らすと、ラチェットがつぶやいた。変に感心した顔で。

「あれ、へそのにおいかー。サイアンよく嗅いでんの?」

「いや。それは適当に言ったんだけど……」

どっと疲れを感じて、なんとかそれだけを言った。

3

(まあ結局、組織なんていっても田舎のやくざ集団だからね)

いざとなれば腕っ節は俺が強いぞ、ということでしかない。長年騎士団に所属していても、その集団に馴染《なじ》む気がしなかったのは、マジク自身がやはりそのひとりだからかもしれないが。

もともと独立心の強い魔術士の、志願者からさらに選《え》りすぐられた自尊心丸出しの跳ねっ返りどもだ。よくもまあ校長は、そんなものを従えてきたな、と思う。

(今は元校長か)

その主を替えた校長室で、新たに戦術騎士団の総司令となったブラディ・バースは、隊長エド・サンクタムと睨み合っていた。

「学校でのスカウトはさせない。学生を殺し合いの場に連れ出すのはキエサルヒマ内戦でたくさんだ」

断言する。そして、いざとなれば。

この場でやり合うことも覚悟して、マジクは拳を固めていた。紛れもなく最強の魔術戦士のひとりであるエドと自分、決着をつけたらどうなるかというのは、なるべくなら考えないようにしてきた謎だった。術の威力、精度なら負けはしない。場数や覚悟でも劣るとは思わない。問題は単純に、直感、人殺しの才能だ。エド・サンクタムにはそれがあって、自分にはない。

それでも退《ひ》ける問題ではない。エドの言い分も理解はできるが。

「やりたくなければやらずに済むという状況とも思えないがね、ブラディ・バース」

据えた眼差《まなざ》しで言うエドに、マジクも告げた。

「あなたやぼくがそうだったからといって、子供兵士を当たり前だと思うべきでないよ、エド・サンクタム。ぼくはここの教師でもあるしね」

そして。

「わたしの意見を無視して欲しくはないね、ふたりとも。ここは校長室で、今はわたしが校長だ」

不思議なもので、子供をあやすような言い草は案外、堂に入っているようにも聞こえた。

新校長だ。騎士団の幹部で面倒な問題を話す際、全員を校長室に呼びつけるというのは前校長の手だった──クレイリー・ベルムはそれを継承するつもりなのか。今日の呼び出しは彼の提案だ。

ほんの一日前に瀕死《ひんし》の重傷を負ったクレイリーだが、もうすっかり落ち着いている。これは驚くべきことだ。なにしろ、傷こそ魔術でふさがったものの彼は片腕を失い、顔面には凄惨な傷跡が刻まれ、両足の腱《けん》と骨が断裂し、車椅子に乗っている。神経にも障害が残ったか、首と肩が引きつって動作に支障があるらしい。

そりの合わない同僚だが、これもまた自分に真似できるという自信はない。つまり、得た地位に相応《ふさわ》しい態度を取ることだ。クレイリーは残った手で顔を撫でてから、疲労の滲《にじ》んだうめき声を漏らした。疲れているのは全員が同じだ。ここしばらく騎士団はフル稼働だったし、ことに昨日一昨日と眠る間もなかった。

これからのことを思えば、いつか眠れる日が来るかも怪しいものだ。クレイリーの声も倦《う》んで聞こえた。もっともそれは、マジクとエドの睨めっこにうんざりしてのことかもしれないが。

「現実的に考えよう。依然として、戦術騎士団への志願者は少なくない。魔術士の花形だと生徒たちは思っているし、それ以外の就職先は魔術能力を当て込んだ用心棒だの、開拓労働だの、医者だの……あまり魅惑的な仕事とは言えないからね」

「現実的にというなら、現実は違う」

口を挟んだエドに、クレイリーがうなずく。

「その通り。今までは審問という形でふるいにかけてきた。つまり魔術戦士の本当の任務に耐えられるかどうかを、我々が選別してきた。だが恐らく数日内にこの立場は逆転する」

「……じゃあ」

今度はマジクだ。バランスを取ったわけでもないだろうが、クレイリーはまったく同じに首を振った。

「半数もの魔術戦士が死んだんだ。もはや隠蔽が可能なレベルではないし、カーロッタと戦うのであれば隠すべきではない、と彼は考えているだろうね」

彼、とクレイリーが指し示したのは校長室全体だ。クレイリーにとってもまだこの部屋は前校長のものだということか。

うつむいて腕組みし、エドがつぶやく。

「あいつは、公聴会でどこまでを明かすつもりだ?」

「さあ。打ち合わせたわけではないし。だが明かすなら全部じゃないか。なにもかも、全部」

エドはもちろん、反対なのだろう。どんなことであれ彼は秘密と独占を好む。ますます陰にこもってうめく。

「騎士団の指揮権は奪われるな」

「スキャンダルレベルの心配だね。騎士団の半壊と我々の失脚くらいで満足してカーロッタが引っ込んでくれるなら、まあそれで幕引きだ。いい再就職先が見つかることを祈ろう。だがカーロッタももはや退ける立場にはいないだろう。狙いが壊滅災害ならね。我々の指揮権は誰にも奪えないよ……騎士団以外にいったい誰が、神人種族と戦える?」

一息ついて、クレイリーは続けた。

「話をもどそう。戦術騎士団が重大事実を隠蔽してきたのは、魔術士や生徒たちに対してもだ。彼らは裏切られたと感じるだろう。許してもらえるかな？　今度は我々が、彼らに選別されるんだ」

不気味な予言を噛《か》み締めてから、その苦みが全員の味蕾《みらい》に伝染するのを待つ。

「なんにしろ魔術士は再び――だか、もう何度目だかの――弾圧を乗り越えなければならない。わたしは、学校を砦《とりで》にして生徒とその家族を守る用意をさせる。が……十分な能力を持った志願者がいるなら騎士団に加えるほうがまだしも安全かもしれないし、松《たい》明《まつ》と縄を持った市民に襲撃されるよりはヴァンパイアと殺し合うほうを選ぶ者もいるだろうな」

ぐっ……と引き込まれそうになって、挑発の気配を察し、言葉を呑《の》み込む。

クレイリーの言は正しい。単純にエドとマジクの間を取っただけとも言えるが。彼は両者の顔を順に見やってから、マジクに言った。

「君は反対だろうけどね。騎士団をどうするかを決めるのは君だ。志願者をどう配置するかは君が決めればいい」

「言い抜けをする気か。どこに置いたところで彼らは犠牲になる」

「それこそ言い逃れだ。今まで看過してきたことはどうなんだ？」

と、エドが発言する。

また言い争いになる前にクレイリーが話を変えた。

「懸念はもうひとつある。キエサルヒマ側からの問題だ」

「向こうが行動を起こすには時間がかかるだろう。半年は先だ」

実際にはもっと先だろう。情報がとどくのにも数か月は必要だ。が、クレイリーは眉を顰《ひそ》めて言ってくる。

「それが、そうでもない。数日以内に入ってくる船がある」

「予定にはなかったと思うが」

原大陸とキエサルヒマを航行できる船は現在、十四隻。八隻がキルスタンウッズ開拓団の所有、二隻が個人の所有、残り四隻がキエサルヒマ側の物だ。ほとんどは今、洋上かキエサルヒマにある。キエサルヒマの〝愛《いと》しいふわふわ号〟は数日前にアキュミレイション・ポイントに入港して当分は停泊の予定、キルスタンウッズの〝ミストドラゴン〟も整備のためドックに入っており、現在、原大陸にある船はこの二隻だ。

クレイリーは精一杯身体をよじると、机の書類束のうちひとつを手に取った。港湾警備隊から回ってきた報告書のようだ。

「ああ。把握していなかった船だ。警備隊の停船命令にも応じず、乗り込めない。だが推測からキエサルヒマの新造船で、リベレーターとかいう連中が乗り込んでくる」

「造船を把握していなかっただと?」

差し出された報告書を受け取って、エドが問い質《ただ》す。考えづらいことだ。

すっかり不吉な予言の役に回っているクレイリーは、この話でも暗い報告を続けた。

「建造が遅れているはずだったんだ。船は開拓公社の所有だが、特別な技術が使われているとかいう名目で機密扱いだった。造船所も遮蔽されていたようだ。だが実際には半年前に船は完成して、テストも済ませてこちらに向かっていたらしい」

「……それは偶然の動きではないんだろうね」

皮肉にしても馬鹿馬鹿しい、とマジクは嘆息した。

騎士団がずっと探し続けてきた情報はそれなのだ——原大陸中を鵜《う》の目鷹《たか》の目で探り、徒労を重ねて全滅の憂き目も見た。その核心が、海のほうから不意に現れて接近してくるという。

「間違いなく、我々の痛手を見越した……というより連動した動きだろう」

そして不吉の締めくくりに、クレイリーは笑みを浮かべた。痛みと自棄《やけ》の入り混じった苦笑いだ。

「そして最後の懸念だ。この情報、騎士団にではなくわたしのところに入ってきた。理由は——」

それは既にマジクも感じていたことだった。声に出る。

「情報の流れが……」

ああ、と力なく、クレイリーがあとを続けた。

「先任の校長の時のままだ。これからはそういうわけにいかないが、すぐに変えられるものでもない。しばらくは情報も混乱するわけだ」

難問だ。ただでさえ敵に後れを取っている現状、実務的に問題だということもあるが。それよりも厄介なのは解決策だった。つまり、決着をつけないとならないのだ。

エドもそれは予想して、書類から顔を上げてこちらを見ている。

クレイリーも、慎重にだがはっきりと、その課題を口にした。

「はっきりさせないとならないかもしれない。我々の間の指揮系統を」

不吉な知らせに締めくくりなどはないのかもしれない。少なくとも、この問題を避けている限りは。前校長が健在のうちは後回しにできたし、そうしてきた。騎士団の幹部間に確執はないと言い張れた。

(まったく、本当に田舎やくざだよ、ぼくらは)

不可避とは分かりながら、それでも。あるかないか分からないものを、ないふりをしないことには始まらない。

かぶりを振ってマジクは言った。

「その前に、目先の仕事がある」

場の金縛りを解いて、逃げるように続けた。

「シマス・ヴァンパイアを始末しないと。ぼくと……ラッツベインとエッジで、やる」

「三人で可能か？」

問い質すエドはいつも通り平静そのものだが、それでも目の端に密《ひそ》かな安堵《あんど》があったように思える。

ともあれ、シマス・ヴァンパイアを仕留めることが重要なのも嘘《うそ》ではない。基地を壊滅させた敵であるだけではなく、あれは騎士団が長らく恐れてきた存在そのものだ。ヴァンパイア症が魔王術の通用しない強度にまで進行すれば、あとは手立てもなく世界を引き裂く完全物質になるのを見ているしかない。

先日の時点でシマスは、到底許容できない強度に至った。既に、あれを解消できる規模の術を仕組めるという確信はマジクにも持てない。

とはいえ校長をあてにするわけにはいかないのだ。

「彼は拘束中だ」

「連れ出せるだろう」

「やれば、騎士団と魔術士は本格的に社会全体を敵に回す。今のところ彼を差し出したことでなんとか面目を保ってるんだ。どうしても必要な時まで、あの人を出すわけにいかない。ぼくらが失敗したら、その時にやってくれ」

納得したのか、小さくエドがうなずいてみせる。彼は彼で、報告書を手にこう言った。

「俺はこの船のほうを探ろう」

なんとはなしに気になって、マジクは訊《たず》ねた。

「なんていう船なんだ?」

書類を見やって、エドが答える。

「ガンズ・オブ・リベラル。入港は最短で四日後だ」

4

「うしのうんこー。うしのうんこー。うしのうんこをかたづけるよー」

牛小屋の中。昼なので牛は外に出ている。フォークを使って藁《わら》や糞《ふん》を掻《か》き分けながら、イシリーンの調子外れの歌が響いていた。

「ぶっさしてーかたづけるー。なげるなとびちるー、うしのうんこー」

時折身体を振り拍手までしながらイシリーンは歌と作業を続けていた。夜の間に牛が汚した小屋を清掃するのが、与えられた仕事だ。

と、彼女は不意に気づいたようにこちらを向いた。きょとんとして問いかけてくる。

「……なんでじっと見てんの?」

フォークにもたれかかった姿勢で、マヨールは告げた。

「君という人を妻に迎える喜びを噛み締めてる」

「おほー。気持ち上げてくれんじゃーん」

皮肉が通じてるんだか通じてないんだか、にやりと親指を上げるイシリーンだが。

まあ、靴もズボンも糞《くそ》まみれにして働いているのだから文句もない。音痴はともかく。

マヨールも仕事を再開した。つぶやく。話し方を工夫しないと糞のついた藁を吸うことになるので口元を押さえながら。

「随分上機嫌だけど、この仕事が気に入ったのか？」

「なーに。陰々滅々やってて欲しい？」

入れ替わりに今度は彼女が小休止のポーズになって、視線だけであたりを見回す。

「……〝ちょちょい〟で片付けてやれば早いんだけどね」

「それじゃ早く片付き過ぎるだろ」

淡々とマヨールは告げた。〝ちょちょい〟は以前決めた、ふたりの隠語だ。魔術のことだった。

他にもいくつか、おおまかな嘘を取り決めた。開拓地を旅するうちは魔術士であることは基本的に隠す――キエサルヒマから来たことは隠せないと思われるため、移住を希望して渡ってきたという話を作った。余計なトラブルを避けるため夫婦を名乗り、その名前はイシリーンの一存でこうなった。ボブ・アンド・キャンディー・ペポパルーニー夫妻。出身はタフレム郊外。駆け落ちののち、行商をしてつましく暮らしていたが悪い飲んだくれの暴力的な悪魔の恐怖モンスター母親に見つかり、命の危険を感じてキエサルヒマから逃げてきた。渡航の費用はこちらの業者に借りたので、返済のためにわたしたちなんでもいいから仕事が必要なんです……ここでイシリーン泣き崩れる。

「あれから三日か」

この辺境を旅すると決めたあの日から。

あるいは騎士団が壊滅した日から。校長の破滅を見たあの日から。強大化したヴァンパイアと初めて戦ったあの日から。妹が敵に荷担しているのを知り、そして取り逃がした日から——とにかく、いまだ頭の中で処理し切れないほど途方もなくいろいろ起こったあの日から、だ。

さっきの作り話をまとめ、開拓村に入り込んで仕事を得たのは、なにも軍資金が乏しかったわけではない。イザベラ教師から強奪した活動資金で（ああ……そういえばそんなことをしでかしたあの日でもあった）、懐具合は当面問題なかった。

欲しかったのは情報だ。ベイジットは再会した時、魔術士であることを隠して自由革命闘士の仲間になっていた。消えた妹をまた見つける手がかりは、開拓民から革命ゲリラの動向を探ることしかない。

イシリーンは首を振った。いつもなら髪を後ろに流すための仕草だが、作業で珍しく髪をまとめているので関係ない。必要ないのに動作だけが癖で残っている。こんなことでも、彼女に慣れないことをさせているな、と思い出す。

「大見得切ったわりには、成果ないわよねー」

「すぐには無理さ。この村が革命闘士と関わりがあるかは分からないし。あるならあるで、俺たちがすぐに信用されるわけもない」

牛小屋の暗い天井を見上げて、マヨールは続けた。

「せめて、騎士団がどうなったかを知りたいな。都市のほうでは動きがあっただろうけど、噂程度でも聞こえてくればいいのに」

「物資の搬入が十日に一度らしいから、情報もその時にまとめて来るんでしょうね」

さすがに騎士団の壊滅については、この村でもすぐに知れ渡っていた。

魔王オーフェンが処刑されたとか騎士団は全滅したが生きる屍《しかばね》となって近くの村を襲っているとか無茶な噂も入り混じってはいたが。もちろんマヨールらは――もとい、ボブとキャンディー夫妻はなにも事情が分からないふりをして、農場の人たちに根掘り葉掘り問い質した。開拓民は基本的には魔術士に好意的ではなく、ただそれほど壊滅的な事件が起こったことで、戦争になることを不安がってもいた。都市が辺境を警戒して門を閉ざせば、物資が途絶えて開拓民は困窮する。しかし都市も食糧が足りずに飢えるだろう。となると闇市場が力を増し、物価が急騰する。派遣警察隊は都会の奴らの味方で、あてにならない。

　村人たちも確かな情報を欲しがっていた。都市まで人を送ろうかと検討の声もあがったが、制止された。農繁期で人手に余裕がないのだ。

　結局、怪しいボブとキャンディーなんかを雇ってもらえたのもそのせいではあるのだろう。確かに成果は乏しかったが、素人なりに仕事はいくらでもあったため退屈はしないで済んだ。収穫前の倉庫の整理、畑の見回り、ありとあらゆる家畜について回る糞の片付け、農具の手入れ、赤ん坊や子供の世話、その他なんでも雑用……

「噂を待つにしろ動きを待つにしろ、まずは溶け込む努力をするしかないな」

「わたしは結構モテてるわよー。ガキどもに」

「……まあ、村の大人にはあまりいないタイプだろうからね」

「なんとでも言いなさーい。昨日なんてガキ大将と取っ組み合いして新たな酋長《しゅうちょう》の座を得たんだからね」

「酋長？」

「うん。まあよく分かんないけど、村はずれの秘密基地にある一番でっかい玉座に座っていいのは酋長だけで、ちっこいガキどものおやつを独占する権利があんのよ」

げへへへ、と下卑た笑いののち、イシリーンは肩を竦《すく》めた。

「ま、生活改善の秘訣《ひけつ》はね、勝つことよ。主に暴力で。次点はケツとムネ」

随分と無茶なことを言うものではあるが。

思いのほか自分より適応しているイシリーンに複雑な気分にさせられながら、マヨールは仕事に集中しようとした。実のところ本気でやらないとこなせそうにない。ふたりはまだ見習いということで、監督役の村人がやがて様子を見にやってくるだろう。それまでに〝ちょちょい〟で片付けたくもなるが、余計なリスクは冒せない。

糞掃除はこちらに任せる気か、イシリーンはフォークを壁に立てかけるとブラシに持ち替え、水飲み桶《おけ》に向かった。

「あらよっと」

手元で器用にブラシを回転させてから、桶の掃除を始める。また下手くそな歌を歌い出すかと思ったが、そうではなくぽつりとつぶやいたのが聞こえてきた。

「変に、のどかなのよね」

ブラシの音に紛れて聞き逃しそうだったが。彼女はもっと小さくこう続けた。

「昔、戦争とかやってたって時も、始まる前はこんなだったのかしら」

「なにが起ころうと、日頃の仕事をやめれるわけでもないってことなんだろ」

やや陰気に、答えた。

キエサルヒマの内戦は二十数年前のことだ。マヨールもイシリーンも生まれたばかりでほとんど記憶にない。

混乱は長く続いたし、難民などは今なお不自由な生活をしている。タフレム市には元キムラックから流れ着いた難民キャンプがあって、マヨールも何度か手伝いに通ったことがあった。

実際に戦争でどれほどのことがあったのか、それは傷跡だけで想像するしかない。浅い傷であろうはずはない。だがキャンプで話した年寄りが、なんとなく印象に残ることを言っていた——戦争は生活をぶっ壊すがな、世界は変えられん。俺らはメシを食わにゃならんし、風呂にも入るし、散歩もせんといかん。どんなとんでもないことが起ころうと、そういったことがなくなったりはせんのだよ。

聞いた時はピンと来なかったが、今はよく分かる気がした。ほんの三日前に、目の前で何人もの魔術士が惨殺されるような大破壊に出くわした。その事件は解決してもいない。なのに今はとりあえず、それより差し迫ったことを優先できる。牛小屋の掃除を覚えることだ。手際よくできるようになればそれだけ余裕が持てる。余裕がなければ情報集めもできない。

「おい！　でか女！」

子供の声が窓から聞こえてきた。

「えっ？」

マヨールが振り向くが、誰の姿もない。

「来たな！」

今度はイシリーンが叫ぶ。ブラシを落として立ち上がり、さっと身構えた。

同時、窓から大小さまざまな少年の頭が突き出し、黒い塊を投げ込んでくる！

薄暗い小屋ではっきりとは見えなかったが、泥団子のようだった。次々と投げ込まれる土の塊がイシリーンを狙う。彼女は気合い一閃《いっせん》、到底華麗とは言えないどたばたした動きですべてをかわす。鬼の形相で。

「くそう、駄目だ！　あのでか女、はええ！」

「うらァひょうろく玉のゴミ蝿《ばえ》どもが！　鼻クソくせぇから全部避《よ》けれんだよ！」

「ちくしょう、退却だー！」

「逃がすかキン玉がァ！　ちぢんでる奴から順に捕まえっぞぉ！」

向こうに引っ込む子供たちを追って、イシリーンが窓を飛び越えようとした、その瞬間。

罠《わな》だった。窓に突進したイシリーンを待ち構えていたのは、逃げると見せかけた第二波の攻撃だったのだ。気づいた時にはバケツが見えた。いっぱいの泥水が窓から浴びせられ、イシリーンの姿を呑み込む。

マヨールは咄嗟《とっさ》に跳び上がったが完全に逃れるのは無理だった。ましてや真正面から直撃のイシリーンはそれこそ泥にでも固められたようにその場に立ち尽くしている。再び窓からのぞいてきた子供たちが指さして笑い出した。

「でか女殺したぞー！」

「泥飲んだぜアホだー！」

「二度と生き返んじゃねえぞ！」

捨て台詞《ぜりふ》を残して退散していく。

静かになってもしばらく、イシリーンは動き出さない。マヨールは半眼でその背中を見つめていたが、彼女は音でも立てそうなぎこちない動きで手を上げて、ようやく顔を拭った。

「……天下を失ったわ」

「えーと。なんて言った。ちぢんでる奴から順に捕まえる？　俺の聞き間違いがあったら訂正して」

「あーら。火急の用につき、睾丸《こうがん》が萎縮あそばせておられる殿方から整然とお相手させてくださいませ、と述べる時間的余裕が少ないでございましてね」

顔から服から髪まで泥まみれになって、そんなざまで嫌みを言われても間抜けなだけではあったが。しかも詰まったのか鼻声になっている。

鼻の穴を片方ずつ指で押さえて、交互にフンと噴き出してから、イシリーンはわめき出した。

「あーのクソガキども！　やりやがったわね！　今日のおやつを徴収する前に仕掛けてくるとは思ってたけど！」

「ここらでおやつなんて言ったって、大したもんじゃないだろ」

「そーいうこっちゃないのよ。あいつらの吠え面《ほえづら》が見れりゃそれでいいの！　びびった悪ガキの上唇つまんでビッて引っぱってやって完全に泣かせてやりたいでしょ！」

地団駄踏んでそのまま仕返しに飛び出していきそうな気配だったので、マヨールはあたりを示した。

「そんなことよりどうすんだよ！　この有様！」

言うまでもなく小屋の中は泥だらけだ。が、イシリーンはごわごわに固まった髪をほぐすのに忙しい。

「クソまみれが泥まみれに変わっただけでしょ。牛は気にしやしないわよ」

「俺だって牛を気にしてるわけじゃない！　もうじき――」

「なんなのォーこの有様は！」

悲鳴が響き渡る。

マヨールは、顔面を手のひらでぱしんと打ってから、戸口のほうを向きやった。恐れていた声だった。

「掃除を頼んで、より汚くなるなんてことがある⁉　い—え、あろうはずがないわよねえ！　よほどのドアホに頼んだんでなければね！」

見た目はいかつい男なのだが神経に障る甲高い声音で、ただただまくし立てる。

「あたしゃドアホに頼んだわけ⁉　なんでドアホに頼んじゃったわけ⁉　それってあたしがドアホってこと⁉　あんたらは自前のドアホウっぷりを注ぎ込んであたしをドアホって言いたいわけ⁉　なんで⁉　ホワーイ？」

「いえ、あの——」

ようやく口を挟む隙が見つかったと思ったのだが甘かった。男は慟哭《どうこく》に身を震わせながら頭を抱え、さらに大きく叫ぶのだった。

「神よ！　これが罰⁉　あたしへの罰⁉　いまだ足りぬあたしへの罰ならば甘受いたしませて痛し痒《かゆ》し板の間返し！　バットいたいけな罪なきモーモーアニマル愛すべき牛さんたちの住居にこの仕打ちたるやいかなる深謀でございましょ⁉　プリーズアンサミー！」

「あんの—……」

どうも待っても無駄なようなので、マヨールは進み出て相手の腕に手を置いた。

「ビクーン！」

擬音を叫びながら男は飛び跳ねる。体幹をくねらせ後ずさりし、

「神サンとの対話に割り込んでくるのは男ドアホウ！　なになになにゆえガッついて食い気味？」

「いえ、ていうか話を聞いて欲しいだけなんですが。ちゃんと仕事はしていたんです。こうなってしまったのは理由が……」

「ええ、ええ、分かっていますわよ。燦然《さんぜん》たるその理由。題して、サボター……ジュ」

ゆっ……くりと手を右から左にかざし、余韻すら残して断言する。

マヨールは慌てて否定した。

「いえサボってません。ほら、堆肥桶は空じゃないじゃないですか。やってたんですけど、イレギュラーというか不意打ちというか」

「そうね。そういった不運を言い表す言葉も、あたし知っていてよ」

「はあ」

「心の隙。ココロノ……スキー」

今度は左から右に。

そして急に、カッと獰猛《どうもう》な形相で叫び出した。

「なーにが起こったんだろうと結局はあんたらが油断してたってことには違いはないのよそこんとこの反省がないから言い訳なんてするんでしょうね分かってるあたし怒ってんのよ!?」

「いやそれは見れば即座に分かってますが」

「ああ……もう……もういや。言い訳ばかり。こいつらはホントーに言い訳ばっかり」

彼はよよよと泣き崩れた。ハンカチを取り出して噛みながら、続ける。

「もうじき牛さんたちが放牧から帰ってくるの。清潔なピカピカの寝床を期待してね。誰だってそうよね。寝床はキレイキレイでないといけないの。ママが枕をぽんぽんしてくれれば子供は安心して良い子になり、ホテルメイドがいいベッドメイクしていたらチップも弾むってもんよ。モーモーさんもおんなじ。人が誠意を尽くさずして、どうしてあのお牛さんたちはミルクをズビズバ出す義理があるのかしら」

「…………」

もはや返事も合いの手もやぶ蛇だろうと察して、マヨールは見守った。

ケイロン・ジエスはこの開拓村の住人で、ボブ・アンド・キャンディーのお目付役だった。付き合いはまだ一日だけなのだが、どういった人物であるかは出会って五分間でだいたい分かった。まあ、こんな感じだ。

イシリーンも最初のうちは面白がってもいたが、初日の就寝時には彼に関して非常に端的な評定を下していた。「虫唾《むしず》が走る」だ。マヨールはもう少しマイルドなことを口にした。「慣れれば変わるさ」と。

今日の就寝時には間違いを認めなければならないだろう。イシリーンに、ほれ見たことかと勝ち誇られるとしても。ああ、もう心の底から認めてやる、という気になっている。

「分かっているわね」

睨みをきかせ、ケイロンは告げてきた。

「夜になるまで牛さんをお外で遊ばせておくわけにはいかなーいの。なのに小屋の掃除をやり直してたら間に合わない。物理的限界ってやつよ。あんたらがどんだけ死ぬほど反省しようと世界の法則はねじ曲げられない。分かる？」

「え、ええ」

「じゃあ解決策は？」

「あの」

「ないなら死になさいね。マジよ。で、解決策は？」

「…………」

答えが頭に思い浮かんでしまうことを悔やむが、思いつけずにいたらもっと嫌みが続いていただろう。マヨールは落胆をなんとか押し殺して、答えた。

「牛は小屋に入れてください。ぼくらは掃除を続けます」

「オォーケイ。Q・第・点」

OKサインを出してケイロンは言ったが、牛を入れた小屋で掃除を続けるのはかなりうんざりする話だ。なにしろ牛が中にいる限り小屋が綺麗になることはないし、しかも危険だ。

やはりまた〝ちょちょい〟が頭をかすめる。世界の法則を曲げる手段だ。

というより目の前のこの男をぶん殴ってやりたかっただけかもしれないが。自分の中の未知の感情を見定めることは――どう考えても――まずい結果しかもたらさないと踏んで、マヨールは気持ちを押し込めた。

差し迫ったことはこなさないとならない。当たり前のことこそ避けられない。

自分は異邦者だ。開拓民と仲良くして、溶け込まないことには始まらない。

マヨールはまだ知らないし、噂を伝え聞いて実際に知ることになるのはさらに数日先のことなのだが。

戦術騎士団の壊滅から、今日は三日目。

現在、海上から原大陸に迫り来るものがあり、それは五日目に到着する。

それは全面的な戦いの幕開けとなる日であり、無関係でいられる者はおよそひとりとして存在しないのだった。

5

生まれてからずっと、街で育った。

屋根のない場所で眠ったことなどないし、扉のない場所で用を足したこともない。虫を見て慌てるのは通常では虫がいないことが前提で、足下のあらゆる草の裏、土の中、闇の上、あらゆる場所になにかが棲息《せいそく》していることに慣れると気組みも変わる。ズボンの裾から多足生物が入り込んでくるのを感じても、焦って叩き潰そうなどとすればそれは毒虫かもしれないのだ。

身体を濡《ぬ》らしてはならないが朝露を避ける方法などはない。森は水中と変わらないほどの水気で、息すら苦しくなってくる。休みなく、我も忘れて歩いていると、知らずに溺れそうになる。しかも水の中と違って身体は浮かない。沈むだけだ。

看板を探せばどこにでも食べ物を見つけられたのは、そこが街だったからだ。そんなことも、一度でも街を出てみないと自覚できない。もっとも、森の中は街よりさらにくまなく食糧だらけではある――空腹に耐えかね、そのうち身体中に群がっている虫を摘《つま》んで食べるようになるまで、何日くらいかかるだろう。早くそうなればいいのに。それができるようになれば、きりきりと痛むこの飢餓を和らげられるのに。笑い出したくなるような心地で、そう思う。

全身が痛い。身体中、傷だらけだ。痛くなければあとはかゆい。そして眠い。動きを止めれば倒れて眠る。歩きながらなにかを見ているようで、なにも見ていない。時間の感覚もなくなり、言葉も意識しなくなれば自我など残りようがない。森を彷徨《さまよ》っていると獣と同じになる。結局、自我などというのは街でしか役に立たないものだ。愚痴を言うのに必要なだけなのだ。

「ハハ、ハ」

深い森の中でひとり、ベイジットは声をあげて笑った。

まったく、と息をつく。

「アタシ、考えてんじゃん。頭オカシクなってんのかと思うトコだったけど、そう思ってるうちは正気だよネ。っても、この独り言が止まらなくなったりしてたらアブナイかな……」

試しに黙ってみる。

二十まで数えて、肩を竦めた。やはり正気ではあるらしい。ぼりぼりと頭を掻いて、そして気絶した。体力の限界だった。

「こいつ、女だぜ！」

その声で目を覚ましたからには。

普通なら起きざまに相手を見定め、噛みつくか急所を蹴るかするところだ。だがそれを思いとどまったのは、声の主が明らかに子供だったからだ。

空が見える。森の中ではなかった。誰かがここまで運んでくれたのか？　この子供ではないだろう……と思う。次第に取りもどしつつある思考力を糸に紡ぐように、道理を重ねた。まだ十歳かそこらの子供が、ベイジットを抱えて森を歩くのは無理だ。よく見ると子供はひとりではなく、横に小さな女の子が並んでいる。ふたりそろってこちらをのぞき込んでいた。

（兄妹《きょうだい》……？）

なんとなく直感で、そう思う。男の子のほうは後ろを振り返って、さらに声を張り上げた。

「本当だよ！　こいつ、女だ！」

一拍の沈黙を挟んで、彼が向いているほうから返事が聞こえてくる。

「気づいてなかったのはお前だけだよ、ビィブ」

「俺だけじゃないよ！」

少年――ビィブというらしい――は不服そうに拳を上げた。

横の女の子をちらっと見て、

「お前も分かってなかったろ？」

少女は、彼をしばらく見つめ返してから無言でかぶりを振った。

ビィブは当然、望んでいた反応ではなかったようで、ますます唇を突き出した。

そこで、第三の声の主がベイジットの視界に入ってきた。ふたりを押しのけるようにして、ぬっと顔を出す。

「ま、女というか、子供には変わりないが……」

なにか言い返してやろうとベイジットは息を吸って——そのまま、それを呑んでしまった。

その場で悶《もだ》えるほどに美しい男と目が合ってしまった。端整、艶《あで》やか、逞《たくま》しい、美麗、言葉はどれも乏しい。男の魅力なら、ことは簡単だ。対処法は知っている。その男が発しているのはもっとダイレクトな魅了だった。神に出会って打ちのめされるような。そんなことが自分にあるとは予想もしていなかった。ベイジットは即座にその男を崇拝……

「…………？」

と、男がスッと身を引くと、夢は覚めた。

目をぱちくりする。改めて男を見ても、特にどうということもない。美形の優男ではあるだろう。だが、その程度だ。それなら兄で見飽きてる。

武装している。腰に剣を下げ、野営に馴染んだ薄汚れた格好だが、伊達男《だておとこ》らしく着こなしていた。歳は、二十代の半ばか、もっと年上だろう。眼差しが涼しく、よく言えば知性を感じさせる――よく言わなければ見下すような、そんな態度に見える。

こちらの様子が奇妙なのはその男も分かっていただろうが、当たり前のように淡々と口を開いた。

「意識はもどってるな。知能はあるか？　十から逆に、数を数えてみろ」

「十、九、八……」

ぼんやりとベイジットは答えた。男の問いは、ふざけたものではない。ある集団における符丁のようなものだった。

ただの合い言葉ではない。意味がある。相手がどれくらい知性を欠損しているか確める必要があるのだ。ヴァンパイアは……

（こいつ、ヴァンパイアだ）

今の〝魅了〟は、ヴァンパイア症の能力なのだろう。珍しい症例だ。離れて効果がなくなったので、恐らく近づくと効果にはまるのだろう。

こんな辺境をひとりで歩いていたのだから、ヴァンパイア症を疑われるのは当然だ。

そう思ったので、ベイジットは逆らわなかった。そして逆らわなかったことで、相手もこちらが事情に通じていると見定めたようだ。

「君は、騎士団を攻めに行った連中の生き残りか」

「う……うん」

「あれに取り込まれなかったってことは、発症はしていないな」

「うん」

起き上がりながら、同意を繰り返す。

男はしばらく目を伏せて、子供たちに向き直った。彼らは男から距離を置いている。が、怯《おび》えているのではなく単に能力を知ってそうしているだけだろう。

「お前たちは、ビッグとワイソンを呼んできてくれ」

「分かった。シチュー、気をつけて見ておいてよ」

「ああ。焦がしゃしないさ」

男がうなずくと、子供たちは手をつないで駆け去っていった。

ベイジットはあたりを見回した。そこは小高い丘の上だった。眼下には森が広がっている。子供たちは丘を下りて、森のほうへ入っていくつもりらしい。

キャンプ地で、荷物が置いてある。ベイジットは寝袋に寝かされていた。少し離れたところに焚《た》き火があって、使い込まれた鍋から良い香りが漂ってきていた。子供たちの言っていた通り、シチューだろう。スパイスと肉の芳香だ。荷物の量からすると、そう大人数ではない――この優男、子供ふたり、呼びに行かせた名前はふたりで、合計五人なら、大体辻褄《つじつま》は合う。

「あなた……も、あの、仲間？　よね」

ベイジットがふらふら訊ねると、男は苦笑した。

「仲間、か。そいつはそんなに安売りしていい言葉かな」

「どういう意味？　自由のために戦ってるんでしょ？」

「ああ、俺たちは体制と体制を利用する資本家の敵だ。だが自由ってことなら、俺たちはとっくに自由だ……」

「そんな気障《きざ》ったらしい話じゃなくて、このコが訊《き》いてんのは、あんたが女の子の生皮を剥いで脳ミソすする変態かどうかってことでしょ」

その声は背後から聞こえたので、ベイジットはぎょっとして振り返った。いつの間にか女がいた。

「ワイソン」

優男がつぶやく。髪の片側を掻き上げて、まさに気障な仕草で。

「もしかして、ずっとそこにいたのか？」

「ええ。ビッグの奴があんまり鬱陶しくてね。泣き虫ビッグ、どんどんひどくなっていくよ」

「だからって見回りに行ったのを置いてきぼりにすれば、ますます泣くぞ」

「知ったこっちゃないわよ。優しくすればしたで、やっぱり泣くんだから」

話にはついていけないが、もうひとりの仲間のことだろう。女はひどく細身で、ベイジットよりずっと年嵩《としかさ》だろうが、かなり軽そうだ。顔色もひどく悪い。だが声だけは尖《とが》って力があった。

「で、こいつは仲間だったわけ？」

こちらにあごをしゃくって、話をもどす。優男はまたポーズを取って答えた。

「仲間といえば仲間かな。行くあてのない漂流者がすべて同じ風に吹かれるというなら
……」

「だからさ、うざいよ」

ワイソンとかいう女は一言で吐き捨てると、仕切り直した。

「直接訊いたほうが早いね。あんた、こっちのモンじゃないね」

「う、うん」

「こっち来て長いわけでもなさそうだ。じゃあ、少し前に島から来たっていう連中か」

「そう。キエサルヒマから。こ、こっちのね、資本家のひどい搾取っていうのを聞いて
――」

「おためごかしはよしな。おおかた向こうで悪さして逃げてきたか、こっち来りゃなん

かいいことがあるとでも思ったんだろ」

　とりつく島もない。が、ベイジットは笑みを浮かべた。

「分かってんなら話は早いネ」

「ちったぁビビれっての」

　呆《あき》れ顔のワイソンに、不敵に応じる。

「必要ないよ。仲間でしょ？」

「ふん……」

　ワイソンは優男に視線を向けた。

「肝はあるようだよ、邪魔にはならない」

「君の悪い癖だ」

「なに？」

「誰でも分かっているようなことに反論してから手のひらを返して、自分の意見だったようにしてしまう」

「だからなんだってのさ」

「別に。言いたかっただけだ」

「あのサ、言葉を借りると、どっちもどっちでウットーシーヨ」

　ふたりをそれぞれ指さして、告げる。

優男とワイソンは苦笑した。

「あんた、あのくそったれの騎士団をボロクソにしてやった時にいたんだろ?」

言ってくるワイソンにうなずくと、彼女は続けた。

「本当に成功したのかい?　魔術士どもはみんな死んだ?」

「うーん……どうかな。ものすごいことにはなったけど」

「ものすごいって?」

「ドラゴンみたいなのが現れて、騎士団の建物は吹っ飛んだ」

「カーロッタ村のシマスだ。ではやはり、計画はそういうことだったんだな……」

と、優男。ワイソンも、そうだね、と同意する。

ベイジットは、あっと思い出した。

「そうだ。それで、魔術士が反撃して、ドラゴンは逃げちゃった。だから騎士団は全滅はしてない……ヨ」

言ってから、引っかかりを覚えて後戻りする。

「そういうことって?　計画って言った?」

「ああ。君も聞かされてはいないんだな。シマスが囚《とら》われて、奴から情報が漏れればカーロッタの命運が尽きると……辺境中の革命闘士に伝達された。当然、有志は救出か、せめてシマスの息の根を止めるために発《た》った。俺たちもだ。君もだろう?」

「うん」

ヴァンパイア化を求めて原大陸にもどってきたベイジットは、同船していた同志とともに、革命闘士に入り込んだ。ダジートという男が頭《かしら》を務める一団で、いわゆるはぐれ革命闘士だ。人数はそう多くないが、ダジートはかなり有力なヴァンパイアという話だった。

もちろんベイジットは自分が魔術士であることは秘密で、慎重にねつ造した経歴を語った。彼らを騙《だま》すのはそう難しくなかった――というより誰を騙すのも難しいと感じたことはないが。

魔術戦士との遭遇があった時、彼らの魔術構成を見て反応ができるベイジットを、彼らは勘が鋭いか幸運な娘だと考えた。人間が特異な能力を発現させるということに慣れているというのもあるだろう。とにかく、彼らはベイジットを戦闘部隊に組み入れた。それはベイジットも望むところだった。革命闘士は戦闘部隊を優先してヴァンパイア化させる。

ヴァンパイア化の手段は限られている。一番確実なのが神人種族との遭遇だ――が、これはこの後何年先か百年先かも分からないし、神人種族は巨人化した人間を手駒に利用するか、食糧のようにむさぼり食う。巨人化を引き起こす神人種族の砕片を信心証明薬として服用させる手もある。が、主にその素になっているデグラジウスの壊滅災害は十数年前のことで、今となっては薬も稀少《きしょう》だ。最後に、ヴァンパイア自身に他者をヴァンパイアライズする能力を持つ者もいるが、これも大勢いるわけではなく、戦術騎士団が最優先に狩ろうとするのでよほどの幹部にしか居場所は知られていない。

ともあれその難関に挑むためにベイジットは、戦術騎士団の基地からシマス・ヴァンパイアを救うなどという無謀としか思えない作戦にも勇んで参加した。もちろん、ある程度で身の安全を図って隠れる気でいたのだが。まさか基地に近づいたところで自分を知っている魔術士と出くわすとは思っていなかった。兄のマヨールだ。

(兄ちゃんかぁ……)

これは大きな危険要素だった。ベイジットの素性をあっさり露見させかねないばかりか、兄はベイジットを殺すために原大陸まで追ってきたのだ。致命的な遭遇だったが、幸運にも逃れられた。逃げ延び、彷徨っていたところを……この連中に拾われたらしい。

ぎゅっと、胃の下が引きつけを起こすように、縮む。情動のおかげで動揺するなどあまりないし、今は特にそれが許される状況ではない。優れた嘘つきの性質としてベイジットは目の動きをほぼ完全にコントロールできたし、発汗も声帯も意のままにできる。そして打算も働く。優男の言葉の違和感も見逃さなかった。

(カーロッタ、って言ったよね)

カーロッタ様とも、教主とも呼ばなかった。カーロッタ・マウセンは側近以外には冷たいし、むしろ辺境に潜伏する闘士は多くがカーロッタに放逐された者だ。だがそれでも彼女は元キムラック教徒をまとめる最高位の教師だったし、公然の秘密として自由革命闘士の頭領で、魔王オーフェンと渡り合う大物だ。敬意を払わない者はいない――あるいは心中はどうあれ敬意だけは払っていないと、思わぬところから刺されかねない。

その優男は考え込むように顎先を手で撫でながら、話を続けた。

「だが、俺は奇妙に思ってね。その伝達の大本が分からないんだ」

「気づいたのはあたしだろ」

腕組みしたワイソンが口を挟む。優男は両手を広げた。

「ま、どっちでも。とにかく奇妙に思った。これだけの指示を一気に通達できる人間というと、カーロッタしかいないはずだ。が、それは妙だ。〝死の教主様〟はシマスを村から追放したばかりだったはずだからね。その話はまだ広まる前だったが、俺はカーロッタ村の知人から聞いた」

死の教主、と言う時に皮肉げに口を歪《ゆが》めた。やはりだ。ここまでくれば誰でも分かる。教主というのはかつてのカーロッタの地位だが、死の教主というのは本来の教主から簒《さん》奪《だつ》したという揶揄《やゆ》で、キムラック人は使わない。

ワイソンも同様だった。

「あの女が追放した部下を騎士団に売って取引材料にしてるっていうのは、みんな知ってるさ」

そういう風評は、ベイジットも聞いたことはある。ここしばらくの闘士暮らしで、噂話は集められるだけ集めたのだ。

ともあれ、優男は話を締めくくった。

「それで、おかしいと感じたのでね……明確な指令でないなら、こんな自殺作戦に従う義理もない。聞く耳を持った仲間と会ったら警告しようと思ったんだが」

「アタシは、ダジートのとこにいたんだ」

ベイジットは情報の札を開いた。ここはきちんと追求すべき話題だと判断した。

「彼は一番強い戦士をみんな差し向けたんだヨ。よっぽどの筋から言われたんでなけりゃ、そんなことしないと思う」

「ダジートか。あいつに聞けばなにか分かるかもね」

と、ワイソン。優男もうなずく。ベイジットも、とりあえず同意した。

相手を仲間だと思うことで、相手にも仲間だと思わせた。これでダジートの元にもどる助けを得られたし、あとは成り行きでダジートの側につくかどうかを考えればいい。こいつらの不敬を訴えれば事足りるだろう。ダジートが本当に怪しいならまた別の成り行きもある。

不意に、お腹《なか》が鳴った。とんでもなく腹が空いている。急に思い出したのは、どうあれ安堵を覚えたからだろう。行きずりで先は知れずとも、仲間は仲間だ。しかも、温かいシチューを調理している仲間だ。ベイジットが物欲しげに視線を投げると、優男は笑い出した。

「そうだな。君はまず栄養をつけたほうがいい。でないとワイソンのようになる」

「そういう当てこすりが、しゃらくさいんだよ」

ワイソンは怒って吐き捨てたが、シチュー鍋のほうに歩いていった。用意してくれるらしい。

「俺はダン、あいつはワイソン、さっきの子供がビィブとレッタだ。あとビッグっていうのがいる。それで全員だ」

「アタシは……ベイジット」

偽名は使っていない。使う意味がない嘘を使わないのも、嘘つきには大事なことだ。嘘つきと詐欺師は違う。

(優男ダンに、枝女ワイソン、泣き虫ビッグに……あと兄妹ふたり)

さっと、あだ名をつけて覚える。集団に入り込んで中身を掌握する早道は、まず全員の立ち位置と関係を把握する。今のところ分かっているのは多少話の分かりそうな優男ダンに、顕示欲の強い枝女。この両者がリーダー的な立場で主導権争いをしている。泣き虫ビッグは分からないが、多分この板挟みにあっているのだろう。子供たちは……まあ、まだ人間関係に関与する年齢でもない。

集団は壊しやすい。もともとバラバラなら壊すまでもないし、絶妙なバランスで結束しているならそれこそ一押しで崩れる。異分子が入り込めば必ず壊れるのだ。

シチューを椀《わん》によそうワイソンを見ていると、ふと、ダンがつぶやいた。

「俺たちは隊だ」

「隊……なんの隊?」

ベイジットが問うと、彼は答えた。

「なんでもない。ただの〝隊〟だ」

意味のある話なのか、なんなのか。

判断がつかず、ベイジットはそれきり忘れた。

6

沖合いに確認された黒い船影について、情報が入ってきたのは明け方のことだった。

既にいくつかの混乱があった。まずは船体が黒いため夜間には見つけられず、かなり接近されるまで監視員の動員ができなかったこと。もうひとつは船体のサイズのせいで目測が狂ったこと。監視員はガンズ・オブ・リベラルの距離を見誤ったのだ。その黒い船は、長さにして通常の二倍以上だった。全体の嵩ではそのさらに数倍あるだろう。

視認から入港までの見込み時間が二転三転したのはそのせいだ。船が近づいてくると港は混乱に見舞われた。その船は入港手続きも取っていないし、あのサイズを受け入れられる桟橋もない。そしてディテールがはっきりするにつれて、船が既知のものとは異なっていると分かってきた。港湾作業員は、とりわけ戦慄した——熟練者ほど、自分が扱ったことのないテクノロジーを恐れる。

船が最接近を果たしたのは午前八時頃だった。港ではとっくに人が出勤している時刻だが、今日はもはや仕事どころでないのは明白だ。船は港から約二キロの位置で停まり、針路を変えて舷側を見せた。側面に並べられた十二枚の蓋のうち、二枚が開いた……監視員はここで警報を鳴らしたが、轟音《ごうおん》がそれをかき消した。

火砲はドックの壁と屋根をぶち抜いた。中にあったミストドラゴン号は無傷だったが、作業員がふたり死亡した。そして当然、全作業員を引き上げさせなければならなくなった。整備は中断し、船は囚われたも同然だ。

黒い船はさらに、接近を試みていた小型船に向けて石弓を放った。これは威嚇だったが意志は明白だ。接触を禁じた上で、船は悠々と碇《いかり》を下ろした。火砲の蓋を開け、港湾を射程の下に置きながら。

アキュミレイション・ポイントは一時、恐慌に陥った。港から我先に逃げ、停泊中の愛しいふわふわ号の船長も港湾事務局に怒鳴り込んだ——このまま停まっていていいのか、それとも逃げるべきなのかを問い質しに。これは興味深いといえば興味深い動きだった。愛しいふわふわ号はキエサルヒマの砂糖会社が所有する船だ。アーバンラマの富豪が共同で出資している。彼らの耳になにも入っていないなら、キエサルヒマ側も一丸となっているわけではないということになる。

外洋船は最高峰のテクノロジーであり、最大規模の建造物で、なによりの資産だ。戦闘などが起こり得る場に留まる危険は絶対に侵してはならない。この攻撃を予期していたら、どんな理由をつけてでも愛しいふわふわ号はここに入港しなかったはずだ。

そして今、午後になろうかという時刻だった。

最小限だけの人手を残して避難を終え、この時間にはあり得ないほど閑散とした港に、エド・サンクタムは立っていた。魔術戦士の装備ではなく警備員に扮《ふん》して、動かぬ船を観察した。

何時間もそうしているが、一目見て分かったことの他に追加でなにか思いつくわけでもない。船は木造ではない。鋼鉄製だ。あれだけのサイズのものが波を受けても分解しないのは、相当な強度だろう。仮に使える船があったとして、海戦を仕掛けるのは無謀だ。なまじの火砲は通じないだろうし、魔術であの船体を破るなら声のとどく数十メートル以下に近づかないとならない。

(魔王術なら)

今この場からでも可能だ。

それは計算できる。が、皮肉も思い浮かぶ。

(まさか、人の製造したものを相手に、魔王術がいると思わされることになるとはな……)

あるいは、

(奴ならこう言い出すかな。魔王術を知ってしまったから、安易にそう思うようになったと)

考えごとをしながらも、近づいてくる気配には反応していた。

港湾倉庫の陰から沖を見ている。よほどの酔狂でもなければエドに興味を持つ通行人はいないだろうし、そもそも余計な人間は避難済みだ。エドは振り向かずに誰が近づいてくるかを予想した。ひとりだ。いや、ひとりだが……歩調が少しおかしい。なにか荷物を持っているようだが、武器ではない。

「捜したわ」

先に声をかけられてしまったため、予想は中断した。片目で見やる。巨大な黒い犬を連れた女がこちらを見ている。知った相手だ。散歩のような格好をした婦人。道端で目を引くところといえば金髪くらいか。すっかり大人しい佇《たたず》まいだが、その名は知る人ぞ知る。クリーオウ・フィンランディ。

八割方、そうではないかと感じていた。しかし彼女がここに姿を現す合理的な理由が思いつかなかった。合わせて意表を突かれ、エドは訊ねた。

「……どうしてここに？」

かの魔王オーフェン・フィンランディの妻は、ここ十年、ローグタウンから外に出ていなかった。

かつては魔王の片腕として勇猛に戦っていたこともある。犬もだ。呪いから解放されたディープ・ドラゴン――いや呪いを解かれたのだからドラゴン種族ではないのだが、ともかく――は未知の奇怪な生き物としか言い様がないが、長年彼女に付き従っている。足音どころか一切の気配がなく、速く、強靭なのは、質量の制約がないからだ。ヴァンパイア並みの奇妙さだった。

ともあれ彼女は、エドの問いをいったん受け流した。沖合いを見やって、つぶやく。

「あの船、突撃できると思うけど」

立ち止まってややかがみ、犬の背を撫でた。

なるほど、とは思う。姿こそ犬だが、ディープ・ドラゴンの本領はもともと水中だ。この犬の機敏さなら火砲も石弓も物ともせず船に近づけるだろう。が。

「できたとして、どうする……まさか、本気でそのつもりでここにいるんじゃないだろうな？」

一応、釘《くぎ》を刺す。

クリーオウは口元に手を当てて吹き出した。こちらが焦ったのが可笑《おか》しかったらしい。

「いいえ。ラポワント市のほうに避難してきたの。ローグタウンはもう危険だって、ラチェットが言い出したら聞かなくて」

と、顔を上げて付け足す。

「大丈夫。マキも連れてきた。それを伝えておこうと思って、こっちに寄ったんだけど」

「そうか。すまない」

息子のマキは足が悪い。他に事情もあって部下に世話を頼むことが多いのだが、騎士団は今まったく手が足りず、フィンランディ家に頼っていた。はみだし者ぞろいのあの村でさえ、マキを家に入れたがるのはフィンランディ家くらいだ。

彼女は懐かしいものを見るように、海に視線をもどした。実際、懐かしくはあるだろう。約二十年前に彼女も海を渡ってきた。凝ったように自分の肩を揉《も》んで、彼女は、田舎に慣れてすっかり街が息苦しくなってね、とぼやいた。

「学校に寝泊まりすることになりそう。そういう家族も結構集まってる。クレイリーが、寮を整理して開放してるわ。あの人……怪我、お気の毒ね」

「死なくて幸いだ。奴を失っていたら、議会と渡り合うのは難しい」

スウェーデンボリー魔術学校は非魔術士による管理を受けながら、魔王オーフェンの威光で実質的な自治を保ってきた。そこは戦術騎士団とまったく同じだ。その彼が騎士団からも学校からも失われ……たちまちに議会に支配されないためには、議員との関係に通じたクレイリーは不可欠の人材だった。

苦境を思えば、いれば十分というものでもないが。避難してきたクリーオウの判断は賢明だろう。苦々しく続ける。

「クレイリーは魔術士狩りがまた始まると見ている。タイミングは恐らく、公聴会で我らが魔王が情報を暴露してからだ。噂が出回り出すのはその数日前からだろうが」

「ラチェットは、今日の日暮れには暴動が始まるって」

あっさりと彼女は言ったが、穏やかな話ではない。

「なにか根拠が?」

いくらなんでも早すぎる。が……考えようによっては、そう思うからこそ、敵は伏兵を隠しているかもしれない。これが周到に準備された攻撃であるなら。

「さあ。あの子にも分からないみたいだけど」

そう言うクリーオウの口ぶりは無頓着なようでいて、不安の色が見え隠れする。感情を隠すタイプでもない。ただ、彼女が心を砕いているのは街の混乱や暴動のことなどではなく、家族のことだろう。

「あの子はたまに、変に勘が鋭いっていうか。頓珍漢なんだけど的に当たってる時があって。こんなの、親の欲目なんでしょうけど」

口ごもってから、こう続けた。

「でも虫のいるリンゴを買いそうになると必ず止めてくれるの」

「そのくらいなら観察力があれば――」

「家を出る前によ。それで最初に目につくリンゴは、必ず虫食い」

「…………」

エドは、かぶりを振った。

「君らの娘たちが特殊な才能を持っていても、今さら驚かない」

「……ラッツベインとエッジは、ちゃんと働けている？」

「どちらかというと好ましい返答ではないだろうが、非常に有能で、今も全騎士団中で最も危険な任務に就いている」

好ましくないだけではなく口を滑らせるべきでもなかったのだろうが。

滑らせついでに、エドはうめいた。

「この現状は、嫌なものだな。俺は学生を騎士団に徴用することまで提案した……大丈夫だ。他のふたりが却下した」

　洋上を睨みつける。陸はともかく海だけは平穏に思えていたものが、巨大な鋼鉄の建造物が波間に浮いて、逃げ場などないと威圧している。

「これ以上悪くなる前にあんなもの、日暮れまでに沈めてしまったほうがいい」

　我ながら、それは減らず口だ。クリーオウも呆れたろうが、声は柔和だった。

「あなたらしいわね。目的のためなら手段は選ばない」

「悪いことのように言うな。手段を選んで負けていい仕事じゃない」

「そうね。今となってはちょっと思うんだけど、わたしって夫よりあなたに似てるかも」

　軽く笑って言い残し、彼女は引き上げていく。

　またひとりになって偵察を続けたが、ざわついた感情を落ち着かせるには予想以上の時間がかかった。とはいえ、半時間というところだ。船にはなんら変化もなく、退屈な時間を噛み潰していく。

　だが無為な時間と思えても、失われていく猶予は生命線に直結している。そのはずなのだが。

　なにもできない。波打つ衝動をなんとか抑えつける。

　あんな船などは沈めてしまったほうがいい……間違いないのだが。

（できたとして、どうする。という話だな）

目的のためなら手段は選ばないが、目的は慎重に選ばざるを得ない。

船に変化があったのはそのすぐ後だった。

7

ネットワークの呼び出しに部下はすぐに応じた。騎士団員でもシスタは腹心で、機動力のあるそれなりの使い手だ。

「〝ナイトノッカー〟だ。アキュミレイション・ポイントからラポワント市に移動中。船から下りた奴らを追っている。お前は入れ替わりで、船の監視に回れ。ただし、港湾と街は騒ぎが広がりつつある。警戒しろ」

「了解、隊長」

いったいなにが起こったのか、あるいはなにが起こり得るのか、彼女は問うてこなかった。そんなことをする女でないのは知っていたが、軽く安堵した——ディテールが曖昧になるネットワーク上で、うまく説明できる自信がなかったのだ。

ただ、虚を突かれ続けているのは間違いなかった。

ラポワント市に向かう馬車中で、港湾警備員の服は着替えた。港を離れれば間抜けに見えるだけだ。どのみち疾走する馬車を同じく追跡しているのだから、監視はもはやばれているが。

（奴ら、随分と手際よく馬車を手配したな）

目立たない格好に着替えながら、考えを巡らせる。停滞していた事態が一転、動き出せば追いかけるのにも必死だ。

〝奴ら〟は船から下りてきた。

なんの前触れもなく小型艇がガンズ・オブ・リベラルから投下され、それには五人が乗り込んでいた。作業員を避難させていたため停船も捕獲もできなかった。小型艇は港に着き、三人を下船させた。あとのふたりは船頭と漕《こ》ぎ手で、船へと引き返していった。

エドはすべてを見ていた。姿を隠し、息を潜め、情報を拾おうとした。恐らく意外ではないことだが、そのうちのひとりの顔を知っていた。

ひとりは老人だ。かなりの歳だが、身体は頑健そうで桟橋に上がるのにも連れの手を借りなかった——ふたり目、四十ほどの嫌みなにやにや笑いを浮かべた男がしきりに世話を焼きたがっているのにもかかわらず。にやけた男は老人に媚《こ》びへつらい、水たまりでもあればその上に横たわって足場になりそうな態度だった。道化じみた甲高い笑い声が何度か聞こえた。が、エドはその男の態度に隠されたものも見ていた。愛想と笑い声を絶やさない中、男の目は笑っていない。

　会話が聞き取れる距離まで近寄りたかったが、それができなかったのは三人目のおかげだ。この男に見覚えがあった。先のふたりとは明らかに属性が違う。物静かで、そして隙がない。鍛え抜かれた体躯《たいく》にこれ見よがしに拳銃と帯剣している。

（騎士だな）

　騎士団といっても、キエサルヒマの王立治安騎士軍のものだ。

　もっとも王立治安構想は撤廃されたため、今では別の組織のはずだ。エドが記憶していたのは最接近領にいた頃、教官として何度か見かけたからだ。こちらももう老人といってもいいだろう。

（全員、攫《さら》うか？）

　そう考えた。今なら港に人目は少なかった。

　が、皆無でもあるまいと躊躇《ためら》った。結果としてはそれで良かったのだろう。彼らは三人で降り立ったが、出迎えがあったからだ。

　港湾に無数にある倉庫のどこかに潜んでいたと思《おぼ》しき、十数名の一団が出てきて、接触した。老人は何度かうなずき、にやけた男が大仰な身振りで祝いのようなことを述べた。かろうじて、これだけ聞き取れた。

「今日、ここで、すべてが変わります――不当な勝者が敗者に！　革命は達成されます！」

それで、出迎えた連中の素性も見当がついた。独立革命闘士だ。人数がこれだけいて知った顔がないということは、弱小のはぐれ闘士だろう。だからマークもされていなかった。

にやけた男が短い指示を出し（「手はず通りお願いしますよ」と言ったように見えた）、彼らはそのまま別れた。出迎えはまた倉庫のほうにもどっていく。なにかを始めるに違いなかったが、三人の観察を優先せざるを得なかった。三人は、自分たちが監視されているのは分かっていたはずだ。だが隠れることもなく港から街中へと移動していった。港からは作業員を退避させているが、街に近づくと物見高い住人が謎の船を一目見ようと人垣を作っている。屋台まで出ているような始末だ。なんにしろ、野次馬と出くわしても彼らは堂々としていた。

人混みはこちらにも幸いした。紛れ込めば近づいて様子を見れるからだ。

「我らはリベレーターです！」

にやけ男は今ではすっかり、真摯で情熱的に声を張り上げていた。聴衆に向かって。

「騙され、利用されているあなた方に、真実をお伝えに参りました！」

心臓を握りつぶされるようなぞっとした悪寒が、身体を這《は》うのを感じた。

彼らが街を進むうち、ビラが出回り始めていた。

あちこちで、何者かが配っているらしい。さっきのはぐれ闘士らか。ビラはあらかじめ倉庫に置いてあったのだろう。数枚を手に入れた。すべて同じ内容だ。

読んで、悪寒が的中したと確信した。

『革命支援組織リベレーターが一部特権者の悪徳を暴露する』と派手な見出しに、本文が続いていた。

中身は長々しいが、要は資本家を糾弾する内容だった。元アーバンラマ資本家が政治と資本を独占して原大陸の利権を支配し、労働者に還元しないことを過激な口調で責め立てている。魔術士も同様だ。それだけなら、革命闘士どころか井戸端会議でも言われているような話だが――

魔王術の存在が暴露されていた。

情報の出所は、キエサルヒマ魔術士同盟から、となっていた。キエサルヒマでは魔術士が市民に情報を開示し、魔王術の恩恵で社会に奉仕する方針を決定したと。

エドがなにより冷たい刃《やいば》を感じたのは、その暴露の内容だった。

今まで、魔王術の存在が漏れる可能性は常に考えていた。最悪の露見の仕方は、騎士団がヴァンパイアを抹殺していたのが知られることだと。だが人体が変異暴走して社会に危害を加えるヴァンパイア症に魔術で対抗するのは、騎士団の役割として一般にも認められている。さらに多くのヴァンパイアを抹殺してきた事実が知られるのは、あくまで既にある反感の延長として警戒してきたのだ。

違った。最悪なのは、そんなことではなかった。ビラは戦術騎士団の闇の役割についてなど触れていない。魔王術が死をも蘇生《そせい》させ、とてつもない公益をもたらす可能性について語っていた。そして原大陸の魔術士は自分たちと資本家のためだけにそれを使うつもりなのか？　と。厳しく糾弾している。

さらに悪いのは、魔王オーフェンを吊《つる》し上げにする公聴会は、恐らくこの内容を裏付けるものになる。もちろん、騎士団が認められた権限を遥《はる》かに逸脱して行動していたことも付け加えて。

この手の宣伝は何度も行われてきた。魔王オーフェンの野心や邪悪な作戦について。今回決定的に違うのは信憑性《しんぴょうせい》だ。騎士団の敗北、あれほどの船を用意して乗り込んできた〝リベレーター〟、そして公聴会の内容のリークも始まる。市民は信じるだろう。暴動？　起こるかもしれない。

三人はアキュミレイション・ポイントから馬車に乗り込んだ。演説の役割はもう三人にはなかった。みなが口々に叫んでいる。聴衆の熱気が高まっていた。街を押さえつけていた不安から一転、ガンズ・オブ・リベラルは大衆を味方するために来たと宣言したのだ。最初の一声をあげたのはサクラかもしれない。二声目からは違った。

「海から来た！　海から来た！」

「俺たちは解放する！　俺たちは解放される！」

「銃となれ！　武器はある！」

掛け声に統制がある。やはり準備された動きだ。

騒ぎは広がったが、まだ暴動にまでは至らなかった。数時間以内に収まらなければ危ない。路上に溢《あふ》れた人々は家に帰るより、手近な商店を襲い始めるかもしれない。アキュミレイション・ポイントには大統領邸もあり、暴徒が攻め寄せれば警護隊が応戦し、死者が出る可能性は高い。そうなれば騒ぎはますます巨大化する。

群衆が押し倒そうとしている馬車に近づき、全員を手早く蹴散らした。街から逃げようと走り出す御者に、それならラポワント市に向かえと命令した。例の三人を追う方向だ。

その車中に、今いるわけだ。シスタへの指示を終えて考える。三人が向かうのがラポワント市で、目的がまた同じ暴動を起こすことなら、市内には既にサクラや扇動役を配置済みだろう。別の部下に思念を飛ばし、派遣警察隊に飛び込んで体制を整えさせるよう、命じた。アキュミレイション・ポイントで広まった以上、騒動はいずれ波及してくるだろうが、今日のところを抑えるだけでも意味はある。

クリーオウ・フィンランディは学校にもどっただろうか。〝マンイーター〟クレイリーとも交信し、学校の防備を固めるよう言った。

クレイリーの返事は、こうだった。

「それはする……が、同じ手を使う可能性は、低いんじゃないか？」

エド自身も落ち着いてきたこともあって、クレイリーの淡泊さも癇《かん》には障らなかった。話も分からないではない。ラポワント市の住民はガンズ・オブ・リベラルを見ていないのだ。単に演説してチラシを撒《ま》いても熱はだいぶ違うだろう。

その三人があまりに急いで移動を始めたことを、クレイリーは気にした。自分ならもう少し留まって混乱を浸透させる、と彼は言った。単に様子見をするためでも。そうしない理由があるなら、それはなんだろう？

先に思いついたのは、エドだった。

「時刻だ」

「時刻？」

「もう午後を回って、ラポワント市に着くのは夕刻前だ。オフィスタイムに間に合わせたいんだろう」

「どうして？　郵便でも出すのか？」

「違う。奴らはラポワント市に目的があるんだ。市議会だ」

先日の騎士団の不祥事を受けて、市議会にはほぼ全議員が集まっていることだろう。さっきの出迎えを思い出した。革命支援組織リベレーターを名乗るあの三人は、既に自由革命ゲリラと通じている。

市議会はカーロッタ派の議員と元アーバンラマ資本家の議員が拮抗《きっこう》している。ラポワントの市民を蜂起させる効果的な方法は、火砲でもビラでもない。

「マンイーター！　カーロッタはまだ、議事堂にはいないいな？」

「出てきたとは聞いていない。依然、雲隠れしたままだ――」

「奴らの中に、元騎士軍の男がいた。貴族ゆかりの筋だ。カーロッタが今日という日に再登場し、奴らと手を組み、キエサルヒマの貴族社会とつながったと宣言すれば、まだアーバンラマに資産を残してる資本家はグラつく！　議会は一気に反魔術士に傾く！」

声にも出して口早に告げ、エドは走行中の馬車の窓から身を乗り出した。

前方には同じ速度で馬車が走っている。交信の最後に、エドは叫んだ。

「誰を使ってもいい。カーロッタが市内に入ったなら見つけて、殺せ！　俺は――」

ぎょっとした顔で振り向いている御者は無視して、窓から空中に躍り出る。

「俺は、こっちを仕留める！」

こいつらが、目的たり得る目的だ。そう確信した。

重力制御で加速し、先行する馬車に追いすがる。ほんの一時の推力だが、距離は縮まった。慣性で飛んだまま両手を突き出し、最大威力の光熱波を放とうと――

その刹那に、目標の馬車の扉が開いた。そこからひとり、飛び降りる。元騎士のあの男だ。

やられる前に逃げ延びようとしたにしても、高速で走行中の馬車からの転落だ。ただでは済まない。仮に無事でも、あとでもどってとどめを刺せばいいだけだ。構わずに術に集中した。開いた扉の隙間から、あのにやけた男が手を振っているのが見えた。お別れするように。

突然、エドは身体が失速するのを感じた。馬車が遠のき、それまで自分が乗っていた後続の馬車にまで追い抜かれる。攻撃術を放てなかったのは、エドが地面に叩きつけられていたからだった。

まさに、ただでは済まない。回転しながら身体中を打ち付けられ、意識を失いかける。受け身といっても首と頭蓋をなんとか守っただけだが、全身の痛みを引きずりながら、エドは起き上がった。

なにが起こったのか、頭で分からない時は、身体に訊く。見下ろすと脇腹に穴が開いていた。押さえた手の指の間から、温かい血がこぼれる。傷口の感触と形状は、鋭い。刃物石にでも引っかけて裂けたか？　そうかもしれない。あるいはもっと鋭利な傷だ。刃物の。

ぎらりと抜き身の剣を下げて、元騎士の男がこちらを見ていた。同じ速度で転落したはずなのに、向こうは無傷だ。

不思議はそれだけではない。あの転落の最中に切りつけて手傷を負わせてきた？　そんなことは不可能だし、エドに気づかれずにそれをやるのは二重に無理だ。化け物でもなければ。

「お前を知っているぞ」

男は、そう言った。

してみると、自分の記憶も確かだったわけだ。エドは微《かす》かな満足を覚えた。後手、誤算だらけの中、ひとつくらいは正答が欲しい。

傷からは血とともに力も抜けていく。早く魔術で塞がなければ長くは保《も》たない。

（こいつを殺《や》ってからやるか……塞いでから殺すか）

その上で疾駆していく馬車を追い、ふたりを殺害する。さすがに荷が重い。

エドが答えずにいると、男はゆっくりと近づいてきた。手負いの敵にも気負わず、油断もせず。予想通りに手強《てごわ》そうだ。

それだけでもない。

男の動きに変化が起こった。骨がなくなった。腕、足、胴や頭さえも、関節も骨格もなくなったように歪み、蛸《たこ》のように不気味な動作に変じた。歩き方も人間のものではない。いや……骨格があるかのようなふりを今までしていて、本来の動きにもどったのだろう。

動きが読めなくなった。それにこの変化で転落の衝撃も防いだなら、拳で攻撃しても無駄だ。

「ヴァンパイアか」

キエサルヒマにはこの強度のヴァンパイア症はまだ発見されていないはずだったが。

エドのつぶやきに、男は首を横に振った。

「違う。我々の変異は制御されたものだ……クリーチャーと呼んでいる」

そして剣を振り上げ、襲いかかってきた。

8

空の暗がりから吹き寄せてくる夜風に思う。風は透明で、澄んでいるなら空も透明だ。なら今、光を閉ざしている夜の実体はどこにあるんだろう。

ということを若干気取って言ってみたら、ラチェットの返事はこうだった。

「夜がなんなのかは知ってるくせに、なんでそんなこと言うの？」

「そういうこっちゃないんだよね」

窓から虚空を見上げて、嘆く。だけどラチェットには通じない。じっとりとこっちを見てこう続けた。

「それに今日、そんな暗くないじゃん。月も出てるし。なんか見える？」

「うーん」

実際、なにか見えないかと思って外を眺めたのだ。サイアンは目を凝らした。校庭を見下ろし、正門を見やって、その向こうを見通す。知っている町並みの他は、特にない。松明を手にギロチン台を運んでくる群衆もいないし、ガスを発生させる液体の入った瓶を投げ込んでくる顔を隠した愚連隊もいない。

「あ」

校庭の茂みにスティングのでかい背中が見えた。ちょうど、ひと震えしたところだ。

「立ちションがいた」

「……誰だ？」

言ってきたのは校長である。

クレイリー・ベルム校長だ。彼がここにいるのは不思議ではない。というより、ここは校長室なのだから。

「あー、いや、誰かは分からないですけど」

告げ口するわけにもいかないのでサイアンは誤魔化した。校長も、まあどうでもいいと思ったのか、持っていた書類に視線をもどした。

校長は車椅子に座って、部屋中に積み上げられた本や紙束の片付けをしている。ほとんどは捨てても構わないものなのだろうが、一応目を通しているらしい。部屋は散らかっている上、出鱈目《でたらめ》に物が置いてあるせいで、車椅子には随分と不便な環境だ。

「手伝いましょうか？」

サイアンは申し出たが、校長はかぶりを振る。

「いや、慣れるためになるべく自分でやったほうがいいんだ」

そして苦笑する。サイアンと、もうひとりラチェットを見回して。

「それより、君たちの用事はなんなのかな。もう消灯時間だろう」

時間は真夜中より幾分か前だ。

普通なら校内はほぼ無人で、静まりかえっているところだろう。が、生徒や生徒の家族が避難してきたために校舎内はどこもざわついていた――さっきから赤ん坊の泣き声も聞こえている。灯《あか》りはまだあちこちで点《つ》いている。特徴のある、白い魔術の灯明がほとんどだが、ガス灯らしき灯りもあった。非魔術士の生徒もいるのだ。

寮の部屋は開放され、一部屋にひとつかふたつの家族が寝床を作る混雑ぶりだが、それでも足りない。教室にもテントと寝袋が持ち込まれ、食堂はラウンジとして簡単な改装が施された。裏庭に洗濯場が作られ、校内では有名だった魔王の物置小屋もついに取り壊されて場所を空けた。

孤立した場合に備えての保存食や生活資材の確保、日常的なトラブルへの対処法をまとめたパンフレット作りなど、きりのない仕事を校長はじめ教員はなんとかこなしているようだ。非魔術士の事務員などはいつ引き上げるか分からず（教員たちはむしろ喝采して見送りかねないが）、運営が滞った際には誰かが代わりをしなければならない。生徒の有志が集められ、レッスンを受けていた。

できる限りのことはしているとしても、環境は良くはない。息苦しさのあまり屋上に陣取った家族もいる。問題は、文字通りの混み合った寝床や避けられない人目ばかりではない。スウェーデンボリー魔術学校への避難についてクレイリー校長は、騎士団を襲った革命ゲリラ組織が、次には魔術士を無差別に襲う状況が考えられるため、と説明した。だが危険はもうそれだけではない。学校の敷地を一歩出れば一般の市民が魔術士に石を投げかねない。アキュミレイション・ポイントで始まったリベレーター騒動はラポワントにも波及してきつつあった。

「なんの用事っていうか、ぼくもよく分からないんですが……」

サイアンは視線で、部屋のある一点を示した。

そこは部屋の中心だ。校長室の校長のデスクの校長の椅子。そこに堂々とラチェットが腰掛けている。

本来そこに座るべき校長からも視線を集めて、ラチェットはきょとんとした。

でも一応、つぶやく。

「この椅子、先生は使わないですよね？」

「まあ、そうだね。それで、君たちの用件は？」

「いるとこなくて」

彼女はあっさりとそう言った。今日は様々な手伝いが一段落して、サイアンも手持ちぶさたでいたところを急にラチェットに連れ出され、ここに連れてこられたのだ。ラチェットはそれでもお母さんや犬が来て寮で生活を始めているが、サイアンの両親は外でずっと働いていて避難の予定はないし、構ってやらないとならない相手もいなかった。ヒヨもだが。

というわけで、部屋にはヒヨもいる。彼女は壁に立てかけてあった一メートルくらいある無駄にでかい本が気に入ったようで、床に座って読んでいた。小さい子供が絵本を見ている姿にも見えた。

「先生も業務時間外じゃないんですか？」

サイアンが訊くと、クレイリー校長は微笑した。

「役職につくと、もう残業手当ももらえないな」

傷痕で大きく引き裂かれている笑みは、陽気で気さくな――ついでに言うと、馬鹿っぽくも見えた――美男子だった頃を思い出させる。ほんの数日前のことだが。息をついて書類束を整理箱に放り込むと、言い直す。

「今日のような時は、分かりやすい場所にわたしがいないと、緊急の報告をしたい者が困るだろう？」

「じゃあ、先生になにか伝えないとならないことがあったら、ここに来るわけですよね」

ラチェットが口を挟んでくる。クレイリー校長は軽くうなずいた。

「そうだね」

「夜のうちも、なにかありそうなんですか？」

これはサイアンだ。校長は、今度は軽くではなく、少々の深刻さを混ぜた。

「なにも予測はできないが、これ以上、不意打ちは食らいたくないからね」

よっ、と声をあげて車椅子を移動させようとしたが、動かなかった。サイアンは近寄り、椅子を押した。

「すまんね」

校長はゆっくりつぶやいた。

「移動したいのは一歩だけなんだが。この道具は、それが一番難しいな」

いくら慣れるためといったって、片腕で車椅子を使うのはやはり難しいのだろう。とはいえ、と彼は付け加えた。

「校長に比べれば、わたしはまだ楽をしている」

「え？」

クレイリー校長が校長といえば、前校長だろうが。オーフェンおじさんが負傷したという話は聞かなかったので、サイアンは驚いた。が、クレイリーの意図することは違ったようだ。

「この状況で拘束されて、なにをすることも許されないというのは、彼のような人には拷問だよ。仕事に追われるほうがマシだ。こんな時は」

ちら、とラチェットからヒヨに目を移して、続ける。

「それに言うまでもないが、死んだ者に比べればね」

ヒヨの両親が亡くなったのは最近ではないが、クレイリー校長は昔よく知っていた仲だったらしい。戦術騎士団の最初期の話だ。

そして最後に、サイアンのことまで言い出した。

「今の忙しさでも、君のご両親ほどではないかもしれないな。派遣警察隊は当分の間、不休だろう……」

「はあ」

彼がおべっか屋の本領を発揮しているのだと思い至って、サイアンは微妙な心地でうなずいた。クレイリー校長が今までもっぱら傅《かしず》いていたのは前校長だったが、その人がいなくなって持て余したお世辞が無差別に放たれているのかもしれない。

　急に、ラチェットが声をあげた。

「エドさんは行方不明なんでしょう？」

「どこから知っ――」

　クレイリー校長は、口をつぐんで言い直した。

「どうして、そんなことを」

　ラチェットは緩やかに首を振った。

「いえ、知らないです。マキちゃんの様子見に来ないから、なんかあったんだろうなって」

「彼のことだから心配はしていない。どこかに潜入しているか、狩った敵の耳をつなげて首にかけてるか、まあとにかく仕事に没頭しているんだろう」

　クレイリー校長は肩を竦めてみせた。そして、

「それよりお姉さんたちのほうが気になってるんじゃないか？　彼女らは今――」

「姉の心配はまったくしてないです」

「そ、そうか……」

　これはさすがにラチェットならずとも、サイアンでも分かった。校長は話を逸《そ》らそうとしたのだ。クレイリー校長は表情ほど楽観はしていない。

どのみち生徒相手に突っ込んだことを話すつもりはないようで、また話を変えた。

「しばらく、厄介が続きそうだよ。衛生面を監督できる人手が欲しいし、教室が使えないからといっていつまでも授業を中断もできないから、手を考えないと。カウンセリングもいるな。生徒や父兄からアイデアを公募したら、ガス抜きにはなるかね」

「どれくらい続きそうなんですか？」

「厄介が？」

「いえ、この、状態が」

サイアンは横目でまた窓の外を見やった。

「本当に急にみんな、変わってしまったんでしょうか。実感できなくて……」

「君たちも聞いただろうが、アキュミレイション・ポイントは暴動寸前になった。大統領邸は難を逃れたようだが、リベレーターを名乗る組織の要塞船に港は制圧されたといっていい」

「叔母さんが相当怒ってるみたいで……」

「ああ。開拓団はドックの船を砲撃されたわけだからね。キルスタンウッズは攻撃隊を集め始めたとか。といっても、仮に千人二千人集めたってどうこうできる相手でもなさそうだよ、リベレーターは」

嫌悪も露《あら》わにその名前を繰り返す。

「奴らはラポワントの市議会も掌握した。革命支援組織を名乗って、開拓者の資本家打倒を全面的に支持すると言っている」

「何者なんですか？」

「代表として現れたふたりは、貴族共産会のヒクトリア・アードヴァンクルと、開拓公社のジェイコブズ・マクトーンだ。キエサルヒマの内戦では貴族の名門にありながら王立治安構想解体に動いて名を馳《は》せたふたりだな。まあ、革命家といえば革命家だ」

「でも、それだからこっちでも革命をしようって来たわけじゃないですよね？」

「それはそうだろう。いくらなんでもあの船は志や理念で用意できるものじゃない。莫《ばく》大《だい》な商機を見込んでなければ無理だ。原大陸全部を買い占めるほどのね」

「タイミングも出来すぎなんですよね？」

ヒヨが、本に飽きたのか顔を上げて、初めて話に加わってきた。ああ、とクレイリー校長は同意する。

「最初から全部仕組まれていたと考えるほうが自然だ。こちら側での根回しも含めて、昨日今日の話ではないな」

「…………」

他にも聞いた話はあったが、サイアンは言い出さなかった。リベレーターなる組織の代表者はラポワント市の革命団体と合流して議事堂に入った。一時間近くの演説をして、資本家と魔術士を糾弾した。戦術騎士団は創設以来、強力でかつて類を見ないほどの魔術を隠しながら濫用し続けてきたという。その魔術にかかればこれまで人々が払ってきた多大な犠牲は不必要だったたし、全市民に平等な富を与えることも容易だったが、独り占めしたのだと。

それを問い質す気になれないのは気後れもあるが、やはり――認めるのはつらいが――怒りもある。もしそれが事実なら、あまりに身近な人たちに裏切られていたのだと考えるしかない。誰もが誰もを裏切っていたような話だ。

（ラチェットは、どう思ってるんだろう）

やはり一番ショックを受けていて然《しか》るべきラチェットだが。

ぼんやりと頬杖して、壁を見つめている。考えごとをしている顔だ。没頭すると周りが見えなくなるので、サイアンが凝視していても気がつかない。だからある意味、サイアンが一番馴染んだ顔でもある。そして大抵しばらく見ていると、なにやら言い出すのだ。

「ああ」

とラチェットがつぶやいた。

「起きなかったよね。暴動」

「……幸いにもね」

「でも校長がほっとしてるし、頭巾を被《かぶ》った群衆に吊《つ》られもしないで部屋で暇つぶしてる」

「いや、だから、幸いにもね」

若干複雑そうに、クレイリー校長。

校長はすぐにはピンと来なかったようだが、サイアンは分かった。きっとラチェットはなにかズレたことを思いついている。

「向こうには幸いじゃないよ。なにもかも準備してたくせに、なにか違ったんだ」

話しているというよりは、独り言だ。目を伏せてぶつぶつと続ける。

「ここまで全部不意打ちなのが大事だったのに。あいつらとあいつらには違いがあるんだ」

「どいつらだって？」

不思議そうにする校長に、ラチェットは苛立った。

「自分で言ったんじゃないですか。こっちで合流したんでしょう？」

「リベレーターとカーロッタ派か」

校長はしばし黙考した。合点がいったのか声の調子も変わる。

「そういうことかもしれないな。リベレーターにとってはカーロッタ・マウセンと手を取り合って名乗りをあげることこそ肝要だったはずなのに、彼女はついに姿を見せなかった。単に大事を取ったのかもしれないが、おかげで革命派には動揺があった。頭領を差し置いて、近しい側近ですらないボンダインなんていう小物が共闘を唱えたからね……」

と、改めてラチェットに向き直った。

「違いというのは、なんだと思う？」

だけどラチェットはあまり気乗りしない様子で、

「わたしになんか訊かなくても、先生は分かってますよね？」

「考えはもちろんある。だけれど迷っていてね」

うーん、とラチェットは天井を見上げた。読み上げるように、言う。

「時間がかかれば不利になると考えてるのと、時間を稼げば勝つって考えてるほう」

「その通りだと思う」

校長の同意に、ラチェットはにこりともせずに急に腰を上げた。

「じゃ、帰ります」

「え？」

呆気に取られたみんなに、淡々と告げてくる。

「多分、話したいこと全部終わったので」

ヒヨとサイアンを手招きして、さっさと部屋を出る。

じゃあ、おやすみと声をあげるクレイリー校長に礼をして廊下に出ると、暗い通路でヒヨが魔術の灯りを点《とも》すのを待ってから、サイアンは訊ねた。

「ラチェ、その報告のつもりで来たの？」

「どうかな。分かんない。眠いし。わたし点取り屋でもないし」

大きくあくびして、彼女は眠そうな目をいっそう眠たげに閉じると、ヒヨに手を引かれて歩き出した。

9

開拓村のほとんどには人名が——さらに多くは所有者の人名が——つけられているが、例外もある。有名なローグタウンもそうだし、アキュミレイション・ポイントもそうだ。このレインフォールもそうである。確かキエサルヒマにも似た地名があったようにマヨールは記憶していたが、そのあたりのゆかりの人間が築いたのだろう。

一口に開拓村といっても、原大陸にはアーバンラマ資本家に雇われた最初期の開拓者、続いてキエサルヒマ資本の開拓公社、そして原大陸に移った資本から立ち上げられたキルスタンウッズ開拓団と、時期や色合いで種別がある。また規模もまちまちだ。一般には、村はカーロッタ派について革命闘士を支援しているか資本家側についているかどちらかだと考えられているが、無論、実際はもう少し複雑だった。両者の顔色を見てどっちつかずな場合もあるし、自分がどちらなのか自分で分かっていないこともある。基本、彼らは日々生きるだけで精一杯だった。

中で働いてみればそれは分かる。と、マヨールは言い聞かせるように胸中で唱えた。村で「壊れた柵を直しておいて」と言われれば、それは面倒くさいからやるかどうかという選択肢は存在しない。やっていなかったことが発覚すればたちまちに村中が集まって係を糾弾し、ことの重大性においては逮捕か追放される。ことの重大性とは、獣が家畜や家族を喰《く》い殺すこともごく日常的に含まれるわけだ。

なので……

「マァー、これで、これで、どうして、どうして、ああ、どうして——」

ケイロンが金切り声で繰り返すのを、マヨールは心を空にして数え続けていた。数字はドライだ。どんなことも数字にしてしまえば、腹が立つも立たないもない。きっと、そのはずだ。とにかく昨日の夜その対処法を考えた時は、うまくいくと思えた。

だが十八を数えたところで疑念が生じた。やっぱり無理だ。午前中かかってなんとか直した柵に蹴りを入れ、叩き壊してから監督役のケイロンはマヨールを責め立てているのだった。

「こんなヤワさでたくましーい野獣どもを弾《はじ》き返せるとお思い!?　どんな勝算!?　奴ら案外紳士的で、オヤここは立ち入り禁止のようだよ仲間たち、この村の全員を生後二週間の赤子から順番に喰い散らかすのはやめておこう、ナーンテ言ってくれるのかしら!?」

「いえ、それでもまさか跳び蹴りしてぶち抜いたりはしないと――」

「おや反論!?　いかなるつもり!?　トーシロの挑戦コワーイ！　あたしはダーレあなたの監督。あなたはダーレ泣いて頼むもんだからあたしがギリッギリの予算からなんとかなんとかやりくりして雇ってあげてるあなたはダーレ？」

「ええっと」

脳と鼓膜が麻痺《まひ》しかかっていたものの、マヨールはなんとか意識を保った。

「それと、あなたが蹴る時に『死ねやぁ』と叫んだのも引っかかってるんですが……」

「あたし、なにごとも殺す気で全力なの」

じょりじょりとあごひげを撫でながら、何故《なぜ》か誇らしげに、ケイロン。

よくは分からないまま、反論の愚を犯した自分をマヨールは責めた。ぐったりうなだれ、述べる。

「話は分かりました。ぼくが甘かったです。もっとちゃんとやります」

「アラ素直」

ケイロンはきらりと瞳を輝かせると、すっと顔を近づけてきた。

当然、マヨールは後ずさりしようとするのだがその腕を掴んで引き寄せ、囁《ささや》いてくる。

「あなた、見所あるわー。若くて健康で従順。よく言われない？」

「若くて健康で従順ね、ってですか？　まああんまり言われることはないんじゃないでしょうか」

「当意即妙。気に入ったわー。オキニよオキニ」

掴んでいた腕を撫でてから、突然ぱっと離し、鬼の形相で叫び出す。

「じゃあキチーとやっときなさい！　キチーよ！　キチー！　ほら言って！」

「…………キチーとやっときます……」

「言う前に始めーい！　舐《な》めとんかー！」

壊れた――というか壊した柵を指さして怒鳴ると、きびきび去っていく。これからイシリーンにやらせている畑の虫取りを見に行って、またひとしきり叱るつもりなのだろう。左右に尻を振りながら遠ざかっていく後ろ姿を眺めながら、マヨールはひとりつぶやいた。

「まあ街だろうと村だろうと、変わった人はどこにでもいるか……」

気を取り直して、柵に向き合う。木の柵だ。直すといっても新しい板などというものはないので、壊れた材木でどうにかしなければならない――これも働いてみて分かることだ。資材は大事で、ないからといって店に買いに行けるものではない。

　とはいえ、壊れたものを壊れた材料で元と同じように直すことは物理的に不可能だ。開拓村ではこの矛盾をいくつかの方法で解決する。ひとつにはほとんど無償でリソースを生み出せる魔術士を使う。ひとつには資材をどこかから（どこからかはあえて問わない）調達してくる革命ゲリラに協力する。そのどれもなければ、あとは工夫と技術でなんとかする。

　蹴りで叩き壊される前ならまだしも見かけはうまくいっていたのだが、強度が不足していたのは認めざるを得ないところだろう。それでは駄目だというのも正論ではある。しかし余計に破損した木材を縦に横に並べて、マヨールは途方に暮れた。ますます条件が悪くなってまた同じように試されるとすると、この作業は永遠に終わりそうにない。この前、牛の入った牛小屋で掃除を続けて蹴られた背中もまた痛んだ。ケイロンの指導は、正直、たちが悪い。

　柵は森から近づいてくる狼《おおかみ》か熊を防ぐためのもので、使っている材木も頑丈で重い。辟易《へきえき》しながら、まずは材木から釘を抜いて真っ直ぐに直すところから始めた。

「痛っ」

　指先の痛みにうめく。見ると大きな棘が刺さっていた。皮膚までめり込み、裂かないと抜けそうにない。

あたりを見回してから――噛み切って棘を取り、小声で呪文を唱えて塞いだ。処置が済んでから息を呑んで身を固める。誰もいないのは確認したが、それでも汗が滲んだ。ようやく緊張を解いて、嘆息した。

(別に敵のただ中にいるわけじゃない。そこまで硬くなるなよ。かえってボロが出るぞ)

自分に言い聞かせる。

この村に来てから、これで六日になる。

新しい生活には慣れてもきたが、今のところベイジットの消息への手がかりはない。というより騎士団がどうなったかについても、村に入ってくる情報はなかった。そろそろ街からの資材便が来る頃だが。

(もう、村の外が全部滅んでいても不思議じゃないね。ここの人たちはずっとそんな調子でいるわけか……)

と。

「おーい」

遠くから呼びかけられて、マヨールは顔を上げた。見ると道を村人が走ってくる。

マヨールのいるここは村の裏手なので、村人は村の入り口からずっと駆けてきたようだ。はあはあと息をついて、マヨールに話しかけてきた。

「あんた――ええと、ボブ。あんたと奥さん、挨拶に来たほうがいいぞ」

「え？」

よく分からず、訊ねる。

村人にとっては自明のことであったようだ。びっくりしてみせた。

「ボンダイン議員だよ。帰られた」

「議員？」

「ラポワント市議会のさ。この村からの代表だ。大抵は、村長もしてるもんだが。ボンダインさんはずっとこの村のリーダーだったが、開拓村は開拓民全員のもんだってね、自分も飽くまで一村民だと。立派なお人だよ」

ラポワント市議会の議員は基本的にはラポワントの市会議員だが、開拓村の住民にも参政権を与えるため、村からも代議士を送れる制度になっている。それは逆に開拓村が独立して自治を行えない現状を示しているとも言えるし、そうさせないための仕組みでもある。制度上、市の議員定数は増やせないのに村が増えると開拓者側の議席は増加するので、問題にはなっているらしい。

ともあれこの村に村長がいないのはマヨールも気づいていたし、気になっていた。ボンダイン議員なる名前は村人たちもよく口にしていた。かなり尊敬されているようだった。

「なら、ご挨拶したいですね」

「ああ。ここに長くいるなら、そうしたほうがいい」

彼は繰り返した。マヨールは、ちらと柵のほうを見やったが。

村人は手を振った。

「仕事はあとにしていいよ。議員に挨拶するんなら、ケイロンも文句は言わねえさ」

「あの人でも頭は上がらないわけですか」

「というより、あいつが真っ先に出迎えてるさ。なにをおいても」

連れだって歩いていく。

向かっているのは村の広場だ。背の高いトウモロコシ畑や倉庫の向こうでまだ見えないが、そう遠いわけではない。人の集まっている気配は確かに感じ取れた。

「その人の家はこの村に？」

とマヨールが訊ねると、村人はまたも驚きの仕草をした。

「なに言ってるんだ。君ら、離れに住み込んでるだろう」

「えっ？　あそこは、ケイロンの家ですよね」

「違う違う。あいつがあんなお屋敷ひとりで持てるわけないだろ。ケイロンは使用人だよ。ボンダインさんの留守を預かってる」

「ああ、それでなにをおいてもですか」

「そうだ……あれ？　袖に血がついてるぞ」

「えっ？」

ぎょっとしてマヨールは固まった。さっき指の棘を抜いた時だ。

村人はまじまじとこちらをのぞきながら、

「怪我《けが》したのか？」

怪我を探したようだが見つからない。そうだろう。傷は魔術で塞いでしまった。

「いえ……なんでしょうね」

誤魔化し切れたか駄目だったか。どちらにせよ小さな違和感に過ぎなかったろうが、そうかね、と興味をなくしたかに見えた相手の態度を、マヨールはやや疑心暗鬼に警戒した。駄目だ、と胸にちくりと感じる。どう考えても、ぼくは上手い嘘つきじゃあない。

広場に着いた。人だかりがしている。箱を並べた壇上にでっぷりとした男が立っていて、がらがらした胴間声をあげていた。農村にはあまりそぐわないくすんだスーツ姿で、恐らくボンダイン議員なのだろう。

村人たちはその周りに集って、互いに顔を見合わせて激しく言い合っている。単なる歓迎といった空気ではない。マヨールと歩いていた村人も、怪訝《けげん》そうに小走りになって様子を見にいった。

マヨールも追うが、やや遅れて様子をうかがった。ボンダインと思しき男のすぐそばにケイロンの姿があるのにも気づく。そして騒ぐ人混みの中にイシリーンがいるのも。彼女の偽名を思い出せなかった（やはり上手くない）。なので、あとでさんざんからかわれるのは覚悟の上でこう呼んだ。

「ハニー！」

くるりと振り向き、そしてはっきり露骨ににやりとしてから、イシリーンは寄ってきた。

「ダーリィン」

毒っぽくしか聞こえない甘え声ですがりついてくる。唇を尖らせ、彼女の自称〝オトコ殺し顔〟で。

「たいへんよぉう。もうここから逃げ出したほうがいいかもぉ。キャンディー逃げたぁい。雲に乗りたいな。雲に乗って行こうよぉ」

なにも考えずに言っているような口調だが、掴んだ腕をぎゅっとつねってきた。取り決めてあったわけではないが、本当になにかがあったという合図だろう。

「なんの騒ぎなんだ？　ハニー」

二度目だが、彼女は欠かさずにやりとした。そして紙を一枚、差し出してくる。

「これぇ。読んでみてぇ」

チラシかビラの類だ。結構な量の文章が印刷されている。

どうも村人たちもこれを手に騒いでいるようだ。マヨールは目を落として――

叫び出さないのに全神経を動員した。イシリーンの警告がなかったら危なかった。

「これでぇ、アキュミなんとかいう街は暴動になったってぇ。ものすごく大騒ぎになってきっと何百人も死んだに違いないってあのおじさん言ってるぅ。大統領が人民を殺したんだってぇー。だいとうりょうってなぁにぃー？」

「……お前、演じるにしたってそんなキャラだったか？」

さすがに小声でマヨールが問うと、彼女も目を伏せ、小さく返してきた。

「助けて。わたしの中でキャンディーの人格が膨れ上がってるの」

「救いようがない気はしてる」

言ってから、マヨールはビラから言葉を拾った。

「リベレーター？」

「キエサルヒマから来た革命支援組織だって。どういうこと？　魔王術がキエサルヒマ魔術士同盟から公表されたって書いてあるけど」

「魔王術の存在自体はこっちの革命闘士だって知っている。言い立ててるだけなら今までだってあっただろうけど、ここに書かれているのは……的確だ」

「騎士団も壊滅して、魔王のおじさんも間もなく処刑されるって、あの議員とやらは言ってる。原大陸の労働者は本来の取り分を手にするって。資本家と魔術士を地の果てに追い払って」

「まさか」

「ええ、まさかよね。話が進みすぎ。ちょっと調子が良すぎて、あのボンダインってなんだか怪し――だぁかぁらぁ、キャンディーちんはぺろぺろぺろぺろしたいのぉー」

突然くねくねとタコ顔にもどって(こちらはマヨールがこっそり命名したのだが)、口調も変わる。警戒を発したのだと察して注意を振り分けると、ケイロンが近づいてくるのが見えた。

「あなたたちっ!」

きーきーと耳に響く声で叫んでくる。

「仕事はどぉーしたの仕事は! むしろ今の気持ちをさらに加味して、どぼぉーじたの仕事はっ! さぼりっ!? ろくに働いたこともない奴がさぼりってそれ底がないわけ!?」

「いー……えー……」

ようやくなんとか口を挟んで、マヨールは首を振った。

「ぼくら、ボンダインさんにご挨拶をと」

「………」

さすがに、そんなことはどうでもいいとは言いかねたのだろう。ケイロンは、そうね！　と手のひらを返した。仕草でもそのまま手を返してみせた。

「いー心がけだわよ。知ってる？　あの方はあたしのボスで、つ、まーりはあんたらの大ボスよ」

「あ、はい。大体聞きました」

「あのおじさん、おっきなおなかー。なぁに入ってるのかしらぁー」

「あんたッ⁉」

ずびしと指を突き付け、ケイロンはイシリーンを怒鳴りつけた。

「いくら脳の腐った人型の肉襦袢《じゅばん》だからって、態度ってやつに気をつけなさいよ。オキヲツケよオキヲツケ。五文字までなら記憶できるでしょ。ほら、指一本につき一文字ずつよ」

「はぁーい。おきをつけまーす」

へらへらとイシリーン。呆れるほどに活《い》き活《い》きしている。

ケイロンは半眼で睨み返しながら、

「じゃあ引き合わせてあげるから、失礼のないように。できれば地面に埋まってるといいんだけど、それちょっと面倒くさいわよね」

「ええ、ちょっと」

「キャンキャン、お土きらーい」

ゴギギギ、というケイロンの歯ぎしりは聞かなかったことにしつつ。まあ気持ちとしては共感するものはあったが。

村人たちは話に盛り上がっている。ふたつに分かれてというわけでもないが、喧々《けんけん》と議論していた。ボンダインの話とビラの内容に歓声をあげる者もいるが、「街からの物資が途絶えてやっていけるのか！」と怒っている者もいる。このリベレーターって奴らは助けてくれるのか、と言う者も。

ボンダインはもう壇から降りて、数人に囲まれながら話を繰り返していた。落ち着いて、人々の肩や腕を叩いて回り、優しく声をかけている。自信に満ちて、彼と話した者は少なくとも落ち着きを取りもどしていた。

「ああ、アンナ。もちろん勝利に苦労が伴わないとは言わない。だが賭け時だとは思わないか？　資本家が変化を望まないのは明らかだ――なにしろ黙っていても我々の稼ぎをかっさらっていけるのだからな。我々が望まなければならないのだよ。強く、強くだ。血をたぎらせ、拳を握り、強くだ」

いかにも政治家らしい言葉ではある。勝利、変化、血、拳。文脈に関係なくこれらの言葉を必ず入れる。村の代表というより、無関心な市民を引きつけるために都市の政治家が使う手だが。

「ボス！」

　ケイロンが呼びかけると、ボンダインは話し相手に詫《わ》び、こちらに目を向けた。

「どうした、ケイロン……そのふたりは？」

「最近村に来た者です。キエサルヒマから逃げてきたとかで、テメェのケツもかけないような大たわけの役立たずですけど、雇いました」

「ど、どうも……」

「わたし、おケツいまかいてるよぉー。ここ、ぷにぷにしてるの」

「………」

　ボンダインはしばらくなにごともなかったかのように無表情でいたが。

　最終的な判断は〝女は無視する〟になったようだ。マヨールと目を合わせた。

「キエサルヒマから？」

「ええ。海を渡れば……希望があるかと思って」

「希望か。たった今芽生えるところだ」

「今？」

「ああ。わたしが今こう伝えるからさ。大丈夫、君にはできる」

　ぐっと、いいこと言われてしまったが。

　今度はマヨールが反応に遅れそうになったが、はっと、横でケイロンが凶悪な険相をしている気配に気づいて声をあげた。

「あ……ありがとうございます！」

「君は若い。海を渡るだけの気概があった。だからできるさ」

「わたしはぁー？」

タコ顔で両手は腰、かがんで尻を振りながら、イシリーン。

「キャンちんもお海渡ってきたのぉー」

「もちろん、君もできるさ」

二度目は躊躇《ちゆうちよ》なく言えたボンダイン。さすがに仕事柄、どんな人間にも慣れているのか。

「わぁーい。ありがとうございますー」

奇っ怪にくねってはしゃぐイシリーンだが、腹の中ではあてが外れて舌打ちしているのだろう。あんまりやり過ぎるとケイロンから本気で鉄拳が飛びそうだったので、このあたりで空振りしておくのは必要だったかもしれないが……

「ほらっ！　挨拶は終わったでしょう!?　とっとと仕事にもどりなさいよ！」

怒鳴るケイロンに追い払われ、その場を退散する。

広場を離れて道をもどりながら、マヨールはイシリーンに囁きかけた。

「……どう思う？」

もっと多くを訊きたかったし、できれば長々と検討したかったくらいだが。ひとまずは漠然とひとつだけだ。

「そうね。あいつ、やばいと思う」

「やばい？」

「馬鹿を見てほとんど動揺もしないのは、同じくらい馬鹿な奴か、他人を馬鹿だと思うのは当たり前と考えてるような奴よ。そんなのが血だの拳だの言って人を動かすのはね……」

そう答える彼女の横顔はさっきのタコ顔も忘れて、真剣だった。

10

それから仕事にもどったものの、村のほとんどはもうその日はなにも手につかない空気にはなっていた。予定されていた物資の搬入がなくなったせいもあるが。倉庫にあるものをこれからどう分配していくか、蓄えが底を突く前に物価の急騰をどうやり過ごすか。そもそも戦闘があるなら村をどう守るか。主だった者たちで話し合いが行われたようだ。ケイロンは柵のチェックにもどっても来なかった。

もちろんボンダインもそれに加わって、夜になっても話がつく気配はない。イシリーンはのぞきに行きたがったが、マヨールは制止した。危険のわりには実がなさそうだ。昼の広場での騒ぎをずっと続けているだけだろうから。

柵の補修を終えたらやることがなくなり、イシリーンも暇を持て余してガキ大将に復讐《ふくしゅう》へ出かけていった。マヨールは与えられた離れに閉じこもって、ビラに記された声明を何度も読み直した――これも実があるかというと微妙だが。

リベレーターなどという組織は、もちろん聞いたことがない。

もともとキエサルヒマにいた時も、政治にはさほど関心がなかった。《牙《きば》の塔《とう》》の生活は《牙の塔》だけでおおむね完結する。

ただ、このリベレーターが噂通り巨大な要塞船で現れ、騎士団を壊滅させた奇襲とも関係しており、独立革命闘士らと通じ合っていたのなら、その計画と下準備のきっかけとなったのは……

(三年前の、ぼくの渡航が発端だ。間違いなく)

原大陸の情報をキエサルヒマに持ち帰った。校長から託された魔王術もだ。

誰かが計画し、リベレーターなる組織を作った。最もぞっとなる想像は、《牙の塔》がこれを主導している可能性だ。が、それは考えにくい……魔王術の機密まで損なうのは論外だ。少なくともキエサルヒマでまだ実用化されていないこの段階では。《牙の塔》は古くとなれば情報漏れがあったと考えられる。それは不思議ではない。

巨大だ。秘密を守るには不向きだった。この計画のプランナーは、キエサルヒマ魔術士同盟も一緒くたに打撃を与えるつもりに違いない。原大陸の魔術士がこの声明を真に受けることもないだろうが、それでも不信が生じれば、両者が同盟できる余地を潰すだろう。

きっと、貴族共産会だ。

かつて聖域の崩壊と貴族統治の正当根拠となる王立治安構想を失った貴族たちは一気に権勢を失った。その原因となったオーフェン・フィンランディを魔王として訴えたのも彼らであるし、統治者に無断でキエサルヒマを出奔した開拓者を激しく糾弾し続けてきた。恨みを抱えている。そして原大陸に直接戦争を仕掛ける手段はなかったが、支配の手を伸ばす方法を考えついた。情勢を分析して急所を捉え、自分ではなくこちらの反乱者に戦わせるのだ。

（ぼくのせいなのか……？）

そう思うのは理性的ではない。

だが理屈で否定できたからといって収まるものでもない。

後悔よりも怒りを覚えて、ビラを握りつぶした。

イシリーンの言うように、あのボンダインはどこか怪しい。そう思うのが勘ぐりだとしても、彼の言動は完全に革命派だ。ここに来て数日、この村と革命闘士とのつながりは見つけられずにいたのだが、本当にアタリかもしれない。

ばたん、と扉が開いた。

マヨールらが寝泊まりしている小屋は、離れというより使用人小屋で、ベッドがあるだけの物置といったほうが近い。炊事も外でやらなければならず、天井を見てもぽつぽつと星のように隙間が見えるほどで、雨が降ればかなり悲惨だろう。あまり文句も言えないのは、村にはこれとそう大差ない暮らしをしている者も案外多いからだ。ボンダインが言うほどみなが平等でもない。

ともあれマヨールが目を向けると、戸口に現れたのはイシリーンである。満足な笑みを浮かべ、邪悪な声でこう言った。

「天下を取り返してやったわ。わたしが酋長よ」

と、両手いっぱいの砂糖菓子を抱えて入ってくる。

マヨールはつぶやいた。

「あのな、ハニー。君が楽しそうなのは俺も――」

「ガキども締め上げて情報を集めた。でかくなり過ぎた奴は卒業しちまえ、なんて口走ったのがいてね」

「卒業？」

「あんたらだってでかくなりたいでしょと言ったら、でかくなり過ぎるのは違うって言い出した」

「……君、そんなにでかいかな」

「あいつら、わたしを十二歳くらいって思ってるらしくて」

なんでだろ、という顔で彼女は話をもどした。

「それでしまいに泣き出したから、ちょっと優しくしてやったらコロッと落ちた。あいつらが言うには一年くらい前、急に身体が大きくなった仲間がいて――大人より、家よりもね――ボンダインに相談にいったら、翌日には村からいなくなってしまったんだって。ボンダインが村に説明したのが、その子は村から卒業して、別の相応しい場所で働くことになったって話。そしてみんなに口止めして、そんな子は最初からいなかったと思うように、だって」

「それはつまり」

「ええ。ヴァンパイア症になって、革命闘士に加わったんじゃないかしら。ボンダインにその手引きができるなら、この村はどんぴしゃ。少なくともボンダインはクロね」

「単に革命派寄りの議員ってだけかも」

「革命闘士に翌日連絡がつけられるって、迅速過ぎるわよ」

「そうだな……」

考えていると、なにかが視界の端にちらついたので目に障った。黄色い。イシリーンの頭だった。なにやら頭頂をこちらに突き出してアピールしている。

「なにやってんだ？」

「なによ！　褒めなさいよ！　あんたのハニーハニースイートワイフちゃんが働いてきたんだから！」

「あーあー。はいはい」

彼女の頭を掴んで、ぐりぐり振り回す。

解放されてからイシリーンは、釈然としない様子でぼやいた。

「なんか違うのよね、あんたの撫で方って」

「そうか？　うちではこんなだったけど」

「うわ。アウト」

嫌悪も露わに後ずさりするイシリーンに、マヨールは抗弁した。

「いや、今のはセーフだろ。家の話っていったって――」

「アーウートー。駄目キモ。我が家自慢成分が抜けるまで近づくの禁止。あんた他人。わたしの人生に登場することもなかった」

「酸っぱいワイフだなー」

こう言い出すともう聞かないのは分かっているので、諦める。

それでも会話を無視するほどでもないようなので、今日のは軽いほうだが。

ため息混じりにマヨールは言った。

「見込みはつけたけど、あとどうするかだな。あの議員に気に入られれば情報が得られるかも」

「それか、ぶちのめして吐かせるかよ」

「……いろいろ無事じゃ済まないだろ、それは」

イシリーンは小屋の隅に座り込み、膝の上に頬杖する。不機嫌に返した。

「わたしたち、既にお尋ね者でしょ」

「まあな」

硬いベッドに寝転がって、一息つく。イザベラ教師が今どうしているのか気になった。彼女がマヨールらの足取りを追っているであろうことを思うと、あんまりのんびりもしていられない。

「あとは、成り行きだな」

その成り行きは思いの外あっさりと訪れた。


夜の闇の中、目を覚ました。

小屋のもうひとつの寝台から寝息が聞こえるのを確かめる。ベッドといってもここにあるのはいくつかの木箱を並べて毛布をかぶせた程度のもので、箱の大きさも合っていないので人が乗っているだけでカタコトと音を立てる。イシリーンは寝ている……が、数呼吸ほどで、息が止まった。彼女も目を覚まして、こちらの寝息を聞こうとしたのだ。

「イシリーン」

小さく囁く。

暗がりの向こうから、返事があった。

「起きた。なに？」

「誰か来る」

マヨールは半身を起こした。

「まずズボンはきなさいよ」

「…………」

イシリーンの口出しにやや緊張を殺がれながら、それでも耳を澄ました。まあ手探りで床から拾い上げてズボンもはいたが。

粗末な小屋でも良いところはある。壁の隙間から外の音が拾える。耳をつけると、近づいてくる会話が聞き取れた。

「仲間に引き入れてからでいいでしょう。まあ男のほうはともかく、あのアホ女は叩き直しても使い物になるかアレですけど……」

「時間がないんだ。人を集めねば。リベレーター、思ったより強欲だ……今は従うしかないが」

ケイロンとボンダインだ。

同じ隙間から今度はのぞき見をした。屋敷のほうからふたりが歩いてくるのが見える。隙間からでは月の位置まで分からないが、真夜中をかなり過ぎているのではないかと思えた。村はもちろん寝静まっている時間だ。開拓村の朝は早く、明け方に近づけばここまで静かではない。家畜のほうが目を覚まして動き出すのだ。

「どうすんの？」

「向こう次第だ――」

待ち受けるつもりだったが。

だが、見誤っていた。次の瞬間には外のふたりの姿が消えていたのだ。

どん、と屋根から音。飛び乗った音か。そして。

屋根を突き破って寝台の上に、ケイロンが飛び降りてきた！

ボロ小屋とはいえほんの一瞬でぶち割って来たのだ。身体能力は人間並みではない
――ヴァンパイアだ。

反射的にマヨールは足を突き上げた。カウンターでケイロンの顔を蹴り上げる。返ってきた衝撃に思わず声をあげた。落石を蹴ったような手応えだった。ケイロンの身体は横に弾かれ、今度は壁を破って外に転がっていった。

「どうやら……」

痛みに顔を引きつらせつつ、うめく。

「話す気もないみたいだな」

「わたしが蹴りたかったー」

悔しがるイシリーンだが。

マヨールは外を促した。

「まだ機会はありそうだぞ」

外にいるはずのケイロンは既に移動していた。

小屋の戸口から出て行くイシリーンの後を追う。ケイロンも見失ったが、ボンダインが見えないのも気がかりだった。ケイロンはヴァンパイアだとして……ボンダインは？　ふたりが襲撃してきた目的も分かっていない。正体がばれたわけではなさそうだが。

「〝ちょちょい〟とやる？」

確認してくるイシリーンに、マヨールは首を振った。

「いや、ここまで来たら、全貌が分かるまで呑み込んでやる」

気を取り直し、わっと叫び出した。

頭を抱え、息を吸う。

「なんだ、なにが起こったんだ⁉」

「猿芝居。ママも騙せない」

イシリーンが毒づくのが聞こえたが、彼女も両手を頬に当て、キャーと金切り声を発した。

「キャンってば分かんなーい！　お外くらーいオバケこわーい！」

「誰か！　誰か助けて！」

助けを呼ぶ――のは、敵を誘《おび》き出すためだ。ボンダインに裏の顔があってこれをやっているなら、村人には知られたくないだろう。

すると。

「やってくれるじゃなーい。いいー身体よね。確かめた通りだわよ」

ケイロンの声が、背後からした。

慌てふためき、振り返る（ふりをする）。地面に片膝をつく姿勢で、ケイロンがこちらを眺めていた。蹴られた顎を撫で、舌なめずりしている。

「あれくらいのことができるのは分かってたのよ。あたしが知りたいのはね……もっとスッゴイことができる肉体なんじゃないかってこと。あんたのカラダ」

（確かめたってのは、昼に触られた時か）

悪寒を感じて後ずさる（これは、ふりでもないが）。一撃を食らったというのにケイロンはまったくこたえた素振りもない。

「ケ、ケイロン、さん。さっきのは、あなたなんですか？」

「そぉーよぉー。あたし、かなりスッゴイの。でも、あんたもなかなか。きっと良い素体になるわよ」

「ケイロン」

ボンダインは小屋から出てきた——いつ入ったのかも分からなかったが。狭い戸口から身体を引っぱり出して滑稽なようだが、目つきは酷薄そのものだった。

「勧誘はもう不必要だと言っただろう」

「はい、ボス」

「それにそのふたり、お前が思ってるような輩とは違うようだぞ」

と、その手に持っているものを掲げる。

マヨールは舌打ちしかけた。ボンダインが持ち出したのは革袋だ。小屋に隠しておいたものだった。中には、マヨールがイザベラから取り上げた活動資金が入っている。

「お前こそ、ボンダイン議員とやらじゃあ、ないな」

芝居は諦めて、問う。

ボンダインは笑った。

「いや、間違いなくボンダイン・ベレルリではあるよ。別の名もあるがね」

「面倒だ。得意げに全部べらべらしゃべったらどうだ」

「ケイロンの話では六日前からいたそうだから、議会での声明を聞いて慌てて動き出した派遣警察隊ということではなさそうだな……騎士団の魔術士も全員把握しているが、お前は知らない」

たっぷり見せつけてから革袋を懐に入れ、再び出したその右手は——赤く輝く鱗《うろこ》に覆われていた。それだけではなく鋭いかぎ爪が十数センチも伸びている。

「まあ変異させてから聞き出せばいいだけのことだ」

言うが早いか、巨体に見合わぬ速度で躍りかかってきた。

まずは右手の爪を警戒して、相手の左側へとかわす。

ケイロンも動いている。挟み撃ちで飛びかかってこようとしていたが。

「はっ！」

イシリーンが蹴りを放って妨害する。

速いのみならずしなやかに身体をひねり、ケイロンはかわしてのけた。死角からの鋭い攻撃だったが。イシリーンも意地になって追撃する。拳を突き出すがケイロンの全身の動きのほうが、彼女の腕の動きより素速い。落石のように転がったと思えば離れた場所にぴたりと停まる。派手に哄笑《こうしょう》する余裕もつけて。

「ヒハハハハ！　アホ女に触らせやしないってのよ！」

「こんのォ——」

「馬鹿が鼻水噴いて悔しがったとこで手が届きゃしないっての！　ホンットなんにもできない駄目女！　どうせ毎朝まつげを塗ってアホーウなオトコ引っかけてきたんでしょ！」

「当ったり前でしょ！　他にやることあんの？」

きっぱり断言するイシリーンに、マヨールはうめいた。

「認めるか、普通」

「ケイロン」

ボンダインも口を挟んだが、声はとりわけ冷たかった。

「静かにことを済ませたいんだ」

ケイロンはまだ罵り足りない顔を見せたが、それでも了解した。

「じゃあ、手早くやりましょうかね……」

口を閉じ、鼻をつまんで、ふん、と息を吐く。

途端、肩と胸が膨らんだ。

息で膨れたわけではない――はずだが。まずは上半身の筋肉が膨張した。冗談のような三角形になってから、足腰がそれにつられて相応しい大きさに変化する。身長まで伸びた。筋肉美だ。ギリギリ、パチパチと音が鳴っている。ビルドアップされた肉が服の圧迫をはね除《の》けようとしていた。破れる寸前で止まり、普通のサイズだったシャツがビキニのように胸だけ隠している。

変化を見届けて、イシリーンがつぶやく。

「……マッチョになんのは分かるけど、なんで女になんの？」

ケイロンの身体は女のものになっていた。彼は気にせず笑い、ポーズを取る。

「理想的肉体っ！」

「ゲェ」

イシリーンは嫌そうに吐く仕草をしながらも、

「まあいいわ。女のほうが殴り慣れてる」

「どんな人生送ってきたの、あんた」

「知ったこっちゃないでしょ」

果敢に飛び込んでいく。

その様子を見れば加勢したかったが。

マヨールは慎重にボンダインの爪をうかがった。こっちも相当できる気配だ。仮に全力でも油断できそうにはない。

魔術なしで戦うなら武器が欲しいが、例の魔術武器は村へは持ち込まず、街道に隠していた。だが仮に手元にあったら魔術士の関係者とすぐ露見してしまっていただろう。

敏捷《びんしょう》に動き回るケイロンとは対照的に、ボンダインはまったく動かない。間合いは三歩ほどか。仕掛けが爪なら一息でやられる距離でもないが、これ見よがしに爪を見せたことがかえって別の手を想像させる。

(騎士団の魔術戦士なら……うまく考えるのか)

イシリーンもだが、マヨールにはヴァンパイアとやり合った経験が少ない。フィンランディの姉妹を思い浮かべた。くそ、と己に毒づく。自分だって、あのふたりくらいにはやれて然るべきなんじゃないか？

鼓舞して、地面を蹴った。イシリーンはケイロンを相手に長く保たない、と見ていた。援護が必要だ。未知数のボンダインの強度に賭けるしかない。こいつははったりだと。

短い動作で前に蹴った。ボンダインはやはりほとんど動かず、左手でマヨールの足を払いのけた。左手にかぎ爪はなかった。変化もない。マヨールは休まず左右に拳を放つが、それも同じく左で受け流される。こうなると偶然ではない。ボンダインは右手を変化させながら、それを使おうとしない。理由は……

右手がなくなっていた。

「…………！」

気づくのが遅れれば危なかった。足下だ。ボンダインの肘から先の右腕が、トカゲのような脚を生やして走っている。

跳び上がって噛みついてきた。といっても頭にあたるのは手とかぎ爪なのだが。赤く光って見えるのは液体が滴っているからだった。毒か。となれば触れるのも危険だ。

こちらも跳んで、右手をかわす。

素速く小型の物体が足下から襲ってくるのを、触れもせず避けるのは難しい。右足を引き、左足を上げ、また跳躍し、かがんで転がる――起き上がったところで鼻先に跳んでくるボンダインの右手を見て、仕方なく限界を悟った。横殴りに化け物の右手を打ち払う。右手はぼとっと地面に落ちて、すぐに体勢を立て直した。

が、それまでのしつこさも忘れたようにその場から動かなかった。こちらを観察するように。目はないが。

（ちっ……）

びりっと痺《しび》れ始めた右手のひらを、マヨールは見下ろした。ぬめっとした赤い汁がついている。

「静かに済ませたいのでね」

ボンダインが、落ち着いた声で言ってくる。

「それなりの苦痛は覚悟したまえ……声が出せない程度の」

痛みが。

文字通りひっくり返るほどの激痛が身体を貫いた。地面に倒れたのは分かるがなにも感じない――ただひとつ、この痛み以外にはなにも。

意識を失うこともできない。暴れることも、誤魔化すことも。別のなにかを考えることも。数を数えることすら、なにも。

時間も分からなかった。その状態でいたのが数秒なのか、数か月なのかも。実際にはそれほどであったはずがない――ほんの一瞬か。痛みが通り抜けた時、まだ正気が残っていたのでそう思えた。

うつ伏せに倒れたまま、身体の麻痺を自覚した。許容量を超えた激痛に脳が混乱している。震えが収まらない。

その鼻先に、音を立ててなにかが落ちてきた。尻だ。目の前でイシリーンが尻もちをついた。

げほっ、と濁った咳《せき》をしている。ケイロンにかなりやられたか。そして彼女の背中にボンダインの右手が貼り付いていた。

（やめろ……！）

声が出ない。出ても制止を聞いてもらえたとも思えないが。イシリーンが仰《の》け反り、地面を跳ねるほどのたうった。それきり動かなくなる……目は開いて、こちらを見ていた。同じことを考えているんだろうか。

（ま、成り行きよね）

と。

11

本人に言うことは一生ないと信じるが、イシリーンは品行方正な努力家だ。とマヨールは思う。

彼女と知り合ったのは十五歳頃だ。基礎クラスからイザベラ教室に移り、ほぼ同時期に彼女も入ってきた。

十五の時から彼女は目を引くほど美人だったし、負けん気も強くて年上の生徒にも突っかかっていった。イザベラ先生にもすぐ気に入られたが、実力のほどはといえば、正直、ぱっとはしなかった。

マヨールはもちろん、よく知っている人間と彼女が似ていると思った。妹のベイジットだ。

この第一印象はほぼ最悪といっていい。だが気には病まなかった。妹と同じなら、どうせ彼女はすぐドロップアウトしていなくなると思っていたのだ。当時マヨールが信じていた人生の解法だった。ベイジット的なものの存在しない世界を欲するなら、高い場所に登ればいいのだ。

結論を言えば、彼女はいなくならなかった。なんというか必ずどこかにはいた。どんな困難であろうとしぶとく生き残り、すべての課題を提出した。いくつかの出来はかなり明らかにマヨールを上回った。

妹のことがあったので、マヨールは彼女の不正を疑った。それでもなお、告発のような真似《まね》はしなかった——単に証拠がないというのもあるが、信念の問題でもある。不正ではいつまでも生き延びられない。ドロップアウトまでの時間を多少延ばすだけだと信じていた。自分は飽くまで、実力でそれと戦い抜く。

そんなある日、彼女と話をする機会があった。ちょうど天人種族遺跡の分布上の矛盾に理由をつけよというレポートの〆切《しめきり》が迫っていた。調子はどう？　というマヨールの問いに、イシリーンは髪をかき混ぜながら途方に暮れてこう答えた。

「マジヤバ。先週のカペラ事件の読解も再提出だったしさ。聖域古語なんて知らないってての。辞書ずっと貸出中だしさ。司書に聞いたら順番待ちで棚に出してもいないって」

「図書館で？　持ってないの？」

「あなたあれいくらするか知らないの？」

マヨールの家には当然あった。父が使っていたものと母が使っていたもの、計二冊が。

イシリーンは孤児で、寮生活をしている。諸費は《塔》から支給されているが特別待遇生徒ではないし、かなりケチられているという。

その様があまりに切羽詰まっていたので、マヨールはつい、手伝おうか？　と申し出た。彼女の答えはこうだった。

「ホント？　お金貸してくれるの？」

「……辞書を買うってこと？」

「え。どっかでタダで配ってるの？」

自分でやり遂げる以外のことは思いつきもしないらしい。

タダでね、とマヨールはロッカーに入れていた聖域古語辞書を持ってきた。きょとんとする彼女に、うちにはまだ父親のがもう一冊あるからと告げると、ぱっと喜びに声をあげた。

「ええ？　ホントに？　じゃあこれって、あの伝説のレティシャ・マクレディが使ってたの？　あこがれるー！」

ああ、思い出した。彼女、当時はまだそんなこと言っていた。

結局イシリーンははしゃぎ回って辞書を読むので一日潰してしまい、レポートの進捗はますます困難に陥ったようだが、突貫で強引に全部仕上げてみせた。出来のひどさに先生にこっぴどく貶《けな》されてもいたが、落第だけは免れた。

その後、彼女がどれだけ調子よく立ち回り、マヨールを小馬鹿にしようと、根がどこにあるのかは分かっている。彼女は頭も良いし、愛想良く立ち回ることもできる。性根も曲がって口も悪いが、ド根性の突撃頭なのだ。

身体が満足に動かせ、声が出るようになるまで、数時間かかった。

それでもまだ本調子ではなかったが、とにかく回復するのだということが分かって安堵した。

「……なにホッとした顔してんの」

イシリーンには皮肉を言われたが。

まあ、確かに状況はそれほど良いとは言えない。

毒で倒れた後、意識ははっきりしていたのだが目隠しされて運ばれた。恐らく、ケイロンに抱え上げられていたのではないかと思う。結構な距離を輸送されたようだ。目隠しを外された時には地下と思しきこの牢《ろう》の中にいた。

「海を渡ってから、なにかっちゃ捕まって必ず地下に運ばれてる気がするよ。だから……」

少しずつ動かせる部位を確認しながら、マヨールはぼやいた。

イシリーンも同じく、手をぶらぶらさせながら促してくる。

「だから？」

「かえって安心するようになってきた」

と、牢を確かめる。

といっても扉を補強された地下室という程度だ。ヴァンパイアを閉じ込めることを前提とした騎士団の牢ほどでもないし、それですら魔術士にはあまり意味がない。扉は鉄を仕込んだ樫《かし》製で、壁や床は合板。灯りは置いていなかったので目隠しが取れた時に混乱しかけた。扉の下側に手が入るくらいの隙間があり、そこから光が入ってきている。

おかげで部屋の大きさも分かっている。奥行きがそれなりにあって家具らしき物はないので広く感じる。臭いはひどい。部屋も使い込まれており、かなりの期間、監禁に使われていたのを感じさせた。

「それに」

と声をひそめて視線で示す。光の届いていない部屋の奥を。

「原大陸最高の魔術戦士より首尾良く潜入できてるなら、悪くない」

「え？」

イシリーンは気づいてなかったようだ。顔を近づけ、小声で続ける。

「シッ。扉の外に見張りがいる。多分ね」

「分かるの？」

「推測だよ。あんなのを捕らえてるんなら、俺なら何十人にでも見張らせる」

奥には男がひとり、倒れていた。

無造作に転がされている。死んではいないが、動かない。マヨールは慎重ににじり寄った——灯りがないため分かりにくいが部屋の悪臭に血の臭いが混ざってきた気がする。血まみれだ。

思い切って触れてみた。血で汚れた衣服の感触。だが怪我はない。一度は負傷したはずだ。全身痛めつけられていたが、特に腹部にかなりの傷を。それを完全にふさげるのは魔術しかない。自分で治癒させたのだろう。健康体なのに意識はなく、ここから逃げてもいないのは不思議だ。というより、敵を皆殺しにしていないのが不思議だ。

その男の顔には見覚えがあった。戦術騎士団の隊長、エド・サンクタムだ。紛れもない最高峰の魔術戦士のひとりである。捕まっていたとは。

（逆に考えると……）

この組織は思っていたよりずっと手強い。魔術士とバレればこうして意識を奪っておく手段もあるらしい。

「あいつら、人を集めて素体にするとか言ってたわよね」

「リベレーターに差し出す、みたいな口ぶりだった」

「裏の顔を持ってて、人を攫ってなにかに利用すんの？　まるっきりの悪の組織じゃない」

「世間に隠れて危険と見なした人物を消し去ってきた組織もあるから、どうとも言えないかな」

　ため息をつく。

　イシリーンは納得しなかった。自分自身が魔王術士の見習いだというのもあるのだろうが。腕組みして顔をしかめる。

「魔術戦士にはそうする理由がある」

「なら、他の誰にも同じことをする理由がないとも言えない……っていうのは多分、あの校長が一番危惧してたことなんだろうな」

「敵の肩を持つの？」

「そうじゃない。敵は馬鹿じゃないし狂人でもないから侮れないってことだよ」

　あるいはこちらも同じくらいの馬鹿だし狂人だということかもしれないが。

　三年前にカーロッタ・マウセンの手下に誘拐された。暴走したヴァンパイアを諫《いさ》めたのがカーロッタで、おかげでマヨールとエッジ、ベイジットは生きて帰ることができた。だが死の教主カーロッタが高潔だとか人道家だからとかいった理由ではない。そんなことにはなんの意味もないのだ。自分たちが敵より正しいと思うことも無意味だ。教室の喧嘩《けんか》で、担任に言いつければ勝てるわけではないのだから。

　と、話を続ける前に気配を感じてエドから離れた。とりあえず運び込まれて、床に下ろされた位置に。まだ回復していないように見せようと、悪臭の染みついた床にふたり、うつ伏せた。視界をある程度確保して顔をやや上げながら、寝たふりで待つ。

誰かが入ってくるなら扉の鍵がまず外されるはずだ。が、戸の隙間から漏れる光が一瞬途絶えたかと思うと、そこに男がひとり立っていた。部屋を見回し、扉に向かって言う。

「開けても問題ありません」

（あの隙間から入ってきた？）

マヨールは訝《いぶか》った。もちろん人間が通れるような隙間ではなかったが。その男はすんなり通り抜けた。

遅れて、扉が開いた。

今度は三人の男を通すと、また閉じられた。ケイロンが携帯ランタンを振り、マヨールらの姿を見つける。嫌みに笑みを浮かべてみせた。続いて入ってきたのはボンダインで、残るひとりは知らない男だった。ケイロンとはまた違った方向だが嫌な澄まし顔で、入ったところでボンダインに横目で告げた。

「たったのふたりか」

「三人います」

答えるボンダインに、にこりともしない。

「ひとりは我々が捕らえた。戦術騎士団とやらの頭《かしら》をな。それで、ダジート、お前の首尾はただの女ふたりか」

「片方は男です」

ボンダイン――ダジートと呼ばれたが――はつい反論してしまい、しまったというようにひとりでたじろいだ。ランタンの揺れる灯りに照らされているせいもあるだろうが、村で見たのとは打って変わって慌てた様子で、毒食らわば皿までと覚悟したようだ。続けた。

「それに、ただのというわけではは。怪しい奴らです」

「そりゃあ怪しかろうさ」

男は鼻で笑ったが、こちらを一瞥《いちべつ》して興味を失った……かに見えた。が、なんとはなしにマヨールは油断できないものを感じていた。男はボンダインに圧力を与えるために興味ないふりをしているが、傲慢さは上辺だけのものだ。最初に扉を開けずに入ってきた男へと何度か目配せして、警戒させている。警戒の対象はもちろんエドだろうが、男は倒れたマヨールにも注意を払っているし、ボンダインとケイロンからも目を離していない。

（あの男だけ、軍人だな）

四人の中では一番歳を取っている。格好の細かいところまでは暗くて分からないが、軍服らしく見えた。持っている武器もどこか古めかしい。刀と狙撃拳銃《そげきけんじゅう》を腰に吊っている。

会話から関係を察すると、あの嫌みな男にボンダインは頭が上がらない。歳取った軍人は護衛かなにかか。

（あれがリベレーター、ってことか？）

くどくどとボンダインに嫌みを続ける横顔を見ていると、傲慢さは上辺よりはもう少し深いかもしれないと思う。リベレーターと思しき男は、高い鼻をさらに聳やかすように少し胸を張った。

「我々は、集めろと言ったんだ。言葉の意味が分からないか？　いなくなっても困らない浮浪者がたまたまいたら押さえておけと言ったのではない。お前は村を持ってるんだろう。そこから集めればいいんじゃないか？」

「まさか。そういうわけには……」

ショックを受けて絶句するボンダインに、リベレーターは畳みかける。

「そうか、勝利の後の生活を考えればリスクがあるか。リスクが嫌か。自由だ革命だと威勢のいいことは言うが」

「我々は、作戦のために同志を大量に失ったんだ！　命をなげうった！　だから――」

「ふむ、話をもどそう。そうだな。手勢を失ったからどうにかするべきだ。だからわたしは言った。新たに人を集めろと。調整には数日かかるから可及的速やかに、ひとりでも多く。注文した結果がこれだ。なにを言ってほしい？」

あの作戦か、とマヨールは思い当たった。騎士団基地に囚われていたシマス・ヴァンパイアを、大勢の革命闘士が犠牲になって解放し、戦術騎士団の壊滅をもたらした。心臓が跳ね上がる。その作戦に、妹が参加していたのだ。

となるとここが、ベイジットが紛れ込んでいた組織なのか？

刹那、さらに危険を覚えてマヨールは身を固めた。リベレーターの護衛が彼を見ていた。表情こそ変わらなかったが、まるで鼓動の変化を聞き取ったとでもいうように。

だがボンダインがリベレーターのほうに半歩詰め寄ったため、意識を切り替えた。

「……生き延びた同志がいくらかはもどってくるはずです」

リベレーターの男は半歩どころか眉ひとつ動じない。

「どんな連中がもどってくるのか想像は働かせているか？　自殺作戦に怖《お》じけて逃げた輩か、運良く死なずに済んで命令者に疑念を持った奴か」

「革命への理想はともにある！　説明すればいいだけだ」

「知ったことではないと言いたいが、お前に死んでもらっては困るのでな……」

「カーロッタが手に入らなかったからか」

段々と感情が高ぶり、言い争いになるにつれてふたりはもとより護衛とケイロンも睨み合いになっている。

数秒。リベレーターが手を振って、場を壊した。

「確かにな。我々にも失策はあったわけだ。仕方ない。互いに埋め合わせていこう」

と、手を差し出す。

ボンダインは深呼吸して――一瞬以上の間をおいて、握手に応じた。その間は忍耐に要した時間だろう。

和解を済ませてからリベレーターはまた視線を部屋に這わせて、

「あるものをどう使うか、だな。エド・サンクタムはうまい拾いものだ。リアンの手柄だな」

護衛の男に笑いかける。リアンと呼ばれたその男はにこりともしなかったが、軽く頭を下げた。

リベレーターはボンダインに視線をもどし、確かめた。

「きちんと拘束しておけるのか？」

「わたしの神経毒を打ち込んであります。数日は覚醒しない」

「調整設備と技師を船から下ろすのにいくらかかかる。陸《おか》での拠点の準備もな。それまで逃がすなよ。そして、もう一度言うが、素体を集めろ。追い詰められた戦術騎士団はもはや手段も選ぶまい。次の動きまでに戦力を増やす。時間の勝負だ」

「はい」

そして、外に呼びかけて鍵を開けさせ、部屋から出て行く……

三人が出た後、ケイロンが遅れて残っていた。灯りを手にしばらく扉を見ていたが、不意にこちらに向き直ってきた。

「今のがリベレーターよ。恐ろしい魔王を倒すには、あんな奴の助けも借りないとならない……情けないわよね」

「……………」

マヨールは寝たふりをしたままだったが、ケイロンは話し続ける。

「起きてるんでしょう。あんたが何者か分からない……本当にキエサルヒマから逃げてきただけ？　なら聞いて。正しい判断をして。不正を正すのよ」

ぐっと拳を握り、力を込めて。

「あたしはボスみたいに難しいことなんて気にしないわよ。正しいことに目覚めさえすれば、あんたは仲間。そっちの馬鹿女もね。悪い話じゃないのよ。どうせ変革からは逃れられないんだから。なら早いうちに参加するほど、報いも大きい」

答えようもない。

起きて話していたのだとしても……なにも言えないかもしれない。そう思った。

ケイロンも出て行き、闇に静けさがもどる。なおもしばらく待ってからマヨールは身を起こした。イシリーンが先に起き上がって待っていた。

「さて、色々と分かってきたけど、どうする？」

彼女の問いと目の色で、お互い理解したことに差はないと分かった。成り行きの生んだものは大当たりだったわけだが。こうなると逆に、先延ばしのできない決断が待っている。

闇の中、マヨールは囁いた。

「機会を待つにもどこまで待てるかって話だし、叩き潰すにもそれができるかって話だな」

「あなたの妹がここに帰ってくるかもしれない。そう思うんでしょ？」

「……ああ」

うなずく。暗い視界が虚《うつ》ろに揺れた。

揺らぎが止まらなかったので疑問に思うと、イシリーンの影だった。彼女はさらに近づいてきて、ほとんど耳元にくっつくようにして話を続けた。

「訊いておくけれど、あなた本気で妹を殺しに来たの？」

顔は見えない。逃げ場もないが、マヨールは拒もうとした。

「それは俺の問題だ」

「ほっほーう」

鼻息荒く、小声でだが、イシリーンが噛みついてくる。

「むっかっんっけっいっときましたかこの坊ちゃま。うわー答えるのムズいから関係なーい。あー楽。馬鹿じゃないの？」

「俺がどういうつもりで志願したのかは、君もイザベラ先生も感づいていただろ」

ヴァンパイア化を求めてキエサルヒマから原大陸に渡航した一団に、妹が入っていたことが判明したあの日。マヨールはほぼ即断に近い形で追跡を訴えた。だが即座に決めたのは追うことで……そうしてどうするかは、まだ分からない。

イシリーンはイザベラ先生に指名され、この任務に加わった形だ。ふたりともマヨールの志願にははっきりとは反対しなかった。原大陸に来てここまで状況が深刻になるとは誰も予期していなかったが、それでもマヨールの動機に怪しいものを感じていれば参加を却下されていてもおかしくはなかった。

ふたりから問い質されなかったため、逆にふたりの気持ちも訊けずにいたのだが。イシリーンは我慢を解かれたようにゆっくり言ってくる。

「そりゃ気づいてはいたわよ。出発前に泣き落としてやめさせてやっても良かったけどね。そうしなかったのはなんでだと思う？　それでも行くって言われたら最悪だから。そーなったらもうオシマイ。破局。お別れ。ポイ」

少し離れて顔を見てから、彼女は続けた。

「妹を殺したがってるようなトンチキ野郎でも一緒にいるほうが、別れるよりはマシだと思ったから止めなかったの。も一回訊くわよ？　あなたは本気？　あなたがそうするつもりならわたしは片棒を担《かつ》ぐんだから、マジに答えなさいよ」

「俺は……」

　腹から出てくるものもなく、マヨールはうなだれた。

「分からない。あいつに関することで、俺の考えは当たったことがないんだ」

「また会ってから決める？」

「そうなる。きっと」

「まあ、しゃーないわね」

　イシリーンは諦めの吐息を漏らした。ぽんと、子供でもあやすように背中をさすって
もくれたが。

「なら、あとは待てるだけ待って、やれるだけやりましょ。何日かは猶予があるみたい
だし。なにが来るかしらね……」

「ベイジットより悪いものは来ないさ」

　ほとんどの確信を持って、マヨールはそう言った。

12

街道わきの森から林間地に小洞窟を見つけて、そこに隠された荷物を発見したのは偶然といえば偶然だが、若造どもの甘さがもたらしたものでもあった。

（手放すなら、完全に廃棄するか焼却するべきよ）

いつか取り返すことがあるかも、などと思うから後々見失わない場所に置いてしまう。つまり、目立つ場所にだ。

身元を示す荷物をまとめてあった。正装用のローブと《牙《きば》の塔《とう》》の紋章。紋章にはご丁寧に名前まで入っている。あとは武器だ。これはどこで手に入れたのか分からないが、天人種族がかつて製造した魔術武器……のレプリカか？　もちろん機能はしない。本物ですら機能しないのだから。

イザベラ・スイートハート教師は世界樹《ヒユプノカイエン》の紋章の剣を何度かひっくり返して確かめながら、近辺の地図を思い浮かべた。近くに村がある。

「例のボンダインとかいう奴の村ね」

カーロッタ派の議員だ。議会で、リベレーターと共闘を唱えた。

呪文を唱えて、ローブと紋章を破壊する。既に自分の物をそうしたのと同様に。魔術武器は破壊できなかったためしばらく考えてから、荷物の一番奥に突っ込んだ。

（リベレーター……）

貴族共産会ゆかりの連中だという見当はついている。資金は恐らく、開拓公社だ。目的は原大陸を戦争状態にすること。この戦いと破壊の規模が大きくなるほど開拓公社が介入できる利権は大きくなる。

キエサルヒマ王権の亡霊だ。古傷が疼いた――脇腹の傷痕を服の上から押さえる。二十年以上前の戦いで負った傷。今でも生活には不自由する。時折わけもなく痛み出し、おかげで気むずかし屋の扱いだ。だが今の痛みはどうでもいい。本当に疼くのはあの当時に味わった真の痛撃だ。

この負傷のせいで後方に回された。戦況も膠着《こうちゃく》し、タフレムは貴族連盟と決戦をすることなく和解を迎えた。なにもできずに看過するしかなかった。それで自分は戦死を免れたし、数千の命、十数万以上の生活が救われたのだろう。だが魔術士たちが望んだ魔術士の完全自治の達成も阻まれた。

成し遂げないままこの二十年を生きてきてしまった。それが今、こんな遠方の地で不意打ちを食らった。

因縁が鎌首をもたげるのを感じるが、ひとまずは。

(生徒たちを無事に家に帰さないとね……約束は守るわよ、ティッシ)

街道にもどって、村へと向かった。

13

泣き虫ビッグを最初に見た時思い浮かんだのは『なんで泣く必要あんの？』だった。気に入らないことがあればぶっ飛ばすか踏みつぶせばいい。身長五メートルある皮膚の分厚い巨人にはそうする権利がある。なかったとしても誰が逆らう？

「嫌で仕方ないんだ」

ビッグは泣きながらそう言った。

「みんながどんどん小さくなってく。背が小さくなっていくのはいいよ。可愛《かわい》いし。声が小さくなるのが嫌なんだ……ぼくを見てなにか言っているのに、かがまないと聞き取れないんだ」

「聞く必要ないじゃない。アタシが言ってんのって、そーいうことヨ」

「聞けないと寂しいし、なにを言ってるのか分からないのを潰して殺すのは、嫌な気分だよ。なにを言ってたのかずっと分からないんだもの……夜になって耳元に囁いてくるまで。そうなったらそうなったで、声が消せないんだ」

ふうん、と思った。巨体の悩みって、なってみないと理解できそうにない。

ビッグは重さのせいか、それともかがんでいないと目立ち過ぎるからか、ひどい猫背だ。その代わり荷物や人を乗せやすい。荷と仲間全員を乗せてもビッグは楽に歩けた。

乗り物にするみたいで悪くない？　とベイジットが言うと、泣き虫ビッグはここだけ泣き止《や》んで、明るく答えた。

「そんなことないよ。これくらいは役に立ちたいんだ。そうしてないと……」

と、また泣いて言葉を濁す。ベイジットが怪訝に思っていると、気持ちの悪い枝女ワイソンが、いっそう無愛想に吐き捨てた。

「心がけてそうしてないと、人間を片っ端から千切って殺したくなるのさ。こいつは」

「そこまで悪くはないさ」

優男はひとり離れて首の上に乗っているので、声を大きくして言ってきた。抱えている剣にもたれるような姿勢で、

「ただ、こいつは不安なんだ。まだ理性を失っちゃいないが、これだけ強くなれば心細くもなる」

「いつかはそうなるんだ。そん時が見物だね」

「そうなったら、俺が抑える。だから大丈夫だよ」

巨人のうなじに手を置いて、ダンは半ば、腰を乗せているビッグに言ったようだった。

彼らが話しているのはヴァンパイア症の特性についてだった。ヴァンパイアライズは人体を強化する。軽度であるうちは問題ないが、あまりに強度が進むと見た目も能力も特異なものとなり、理性が危うくなっていく。見ただけでもビッグの強度は相当なものだと分かる。

またダンがひとり離れているのは、彼の力のせいだ。優男ダンは触れられるほど近い距離にある人間に崇拝を強いる。魔術の精神支配とは異なり、フェロモンに似たなにかだろうと言っていた。他人の脳から思考力を奪うほどの物質を分泌しているのだ。外観に変化はないがこれもかなりの強度が進んだ一例だ。そのおかげで彼は仲間からも離れているし、いざとなればビッグを止める役目だと自負している。

「隊はそうやって機能する。つまり……弱みを支え合うことでね」

「あたしにはいらないよ」

細い腕を針金のように組んで、ワイソンが毒づく。

「強がっちゃって」

言ったのはビィブだ――年端もいかない少年だが、この〝隊〟の付き合いはそう短いものではないらしい。揺れるビッグの上で気楽にバランスを取っている。左腕にしがみついている妹の分も一緒に。

キッと睨みつけるワイソンに、ベイジットは笑った。

「十のガキに言われてムキになっちゃーダメっしょ」

「十二だ！」

ビィブが抗議してくる。妹と揃って拳を突き出して、

「それにガキじゃない。俺も革命闘士なんだ！」

「ハーイハイ」

「兄ちゃんをあまくみないで！」

妹のレッタも、舌足らずの声で精一杯怒ってみせた。

ベイジットが肩を竦めていると、ハハハとダンが笑い出す。

「頼りにしてるさ。なにしろハガー一族のビィブ・ハガーだものな」

「レッタ・ハガーもだよ！」

「ああ、忘れちゃいないよ」

「ハガー一族？」

ベイジットは知らなかった。鼻息荒くビィブが詰め寄ってくる――が、怒っているというより、お気に入りの話ができてむしろ機嫌が直ったようだ。

「俺の父ちゃんは誰よりも強ぇ戦士だった！　母ちゃんも。父ちゃんの家族もみんなそうだったし、母ちゃんの家族もだ」

「だった？」

「魔術士にみんな殺された！」

幼い眉間に皺を寄せ、続ける。

「だけど、もっと多くの魔術士を殺してやったんだ。エド・サンクタムが村に来る前に、父ちゃんと母ちゃんは俺たちを余所《よそ》に預けて、一族みんなで騎士団を迎え撃った！」

「七年前の、ハガー村の全滅戦。あたしらと騎士団の最も大きな戦闘のひとつさ。負けたけどね」

険悪にワイソンがつぶやく。ビィブは振り向くと噛みついた。

「父ちゃんたちは他のどんな時よりも多く、魔術士を殺したんだ」

「それで村まるごと消されちまった。ハガー一族もね」

「俺たちが生き残ってる！」

「………………」

これには、ワイソンも答えなかった。ダンも、ビッグの首でひとり遠方を眺めている。

強いヴァンパイアの血族が同様にヴァンパイアライズするというのは、キエサルヒマでもそれなりの確かさで信じられている。実際にその確証があるわけではないが。最大最強のヴァンパイアとして名高いケシオン・ヴァンパイアの末裔《まつえい》というのが、ヴァンパイアという言葉の大本でもある。

ビィブ――と、レッタもだが――はいまだヴァンパイア化していない。だが遠からずそうなると、ふたりは信じている。

「俺たちが強くなれば、戦いに勝てるんだ。困ってるみんながもうあいつらに殺されずに済むんだろ」

「……ああ、その通りだ」

優男は遠くを見たまま、そう答える。

「そうでなくても、タフになるだけの価値はある。敵はどこにいるか分からないからな」

こっそりと居心地悪くベイジットは聞いていたが、彼が言っているのは別の身内のことだろう。

話が途絶えた。泣き虫ビッグの地響きにも似た足音だけが鳴り響く。今は泣き虫もすすり泣きはしていない。

「で、あんたが世話になっていたダジートのねぐらは近いんだろうね？」

訊いてくるワイソンに、ベイジットは首を傾げた。

「多分。アタシはここらに詳しくないから……」

「大丈夫だ。俺が分かる」

「奴を知ってんのかい？」

「まあ、見知ってる程度だが。お前だって知らないわけじゃあないだろう」

「今回の作戦の出所が本当に奴からだったなら、いい気はしないね。うちが世話になってる筋とはちょっと仲が悪いようだよ。あまり良い評判は聞いてない」

「俺もそう良い噂は聞いてない」

ダンは面白くもなさそうにかぶりを振った。

「…………」

「あんたは？」

不意にワイソンから話を振られて、ベイジットは目をぱちくりした——というより、不意だったように振る舞った。彼女がこちらの反応を気にしているのは察していたのだ。

「アタシ？　そんなに知らないんだヨ。船でこっちに来て、他のみんなについてったダケだもん」

「騎士団襲撃に、奴は手下をほとんど注ぎ込んだ……それは間違いないか？」

「うん。そのハズ」

「なら組織は相当に弱体化したわけだ。引き替えに手に入れたのはなにか、それを確かめてからでないと、迂闊《うかつ》には近づきたくないな」

「奴の村に行きゃ、なんか分かるんじゃない？」

話すダンとワイソンに、ベイジットは提案した。

「アタシが行くヨ」

　空気を読むには、なにかと先んじて情報を集めることだ。秘密を抱えているのに後手に回って成り行きに任せるなんていうのは——兄はやりそうだが——根性なしの馬鹿がやることだ。すらすらと続ける。

「ビッグは村なんかに近づけないだろうし、ワイソンも……アレでしょ」

　ワイソンが眉を吊り上げるのを見て多少口ごもったが。

　ダンがあっさり認めた。

「そうだな。ビィブ、レッタと一緒に行ってくれ」

「え？　なんで？」

「子守は持ち回りだ」

　彼はそう告げて、ビィブらに憤慨されていたが。実際には監視の類だろうとベイジットは考えた。しかも彼はベイジットを格別に疑ってそう仕向けたわけでもないだろう——疑念もなく、当たり前に監視すべきだからそうしたに過ぎない。かえって面倒くさい相手だ。冷静で、やるべき仕事を自分の直感や感情でブレさせない。

「ま、そーね。アタシひとりじゃ迷子になりそうだし」

「そういうことだな」

「大丈夫、俺が守るよ！」

ビィブが叫ぶ。レッタも一緒に、きらきらとこちらを見ている。
ベイジットはとりあえず、どう返すか迷い——結局、唾だけ呑んだ。

14

キエサルヒマからの船で原大陸に上陸し、港に数ある倉庫のひとつにひとまず連れられてからは、あとはほとんど目隠しで運ばれたようなものだった。こちらでの誘いに応じて海を渡った渡航者は全員で八十七人。夜中に市外に出ると何チームかに分けられ馬車に乗った。馬車は全部が一所に向かったのではなく、ベイジットを含んだ十四人はダジートなる革命闘士の治める拠点に移送された。御者の口ぶりから、渡航者は補充戦力としていくつかのアジトに振り分けられたらしかった。

いかにも非力でなにもできそうにないベイジットだが、革命闘士らは歓迎した——これは少し拍子抜けだった。粗野で無知な革命闘士だかなんだかといった連中がベイジットを見てなにを考えるか、当然それなりのイメージというのを持っていたのだが。彼らは慢性的な人手不足で、騎士団の苛烈な攻撃にさらされ、脱落者も裏切り者も出す余裕はなかった。連帯を強調し、場を円滑に保てる人間が重用されていた。

やれる、とベイジットが確信を持ったのはそれを見てからだ。ここは魔術士社会と違って、魔術というただひとつの物差しだけで価値が決まるのではない。

物を知らない田舎者に取り入るのは難しくない。そう考えた。そもそもキムラック難民に取り入ってこの渡航者に紛れ込んだのだ。持てる能力をすべて注ぎ込む覚悟で組織を把握し、必要な軸となる人間を見分け、自分の魅力を認めさせた。

魔術士を軽蔑して憎む素振りには、ふりはいらなかった。むしろキエサルヒマの事情を虚実交えて伝え、話を盛り上げた。逆に原大陸の状況などあまり知らなかったが、革命についてはうまく話を合わせた。これは末端の、戦いたいだけの兵隊に対しては簡単だ。意気を揚げて、常に昨日より過激なことを言えばいい。だがベイジットが目指すのはもっと上の知識層で――そこまでとどく声を出すには、空想話になど付き合っていては駄目だ。ダジートや側近と直接話すところまではたどり着けなかったが、下部に地位を築いた。

（ま、これも大事なことだよネ）

ダジートが表の顔で支配しているというレインフォール村に向かう道すがら、後ろを歩いているビィブとレッタを肩越しに見やって、ベイジットは考えをまとめた。低いところから積み重ねて、上部の信頼を得るのだ。この兄妹が跳ねっ返りでダンたちの手を焼かせているなら、ふたりを手懐ければ便利がられるだろう。

「アンタらさー」

ぶらぶら歩きながら、ベイジットは告げた。

「どうなん？　ケッコーきつくない？　学校とかも行ってないんしょ？」

「学校って？」

本気で分からないようだったので、ベイジットは驚いた。

「学校は……学校だヨ」

だが考えてみれば辺境の子らがまとまった学校に預けられているわけもない。《塔》で学校以外の生活を知らないベイジットには、学校に行っていない世界までは想像できても、学校を知らない世界は思いが及ばなかった。

「ま、どーでもいっか。アレはアレであほくさいトコだよ」

「ベイジットは、うみのむこうから来たんでしょ？」

おずおずと、レッタが話しかけてくる。まだ兄の陰に隠れてだが丸い目をくりくりとこちらに向けていた。よほど気になっていたのだろう。

「うみのむこうってどんな感じ？」

「ドーモコーモ、だよ」

「どうもこうも？」

「うん。ビミョーでしょうもない時にはそう言うの。少し難しっかな」

「レッタが訊いてんだ。ちゃんと答えてよ」

と、ビィブ。ベイジットは首を回した。

「海を渡っても地面はあるヨ。それが分かって、アタシはビックリした。遠出しても人間の顔は似たようなもんで、喧嘩の内容も大差ないしね」

「ベイジットの故郷でも、ごうまんなしほんかがろうどうしゃをさくしゅしてるの？」

「……そりゃまあ、どこでもそうだヨ。でも八歳の子供から訊かれはしないケド」

かなり面食らって答える。

「うみのむこうにも、なかまがいるのかな」

レッタの知りたいのはそんな話だったのだろう。返事したのはビィブだった。仰々しくしかつめらしい顔で、

「てことは、敵もいるってことさ」

「たすけにいってあげよう！」

「こっちが済んでからさ」

「だって、こっちはもう終わりでしょ？」

きょとんとしてレッタは言い出した。

「まじゅつしはみんな死んだもの」

「まだ皆殺しじゃないし、その後のほうが大変なんだ」

「なんで？　しんだのが敵なら、おはか掘らなくていいでしょ」

「政権の樹立と秩序維持の——」

「アー、なんなんだろね、アンタら」

さすがにうんざりして、ベイジットは口を挟んだ。

「ガキならもっとガキらしいこと話しな。政権樹立がなンか関係あんのかよ。どうせ中身も分からず言ってんだろ」

「子供扱いしないでくれよ！　俺たちは——」

抗弁するビィブに、ますます呆れてぴしゃりと告げる。

「ハイハイ、戦士なんだろ。じゃあ大人らしく仕事に専念しな。ちゃんと子供のふりしなヨ。誰が聞いてるか分かりゃしないダロ」

「…………」

さすがにまったく聞き入れないほど子供ではない。それは有り難かった。黙り込んだ兄妹に、ベイジットは意地悪く言ってやった。

「村に着いたら、ミルクとお菓子買ってやるヨ」

「……わぁい」

「わぁい」

兄妹がしぶしぶ歓声をあげる（レッタはわりと素で喜んでもいたようだが）。

〝隊〟を森の中に残して、結構歩いている。泣き虫ビッグの巨体を見つからないようにするにはかなり手前で分かれるしかなかったのだ。村人はともかく、噂になれば騎士団が動く可能性もある――基地を潰された騎士団が熱心に見回りなどしてるとは思えないが、ないとも言えない。

自分に与えられた任務は、ダジートの作戦の真意を探ることだ。ベイジットは確認した。ダジートが自分の計画を村人に漏らしていたはずはないが、その後の行動で見抜ける部分は大きいだろう。

なにも見つけられないにしても、息抜きにはなる。

(余計なモンがついてなけりゃもっといいんだケド)

知らない人間に会うのは好きなのだ。さらに言うと、知らない人たちの間に紛れ込むのが。自分の力を感じられる。何者でもない自分を新しい自分に造り替えて、生まれ変われるのだ。

相手が誰であろうと、人間でさえあれば全部同じだ……魔術士だけ特別なんかじゃない。

と。

「ヘンだね」

ベイジットはつぶやいた。

もうそろそろ、村人のひとりふたりとすれ違ってもいい頃だと思っていたのだが。

人の気配というものがない。

歩けどもそれは変わらず。

しばらくして、三人は無人の村に着いた。


「だぁれもいないねー」

二手に分かれて村を見回り、真ん中の広場で集合した。

ビィブとレッタは存外落ち着いたものだった。先ほどの学校の話を思い出し、同じく村というもの自体を実感できないのかもしれないなと思う。

「みんなどっかにいっちゃったのかな？　ね、兄ちゃん？」

「いや、家畜が残ってる。かなり腹を空かせて、柵を壊してるのもいた。全員、魔術士に殺されたのかも」

「ドーカナー。争った跡もないし、死体もナイ。でも、気になるモン見っけたヨ」

と、見つけてきた紙切れを振る。印刷されたものだ。ふたりに見せつけたが、ビィブもレッタも首を傾げるだけだった。

「これ、なに？」

「……もしかして、読めない？」

「読むって？」

「いやマサカ読むってのがなにかは分かるでしょうヨ」

ベイジットはうめいたが、それでも文字が分からなければ読もうとすることすら思いつかないらしい。

（まあ考えてみりゃアタシも古語ナンカ模様としか思わないか）

もう一度目を通して中身を説明する。

「なにが起こってるのか、ダイタイ分かったって感じかな」

「それ読めると分かるのか？」

「まあね」

訊ねるビィブに、ベイジットは半ば上の空で答えた。

実際には少し違った。嘘のつき方を知っている。だから他人の嘘も見抜けるはずだと思う。一枚の紙に書いてある文面を、演説を、作り話を、切り刻んで咀嚼《そしゃく》する。見抜くコツは相手が隠そうとしていることを探るより、まずは一番信じさせたいことがなにかを見ることだ。パズルの要領だ。分かりやすいところから解く。

だがこの兄妹には別の話をしたほうがいいだろう。

「キエサルヒマから革命支援組織っていうのが来た。こっちの革命を助けて悪の体制を壊すって」

「本当に⁉」

「マァ、書いてはあるね。夢物語にしちゃ手が込んでる。印刷もシッカリしてるし」

言いながら思い出す。渡航して最初に運ばれた港の倉庫。大型の機械と油の臭いがしていた記憶がある——船旅の後にくつろげなかったので覚えていたのだ。印刷機とインクだったかもしれない。

「かいてあるんなら、ほんとうなのかな」

「ドーだろね」

言葉を濁す。

嘘と本当に白黒をつける必要はない。濁った配分が分かればいい。濁り方で相手の顔色が分かる。相手がどれほどの嘘つきか。なにが嘘かよりもそれが大事だ。

（チョロい相手だね）

確信して、ベイジットは内心ほくそ笑んだ。自分は兄や魔術士たちとは違う。どこに行ってもうまくやれる。

もう一回りする時間はありそうだったので、今度は全員であちこちを探った。

ベイジットは一番大きい家を見つけて中を確かめた。残された手紙や書類から、そこがボンダイン議員の家だと分かった。ダジートの表の顔だ。家は無人だが数日以内には誰かがいたという痕跡はある。ここまでは他の家と同じだが、裏庭の納屋が岩でもぶつけられた有様で半壊しているのは奇妙だった。なにかしら揉めごとがあったように見えるのはここだけなのだ。

小屋をのぞく。壊れているが寝台らしきものがあり、中に物がそれほど置かれていないから、納屋というより人が暮らしていたのかもしれない。庭師か使用人か。手下かもしれない。

（争ったんなら騎士団が来てたのはあり得るのかな……？）

地面にかがみ込んで漠然と手がかりを捜していると、ビィブがぱたぱたと屋敷から出てきた。両手に荷物を山ほど抱えて。

ベイジットが顔を上げると、自慢するようにビィブが胸を張った――といっても抱えた荷物のせいで顔も見えないが。

「服と、食べれそうなものを集めてきた」

まあ、そんなような荷物だ。手際よく袋詰めされた衣服と肉の塊にパン。チーズ。

とりあえずベイジットはつぶやいた。

「泥棒じゃん」

「このままネズミに食わせてもいいことないだろ」

「ま、止めはしないヨ」

咎《とが》める気などは心底なかったので、ベイジットは肩を竦めた。ビィブは小さく言い加える。

「レッタはこの頃背が伸びてないんだ。食べさせてやらないと」

やはり顔は見えないのだが、まだ屋敷のほうで〝探索〟を続けているレッタのほうを見やったのだろう。レッタの探索はただ散らかすのと変わらない。屋敷の中から、がらがらがっしゃんと物を落とす音がひっきりなしに聞こえている。

ベイジットはふと、訊ねた。

「妹が心配?」

「え?　どうかな。ガラスの物には触るなって言ってあるけど」

「いや今ってことじゃなくて。いつも心配してんジャン」

「そりゃあ……そうさ。妹は弱いから」

「アンタだって大層強いワケでもないっしょ」

「そうだけど、妹なんだから俺が守らないと。そういうもんだろ?」

「フーン。兄妹って仲悪いモンだと思うけどネ」

「なんで?」

「じゃないとキモイじゃん」

話していると屋敷から、今度は泣き声が聞こえてきた。

「わーん!」

指を押さえてレッタが飛び出してくる。

「かまれたー!」

「噛まれた?」

「おっきいネズミ!」

「馬鹿、病気になるぞ。見せてみろ」

抱えていた荷物を置いて、ビィブが駆け寄る。

ぐすぐす泣きながら妹が差し出した小さい人差し指を、ビィブは手に取った。ポケットからナイフを出して、しばらく考えてから振り向き、置いた物の中から酒瓶を見つける。栓を抜いてナイフの刃に酒をかけた。

「ちょっと痛むぞ。頑張ったら、さっき見つけたチョコレート、あとで食べていい」

「ほんと?」

「ああ、お前ひとりで全部食べていいからな……包帯、用意しといて」

後半はベイジットに言った。返事を待たずに手当てを始める。ネズミの毒が回らないうちに傷口を切って、血を吸い出してから酒を染み込ませた当て布と包帯を巻いた。レッタは泣くのを我慢して――何度かチョコレートのほうをちらちら見ながらも――手当てが終わるまで兄にしがみついていた。

「おわった?」

「ああ、もういいぞ。なんでネズミになんか手を出したんだ」

ナイフをしまいながら言うビィブに、レッタは口を尖らせてつぶやく。

「かっこいいぶきがあったの。兄ちゃんが持つといいとおもって。だってみんなのなかで兄ちゃんだけがぶき持ってなくて、それで——」

言い募るレッタを制して、ビィブが問い質した。

「武器だって？」

「チョコ、もう食べていい？」

「ああ、いいぞ」

ぽんぽんと背中を叩いてビィブは屋敷の勝手口を向いた。その顔は菓子に気を取られる妹と大差ないようで苦笑したが、実際のところベイジットも興味を引かれた。ビィブについて屋敷に入る。レッタが散らかしていたのは奥の書斎だったようだが。

ネズミに注意しながら進む。書斎机の開いた引き出しをのぞき込んでビィブが、あっと声をあげた。

「これ……銃ってやつかな」

「狙撃拳銃だネ。昔、キエサルヒマの戦争で使ってたヤツだ」

ダジートが護身用に置いていたのだろう。ゆっくりと息をついて、神からの授け物でも受け取るように、ビィブが持ち上げる——ネズミの糞と小便の臭いが鼻についたので、ベイジットは後ずさりしたが。

「どう使うのかな」

「分かるヨ」

ベイジットはほとんど即座に打算した。懐から、自分の銃を取り出してみせる。今見つけたのとほぼ同型だ。

「アタシも持ってる」

「すげぇ」

「きちんと使えば魔術士だって倒せる武器だよ。それは知ってるネ。ただ使い方は難しいし、練習がいる……余分の弾が奥にないかな」

「これかな」

と、同じ引き出しから紙箱を引っぱり出す。中にはびっしり弾と薬莢《やっきょう》が詰められていた。三十発ほどはある。大きな収穫だ。

「こりゃイーネ」

すぐには取り上げない。まだ自分の銃には弾が残っているし、すぐ必要になるわけでもない――味方が身の回りにいるうちは。あるいは、身の回りにいるのが味方であるうちは。

「俺に教えてくれる？」

目を輝かせるビィブに、ベイジットはにっこりした。

「モチロン」

拳銃と弾を抱きかかえるビィブと、外にもどる。

チョコレートを頬張っているレッタにこの発見の素晴らしさをまくし立てるビィブを後目《しりめ》に、ベイジットは改めてあたりを見回した。

「そろそろもどるカネー。日も暮れそうだし」

「そうだね」

見つけた袋に食糧その他を詰め込み、手分けして背負うと村を出る。

テンションが上がってスキップでもしそうなビィブと、それにつられてはしゃいでいるレッタを先に歩かせ、ベイジットはついて歩いた。自然と、兄妹を眺めることになる。

武器を手にビィブがさかんに勇ましい自慢話をしても、レッタはいまいちピンときていないようだったが。彼女は彼女で、手当てしてもらった包帯を誇らしげにしていた。

(やっぱ、キモイと思うケド)

未知の生き物でも見ている心地で、とりあえず武器は振り回すなと言っておこうと口を開きかけ——

はたと、ベイジットは足を止めた。振り返る。

村は変わらず静かなままだ。が。

「……いま、だれか見てた？」

なにもいない風景に問いかける。

視線を這わせても答えはない。風が吹き抜ける間もなく、ベイジットはまた向き直った。殺気や気配なんてものはまったく信じないベイジットだったが、人間が視界に捉えながら見過ごすものがあるのは承知している。目端がきくというのは、そこに改めて注意をもどせるかどうかを言うのだ。

（ま、大概は気のせいだけどね）

こんな時に、己の直感のほうが正しいはずだと思う輩であればベイジットはここまで生きてはこられなかった。魔術士はいかにも信じそうだと思うが。

はしゃぐあまり早足になっているふたりに置いていかれないよう、ベイジットも足を速めた。

15

「革命支援組織、か」

ビラを手に、ダンはそう言った。

村で見たことを三歩離れた場所から報告しつつ、ベイジットはベイジットで彼の反応をつぶさに観察していた——おおむねは予想通りだ。この第一声も、そして次の言葉も。

「君はどう思う？」

意見を訊いてきた。そうすると思っていた。彼はベイジットを認めている。

帰り道でずっと考えていたことをベイジットは答えた。

「魔王術とかいうのは眉唾だけど、コッチで魔術士が勢力を増してるのは事実っしょ。キエサルヒマでもソンナ感じ。ヤツラは今までも自分を特別だと思って、力を余所のために使うなんてことはしてこなかった。ねじ伏せて道理を分からせないと危険だっていうのは、共感できるヨ」

「魔王術はまったく知られていなかったわけではない。魔術士たちがこれまでにない力を持ち始めているのではないかとは、同志の間でも語られていた」

ただ、と優男は端整な鼻筋に疑わしげな皺を寄せながら、間を置いて言い足した。

「どんな助けであれ問題は見返りがなにかだ」

「デモ、まるっきり見返りナシの助けなんかもっとウサンクサイよ」

「そうも言えるな。どのみち俺たちはキエサルヒマの頸木《くびき》を逃れて新天地に来たんだ。そう易々と奴らに物を頼んでいいわけはない」

彼はビラを畳んでポケットに入れた。一方の手で剣の柄をいじりながら、

「同志ダジートに問い質す必要がある。この前の作戦も、村の消失についても。場合によっては……奴が癌《がん》なら切り落とす」

「アジトに向かうんだネ」

「ああ。手強い奴だが、避けられない」

「近づけば、誰が相手でもアンタの勝ちでショ？」

　と、ベイジットはふと思いついた。

「そういえばサ、村に情報集めに行くなら、アンタ行けば良かったんじゃナイ？　まあ村に人いなかったけど、いたら一発だったジャン」

　それは自分自身も危惧していた。彼にうっかりにでも近づいたら、たちどころになにもかも白状してしまうのかもしれないと。

　が、ダンはかぶりを振った。

「そう都合の良いものじゃない」

「ソーカナ？」

「ひとつには、こう考えるといい。君は惚《ほ》れた相手に本当のことを話すかい？」

　やや皮肉っぽく笑って、続ける。

「俺に尋問された相手は本心を話すんじゃなく、俺に気に入られるための話をひねり出すだけだ。真実を話すよりむしろ、全力で嘘をつく。あまり意味がない」

「ふたつ目の理由がある。ひとりにだけ尋問できるならある程度は有効かもしれない。が、その様を見ている他の人間がいたら、当然おかしいと感じるだろうな」

「そうか。普通じゃないってバレちゃうんだ」

「それでダジートに報告が行くかもしれない。裏を探るには得策じゃない」

意外に思って、ベイジットはたじろいだ。

「随分疑ってるんだね、ダジートのコト」

疑いがあるというより、まるっきり敵と思っているようだ。特段の尋問もなくベイジットを仲間にした判断とは矛盾する。

穏やかにダンは頭を振った。

「奴だけじゃない。俺が信頼するのは隊だけだ」

「どうして？　この隊も、そんなに長く組んでた感じじゃないみたいだケド」

「理由があるから信頼するんじゃない。隊を機能させるのに必要だから信頼する。だから信頼し過ぎもしない。俺が全員を信頼しているから、隊は分裂せずにいる」

ただ、淡々と述べる。

呆気に取られたような心地で、ベイジットはうめいた。

「……アンタ、ホントにリーダーなんだネ」

「どうかな。大勢が従うのはダジートのような男さ」

頭を巡らせる。彼が見たのは少し離れた場所で食糧を整理しているワイソンと、（相手にされていなかったが）拳銃を見せびらかしているビィブとレッタ、あとは小山のようにうずくまって座っている泣き虫ビッグだ。

感傷で眺めているわけではない、とベイジットは直感した。この情報をどう伝えるか——誰にどれだけ伝えてどれだけ伏せるべきかを考えているのだ。

（アタシに似てる……）

と思う。危険も感じるが。

内心を慌てさせたのはむしろ、そう悪い感じがしなかったからだ。その横顔に見とれていたいとすら思ってしまう。

（参ったね。きっと、能力くらった影響が出てるんだ）

頭をかいて紛らわせる。脳に巣くった妄想を。

とりあえず、話を進めた。

「で、ドーすんの？　またアタシが先に乗り込む？」

「奴が同志を全滅させる前提で作戦を立てていたなら……そう低くない可能性だと思うが、帰還した者を無警戒に受け入れるかどうか、微妙だな」

「なら、もどるだけの理由があればイーネ」

考えながら言う。ダンが視線をもどした。

「なにか思いつくか？」

また頼られて焦りそうに――なるのを抑えつけ、ベイジットは告げた。

「騎士団の基地に入って、重大な機密かなんかを見つけたトカ」

「どんな機密と問われたら？」

「サー。なにがいいかな。軍資金の隠し場所なんて食いつきそう」

「悪くはないな。ダジートが興味を持って直接話を聞きにきたら、逆に問い質せる」

「それで悪者ダッテ分かったら、どうすんの？」

「やるべきことをやる」

ダンは冷静に言い直した。

「反動分子ならば処刑し、脱出する。奴の手元に戦力がないなら可能だろう。警戒すべきはケイロン・ジエスだ。相当にやるらしい。ダジート自身もヴァンパイアだ」

「……前にもやったコトあんの？」

「というと？」

「反動分子。処刑」

「必要なことを行動に移せないなら革命はできないさ」

隊はダジートのアジトへと向かった。

一山ほどは越えなければならない。ヴァンパイアの足ならそうはかからないが、ベイジットやハガー兄妹のために着くのは数日後とダンは見立てたようだ。その間、ベイジットは約束通りにビィブに狙撃拳銃の扱いを教えた――数発を練習させて、ビィブは一回も狙った場所には当てられなかったが、ともかく弾を前に飛ばせることだけは分かった。

「これ、ホントに敵を殺すもんなのか？」

「ドーカネ。ノーミソに五センチ大の穴を開けてやれるか、でっけぇ音を響かせるダケかの差は、ほんのマバタキくらいの違いしかないヨ」

騎士くずれの浮浪者に酒と引き替えに教えられたそのままを、ベイジットは繰り返した。

「アタシは三発でコツを掴んだ。掴みさえすればあとは撃てば撃つだけ上手くなる。でも分からないならいくらやっても無駄。使い方のほうを工夫したほうがいいネ」

「使い方？」

「銃口を相手に向けて、イカニモ使い慣れてるヨーナ顔でニヤリとする練習とかさ。大抵は撃つより効果あるよ。弾も減らないし」

ビィブは生真面目《きまじめ》にニヤリ顔を練習し始めたし、そのせいでレッタが怖がって泣いたりもした。

ワイソンは相変わらず皮肉と不平ばかりだったし、泣き虫ビッグは泣き続けていた。近く戦い優男ダンは隊をいちいち調整はしなかったが、全員の行動に気を払っていた。近く戦いになるかもしれない――それも同志だった連中と。否応《いやおう》にも緊張は高まる。変化がないように見えても、進むにつれ隊は心構えのようなものを整えていた。ワイソンであれば口数が減った。ダンの指示はじゃっかん細かくなった。食事の支度、片付け、起床が遅れることを嫌うようになった。ある時ふと、ビッグが微笑《ほほえ》みを浮かべているのを見つけて、ベイジットは仰天した。訊ねても彼は答えなかった。聞こえなかったふりをしていた。楽しみなんだ、とベイジットには分かっていた。ちっぽけな敵の首をねじ切るのが。

「気組みさ」

と、ダンは言った。

「戦いはそれがすべてだ。常に覚悟すること。だから正しいほうが勝つんだ。己を信じられる者が」

二日後の明け方、アジトに着く前にワイソンが地面の「乱れ」を見つけた。

乱れとは、彼女の言だ。大勢が歩いた跡があるという。数十人か、もっと多いかもしれない。数百かも、という。歩き慣れていない者の足跡もあり、そんな人間がこんなところを出歩くのは変だとも。

「消えた村人だろうな。ダジートが村の人間を避難させたのか……？」

「戦争が起こるから、カナ」

「だとすれば奇妙な判断だ。わざわざ戦闘員の拠点に素人を呼ぶか？　それに村ひとつの口をどう養う。そこまで物資が余ってるとは思えないが」

「足跡は薄れかかってるけど、通ってから一日は経ってないと思うね」

舐めるように地面を探りながらワイソンが言う。

しばらく考えてから言い足してきた。

「あたしらだけじゃ手に負えない大事かもしれないよ。ダジートがイカれてるとしても、殺して逃げりゃいいならまだしも、村人の面倒まで見るなら……」

「人助けをしたいわけじゃない」

ダンはあっさり切り捨てた。

「俺たちは革命の仕事をしているんだ」

あたりを探索したため少し遅れが出て、アジトに着いたのは夜中を過ぎてからだった。

戦術騎士団の壊滅から数えて、十一日目が始まる。

16

「絶対蹴った！　蹴った！　蹴った！　なんで蹴るのお姉ちゃんの足なんで蹴るの⁉」

「蹴ってない足が当たっただけ！　歩くの鈍《のろ》いから！　鈍いから鈍いから！」

怒鳴り合うふたりにマジクは、やや離れたところから声をかけた。

「あー……そんなにぶつかるのが嫌なら、少し離れて歩いたら？」

「無理ですよ狭いのにこいつが道譲らないんですから！」

「あ！　こいつって言った！　お姉ちゃんのことこいつってこいつって！」

「なんだろ。奇妙な話だけどぼくは十五とかの頃からこの徒労感に付き合わされてる気がする」

ぼやいてみたものの、フィンランディの姉妹はお互いに額を突き合わせて睨むのに熱中して、聞いてもいない。

まあ、確かに道は狭い。ただあたりは広い。無駄に広がった荒野のただ中を歩いている。砕けた巨石の最中を登っているところだった。岩山の獣道だ。夜空には月が輝く。

（十一日目か）

子供の喧嘩はほっておいて、マジクは思い浮かべた。これも奇妙といえば奇妙な話だが、自然とこの数え方をしている――騎士団の基地が破壊されたあの日から何日、と。まるで暦のように。

これは不吉な考えだ。ある日を暦とするのは歴史が変わったことを意味する。ある境を遡っては二度ともどれないものがあると認めることだ。あるいは、幸いといえるのかもしれないが。

どちらにせよもっと重大なのは、手間取ったまま十一日が経過しているという現実だ。シマス・ヴァンパイアの飛び去った方位へと追跡してきたが、今のところ手がかりも見つけられていない。

（あれほどの強度のヴァンパイアなら見過ごすってことはないと思うんだけどね……）

後ろを振り向いて、追い越してしまった可能性を考える。はっきりと測れてはいないが翼長数十メートルにまで巨大化した怪獣だ。ダメージを負って身を隠していることはあり得るが。

急ぐ必要がある。時間をかければヴァンパイアは強大化していくだけだし、ただでさえ騎士団の手が足りないのだからひとつの仕事にかまけているわけにもいかない。ラッツベインとエッジが苛立つのも分かる――家族がどうなったか心配なのだろう。が。

「お姉ちゃんのことこいつって言っちゃ駄目でしょわたしはエッジのことこいつって言

わないし蹴ったりしないしなのにあなたは小突いたりつねったりほらそうやって暴力ふるって！」

「鬱陶しいからよ！」

どんと胸を突き押してエッジが怒鳴る。二、三歩後ずさりさせられてからラッツベインは駆け戻った。

「鬱陶しくないよだってお姉ちゃんでしょ！」

「なにその理屈。鬱陶しいわよ滅茶苦茶！　もーあれこれ指図するし！」

「あんたがちゃんとできてないから！」

「そっちのほうができてない！」

「どこがよ！」

「できてないったらできてないの！」

口論は終わりそうにもなかったが、マジクはもはや干渉を諦め、心を空にして聞き流す態勢を作った。長年この連中の親から付き合ってきた経験の賜物《たまもの》と言えるだろう。慣れは偉大な避難所だ。やるべきことにだけ集中する。

シマスはかつてないほどの強大化を果たしたヴァンパイアだ。ケシオンにも届こうかという強度だろう。もはや人間としての理性が残ってはいない。辺境のさらに奥、未開の地へと飛び去ったのは偶然だろうが、これがラポワント市に向かう可能性も同じくらいあったのかと思うとぞっとする。

一方で発見が難しくなったのも否めない。どちらがより致命的だったのかは微妙な話だ。

と。

急に静かになったのでマジクは意識を現実にもどした。姉妹がふたり、前で立ち止まってそろってこちらを睨みつけている。どうやら聞き流し過ぎたようだ。

「……どした？」

マジクも足を止めて訊ねると、ラッツベインが声をあげた。

「だから言ってやってくださいよ師匠！　こいつに！」

「こいつって言わないいんじゃなかったの？」

「いーんですこいつなんかこいつで！　だってわたしのことこいつってやめないし！」

ワニの杖を振り回して怒っている。エッジは冷たく姉を見やって、鼻で笑った。

「この人が悪いんです。馬鹿だから」

「あーこの人って！　こいつより断然ヤな感じ！　やな感じのすごさすごいやだ！」

「あー。そうだな。ルールを言っておこう。ぼくのルールね」

両手を広げてなだめる姿勢で、マジクは告げた。

「君たちがふたり同時に怒ってる時、なにを言われてもぼくは知らない。ぼくは風、ぼくは木の枝」

「でも師匠……！」

「ぼくは風。ぴゅうぴゅう」

「うー！」

どんどん、と地団駄踏んでから、恨みがましくこちらを見る。どっと疲れたのか、杖にすがりついてその場にくずおれた。

「どっちにしろ師匠、ちょっと休まないですか？」

「ここを登り切ってからにしよう」

「斜面のほうが寝やすいですよぅー」

「でも、向こう側が見えない。どうせキャンプするなら見晴らしのいい場所にしよう。気分いいよ」

もちろん、休んでいる間も観測を続けるためだが。

気分転換してリラックスしたいというのも本音ではあった。姉妹の喧嘩は無視できても、同じように聞き流しているわけにはいかない心痛もある。

最後の一踏ん張りで岩山を登り、もう少し先に野営によさそうな木立を見つけてそこまで歩いた。時間は少しかかって、今は二時ほどかとマジクは推測した。朝までは休める。

毛布を出して、ぼそぼそと味気ない携行食を囓《かじ》るラッツベインたちを見ながら、マジクはなにも食べないまま息をついた。どんな気分であろうと食事は義務だが、明け方まで何時間か、その気になるまで待つくらいの自由はあるだろう。

喧嘩がひとまず収まって待機戦に移ったので、静かになった。なによりもそれがありがたい。娘同然に面倒を見てきたふたりだが……十日も一緒にいるとさすがに川に流すか地平の向こうまでぶっ飛ばしたくなる。校長たちはよくこんなのと一緒に暮らしていたものだ。

しばらくして離れた岩陰にラッツベインが身体を拭きに行き、帰ってきてからエッジと交代した。ふたりになってラッツベインが話しかけてくる。

「師匠～」

疲れてふらふらといった顔で、実際足がもつれている。杖にもたれるというより杖に引きずられているようですらあったが。ラッツベインに、マジクはつぶやいた。

「寝たほうがいいよ」

「疲れてるんですけど、目が冴《さ》えて……」

ここ数日、彼女がひどい顔をしていたのには気づいていた。隈《くま》が浮かんでよれよれだ。もしかして、とマジクは眉を上げた。

「ずっと眠れてないのかい？」

「まったくってわけじゃないですけどぉ」

「心配ごとがあって眠れないなら、まあ仕方ないね」

気に留めない素振りでマジクは続けた。本当は問題だが、意識させたところで良くなるものでもない。ひどいようならアルコールでも飲ませるか、あとでこっそり術で気絶させるかだが。

ぐったり横に座り込んで、ラッツベインはうめいた。

「師匠は平気なんですかー……？」

「どうだろうね。もっと悪い時もあった」

「今よりもっとですか？」

ぎょっとしたようにラッツベイン。

素直にびっくりしている彼女に、マジクは苦笑した。

「君の両親についてキエサルヒマを回っていた時はね」

「そんなにひどかったんですか」

「いや。ひどかったのはぼくだ。無力だった」

「……今はわたしがそうです」

背中を丸めてしゅんとうなだれる。膝小僧に押しつけた顔から漏れる声は聞き取りづらかった。

「無力ってのは厄介な病気だね。治しようがない」

「そうですよね。やっぱ向いてないのかなぁ……」

「分かってないな。治しようがないのは治す余地がないからだ。君はほとんど完成された魔術士だ。弱点もあるだろうが、問題なく術が使えて肝も据わってる。頭を使えば大抵のことはできるだろう。それ以上のなにかを望むなら——それ以上のなにかが手に入るまでなにもしないというのなら——」

顔を上げた彼女に指を向ける。

「君はいつまでも無力だ」

ラッツベインはまた顔を伏せて、マジクの指を摘んで下ろさせた。

「師匠なのにそんなかっこいいこと言って……」

「悪いね。ぼくは戦術騎士団の総司令。君の最上級の上司だ」

笑って肩を竦める。

「騎士団といえば、確かに大打撃を受けた。もはや機能不全かも。だけどこうも思うんだよ。ぼくらの組織は最初から機能不全だった。なにが問題だったか分かるかい？」

「えーと。予算の不足とか、社会的な制約とか」

「それもあるね。だけど——」

言いかけたところで、割り込んできた声があった。

「騎士団なのに王がいないこと」

「……エッジ」

身体を拭いてきて戦闘装備も着崩しているが、生真面目な表情の地はあまり変わらない。その答えの虚《むな》しさのせいもあるのだろうが。

スウェーデンボリー魔術学校の生徒を戦いの場に出すことには反対したが、この娘たちの年齢もそれと大差ない。ふたりの真っ直ぐな視線にさらされるたびにそれを思い出し、己の偽善にちくりと刺される。これはマジクの側の虚しさだが。

もどってきた彼女に、うなずいた。

「そうだ」

「王様が?」

ラッツベインがきょとんとしていたので、マジクは言い直した。

「別に本当に王という人間がいるって話じゃないよ。戦う意味を委ねる先がないってことだ。君のほうの不機嫌の理由は、それだね。エッジ」

「ずっと前から考えていました。シマス・ヴァンパイアなんて倒したって、ヴァンパイア症は終わらないんです」

「ヴァンパイア症を終わらせられたとしても同じ話さ。カーロッタや自由革命闘士を全滅させたって、逆に魔術士がこの世から消えたって、戦いそのものがなくなるわけじゃない」

「父さんも同じ話を」

「だろうね。同じ話ついでなら、こうも言ったろう？　やるのが無駄だからって仕事が減るってもんでもない、って」

エッジは答えなかったが、聞くまでもない。人が生きる限り永遠とも思えるほど繰り返されてきた話だ。

彼女がラッツベインの横に腰を下ろすのを眺めた。姉妹の喧嘩は始まりも他愛ないが、収まるのも呆気ない。ふたりとも言い争っていたことなど記憶にも残っていないように、並んでこちらを見返していた。ラッツベインが口を開く。

「街のほうでなにが起こってるか、師匠は連絡もらってます？」

「一応ね。ネットワークじゃ正確な情報は分からないけど、また奇襲を受けたそうだ。戦闘ではなくて、政治的に。ラポワント市とアキュミレイション・ポイントはそろって反魔術士に覆る可能性が高い」

「そんなことが？」

ありうるのか、という口調だったので、マジクはまた肩を竦めた。

「別に驚きはしないね。校長が魔王術の存在を公表しようとしたタイミングで余所の人間の手で暴露された。キエサルヒマ魔術士同盟から漏れたんだろうね」

「裏切りを？」

怒りを露わにするエッジに、やはりマジクはかぶりを振った。

「機密を保つには規模が大きすぎたんだろう。だけど責められない。この動きは当然あって然るべきだったし、不善とも言えない。真実は知られるべきと言われれば反論できないな」

「でも、このタイミングは悪意がある！」

「そりゃそうさ。向こうだって遊びでやってるんじゃない」

キエサルヒマは、この原大陸を完全に征服するくらいの気概で仕掛けてきているはずだ。だから——

「だから、ぼくらも愚痴を言ってる場合じゃないってわけだね」

エッジは納得いかなかったようだが、ラッツベインは弱々しく話を進めようとした。

「街は結構まずい感じになってるんですか……？」

「今のところ決定的な暴動には至っていない。怪我人くらいは出たかな」

「そういう、なんか起こりそうなの、嫌です」

ますます落ち込むラッツベインに告げる。

「なにか起こりそうな場所には人を配置している。できる限りはね。彼らがうまくやると信じるしかないよ。ラチェとお母さんは学校にいる。多くの魔術士が避難してるようだ。クレイリーが監督してる」

「クレイリーさん、ですか……」

「君たちが好かないのは分かるけどね。まあ、ぼくもだけど。はっきり言うけどこんな時に能力を発揮できないような奴なら、とっくに殺してるよ」

なにを言うのかとふたりが目を見開くが。

「いや、冗談でもなんでもない。校長に騎士団を任されたから、本当に必要ならそうしなければならない立場だ。ぼくでも、そのくらいには組織に忠誠心がある」

「またかっこつけて、おっきいことばかり言って。子供っぽいですよ」

いまいち弟子には相手にしてもらえないのだが。

それはもう今さら仕方ない。真に受けられ、恐れられるのを望むわけでもない……そして子供じみた話だというのもむしろ当を得ている。

しみじみと彼女は続けた。

「別にわたし、嫌いじゃないですよクレイリーさん。でも、心配なんですよ。怪我も大変ですし、あの人は、その……」

「この状況下で彼の手癖の悪さが発揮されるとは思えないし、できるものならそんな図太さがあってもいいくらいかもね」

いい加減茶化されていると感じたのか、ラッツベインはムッと口を横に結んだ。

「師匠は不安、ないんですか？」

「もちろんあるよ。でも年の功かな。身に染みて分かってるんだ。こうして思いつくような不安なんていうのはね、他の誰かも思いついて取り組んでくれている。それを信じられないなら、ひとりで生きてろって話になる。だけどこれは逆に、理想の話だね」

現実には、とマジクは嘆息した。

「実際にはまだまだ、ぼくらは個人に委ねて逃げているから。その個人が、どうでもよくなってしまうことが怖いよ」

「どうでも？」

「君たちの父親が、ある日ふと、こんな世界はどうでもいいやと思うようになったら、ぼくらは負けるんだ」

ぱっと手を広げて、塵《ごみ》でも払うように振る。この程度の変化ですべてが終わりかねない。そんな話だ。

「そうなっても大丈夫なようにシステムを鍛えないとならないんだけどね……難しいな。組織や構造そのものが成功した例なんて、歴史上どこにもない。ま、将来にもないのかもしれないな」

「納得いかないです」

「そりゃあそうだ。若い時分からこんな知ったような話に平伏するもんじゃない」

首を振ってマジクは夜空を見上げた。息を呑むような星の海……と言いたいところだが、目が捜すのは星に影ができてはいないかということだ。目標の敵が飛んではいないかと。

(なんとも怪しい仕事をしているよな、ぼくらも)

ヴァンパイア症を放置すれば世界は滅びるという。

その大義名分があれば人を殺すことも避けられないとしてやってきたが、そのツケがついに来た。それを暴露するというのも所詮はお題目で、実際の狙いは違うだろう。これに敗れれば原大陸のシステムは終わる。まあ少なくとも魔術士の組織は終わりだ。

(いつかこうなることは分かっていたはずだ)

だから校長は敗北にも備えて、魔王術をキエサルヒマに伝えたのだろう。それが奇襲を招いたのは皮肉でもあり、当然といえば当然か。

「ともあれ、街のことはクレイリーに任せるしかないし、キエサルヒマについてはエドの領分だ。ぼくらはぼくらで、こっちにしかできないことをやり遂げよう。校長がいない以上、あのシマス・ヴァンパイアを解消できる規模の魔王術を仕組める術者はぼくらしかいない」

「…………」

ラッツベインは妹と視線を見交わし、覚悟を固めたのか胸を叩いた。

「そうですね。手間取ってますけど、その分休めたからわたしの体調ももどりましたし。頑張りましょう、師匠！」

こちらが元気づけていたはずだったのだが。

（ま、いいけどね）

曖昧に笑って、マジクは鞄《かばん》を引き寄せた。携行食を取り出そうと紐《ひも》を解《ほど》いていると、ふとエッジの視線を感じた。ずっと黙って話を聞いていたエッジに、訊ねる。

「どうかした？」

姉に比べれば気難しいエッジだが、時折虚を突かれたような顔をしてみせるとやはりラッツベインより幼い。彼女は少し躊躇ってから、やや小声で言った。

「父さんのこと、まだ校長って呼んでるんですね」

「ああ、まあね。そんなこといちいち、余所の事情で変える気はないよ」

人には、それくらいの自由はある。

だからどんな時でも戦える。大袈裟に言えばそういうことだが、大袈裟に言わずして、どう言うのか。

17

濁った沼から眼球だけ這い上がるように、緩慢な意識の麻痺から己を絞り出す。

覚醒したとも言えないぎりぎりの自我の縁を彷徨った。まず最初に掴み取った情報は、この状態が何分も続かないだろうということ。次に、何日眠っていたのか分からず、また意識を失えば次に目覚めるのがいつか分からないこと。

そして次にようやく、自分が誰かを思いついた。エド・サンクタム——魔王オーフェン・フィンランディ抹殺のために開拓団を追ってきた魔術士殺し。いや……それは二十年以上も昔のことだ。

二十年の記憶を辿《たど》る時間もないが。その時代にまで記憶が遡ったのは過去の経験に引っかかるものがあったからだ。

(薬物にやられているな)

服薬暗殺者としての訓練が現状を知らせる。意識は保っているが身体のコントロールがもどることはない。というより意識がもどっているのも麻痺とは別の拮抗薬を投与されたからだろう。

意識自体が完全ではない。夢を見ているのと同じだ。記憶の混乱した人格で、でためにに入力される情報に反射した幻覚を見ている。その中から、風になびく糸の先を掴むように現実を見抜かなければ……どんな秘密も自白させられてしまう。

視界は暗い。五感が不完全だからか、周りが実際に暗いのか。意志と声が出せれば術を発動できる……が、呼吸が制御できない。意識が重いのは身体が眠っているからだ。

声が聞こえる。聞き取るのが難しいが、こちらに語りかけている声だ。

「……だ。エド・サンクタム。お前は……」

尋問だ。意識では聞き取れていないが、脳はその声をしっかり把握しているはずだ。自制できなければ勝手に答えてしまう。

危険な状態だ。相手が正しい質問をできているなら、どこまで抵抗できるか分からない。

「お前は……を知っているか？」

「知らない」

自分が答える声を聞いて、まずは安堵した。相手はエドが知らない情報を質問している。

逆にこの質問がなにかを知れば敵側の情報が得られる。

（なんだ……こいつは、なにを知りたがっている？）

麻痺状態の魔術士の意識を回復させるリスクを負ってまでの質問だ。重要なはずだ。

（聞き取れ……聞き取れ……）

念じる。

見えない壁を掘り進むように一語一語、手に入れた。

「質問だ。エド・サンクタム。お前は軍資金の隠し場所について、知っているか？」

（なんだ？）

戸惑った。質問が馬鹿げ過ぎている。エドは、知らないと繰り返した。

急速に五感が回復する。床に倒れた姿勢から見上げて、視界に入ったのはふたりの男だった。ひとりは顔を知っている。ボンダインとかいうカーロッタ派の議員だ。革命闘士への支援が噂されている。もうひとりは知らないが、妥当に予想すれば革命闘士の仲間だろう。

その男がボンダインに囁く。

「自白毒は効いているんですか？」

「ああ」

ボンダインはうなずいた。右腕をさすっている。腕は肘から先がなくなっていた。

「その騎士団の軍資金とやらは、嘘だろうな」

「というと？」

「奴らはなにか企《たくら》んでいる。逃げ帰ってきたのがあの娘だけなら、言い訳をでっち上げているると考えるところだが……ダンは歴戦の闘士だ」

(はぐれ革命闘士のダンか)

その名前も知っている。闘士の中でもとりわけ過激派で、不忠な仲間の処刑も厭わないことから革命闘士内でも恐れられている男だ。

(敵も混沌《こんとん》としてきたな)

面白いとは言えないが、場が荒れれば窮地も切り抜ける余地がある。

助けは期待できない。今、騎士団の誰かにエド救出を命じられる立場にあるのはクレイリーで、あの男は、エドやブラディ・バースなど頭のおかしい殺し屋くらいにしか思っていない。かえって、この戦いで死んでくれたほうが後々良いとすら思っているはずだ。

と、ボンダインがこちらを見たので、束《つか》の間の覚醒もここまでだと理解した。

「今、反応が遅れたな」

「は?」

「エド・サンクタムだよ。返事の前に思考した。これ以上起こしておくと回復してしまう」

ちくりと首筋になにかが刺さった。

意識が遠のく。これが最期かもしれない――二度と目覚めることはないのかも。そう思っても恐れはない。恐れられない。どう足掻《あが》いてもこれを変えられなかった。こんな時に息子の顔も思い浮かばない。

ブラディ・バースと自分の違いがあるとすれば、これだ。

(こいつらを殺そう。次に目が覚めた時には)

静かに考える。実際に狂った殺し屋である自分は、そのくらいできなければなんの価値もない。

18

「ウマクいってると思う?」

優男ダンは仲間としては悪くないと思う。が、近寄れないので内緒話がしづらいのが困ると言えば困る。

今、部屋にふたりきりだ。扉の外に見張りがいる。ワイソンとハガー兄妹は別室で、泣き虫ビッグはそもそも建物に入れず、表に残った。

ダジートの組織は森の中に砦を築いていた。木造の、やや雑な造りの丸太小屋やツリーハウスの集合ではあるが、森林ではあまり目立たず合理的だ。これほどの設備を整えられる闘士グループはなかなかいない。もちろん、名実ともに革命の首領として君臨するカーロッタ・マウセンは別格だが、それでもダジートはやり手で、配下のヴァンパイアもそこそこいた——だからベイジットも期待していたのだが。

ダンはなにも答えなかった。部屋の隅に寄ってなにか考えるように壁を見つめている。

（それか……殺気かな）

彼は腹をくくっている。上首尾も不首尾もないのだ。

革命のために——社会の不善を正すためなら命も惜しまない気でいる。

圧倒的な優位で他者を虐げている魔術士や資本家を憎む気持ちなら、ベイジットも理解できた。魔術士は能力主義だ。それも魔術能力だけですべてを評価し、ベイジットのような落ちこぼれは生涯にわたって落ちこぼれだ。ましてや非魔術士など人間とも思っていない。魔術士だけの完全自治などという気味の悪い妄想にまで囚われている。

うちはその典型だった、とベイジットは思う。《塔》教師の夫婦。その息子は期待通りのエリート魔術士。反発するベイジットに、家族はどう接したか。矯正して作り直そうとしただけだ。それを傲慢だと思いすらせず。どれだけ酷薄な仕打ちか考えもせず。

ついには、兄はベイジットを始末しに追ってきた……

兄の怒りの形相を思い出す。みぞおちに鈍い冷たさを感じ、身体をかがめた。歯を食いしばって恐れが通り抜けるのを待っていると、ふと、ダンがこちらを見ているのに気づいた。はっと顔を上げる。

ダンは特に言うこともなく、また目を逸らした。

冷たいとは思わない。信頼されている。だが同時に、ダンにとって、〝隊〟にとって自分はさほど役に立たないということも感じないではない。

魔術士を見返すような力を求めて、二度、原大陸への渡航を求めた。

一度目はうまくいかなかった。こちらのことをよく知らず、ヴァンパイア化のなんたるかも分からず、なにも得られないまま帰るしかなかった。

今度は違う。うまくいっているはずだ、と思う。そしてヴァンパイアになれたなら……魔術士を蹴散らすほどになれたら。

その先をよく考えていなかったのだが。今は、もしかして。

(本当に、革命に加わってもいいかも)

つまるところ、目指すものは同じだ。

それに、力を貸す相手がダンのような男なら、存分に働けるのではないか。そんな気がしている。ダジートでもカーロッタでもなく、ダンを革命の真のリーダーにして……

物思いに耽《ふけ》っているうちに。

扉が開いた。がやがやと笑い声混じりに入ってきたのは隊の三人に加えて、恰幅《かっぷく》の良い中年男――ダジートともうひとりだ。手下のケイロン・ジエスなどは笑い涙まで拭きながら、上機嫌にワイソンの肩を叩いていた。ワイソンは険しい顔で手を払いのけていたが。

ビィブとレッタはすっかりのぼせ上がっていた。

「俺たち、正規の革命闘士だって認めてもらったんだぜ!」

彼は真っ先にベイジットに駆け寄ってくると、胸を張った。隣でレッタも真似して反り返っている。

「正規?」

疑わしく、ベイジットは訊ねた。それより静かにだがダンもつぶやく。

「つまり、隊を離れてこちらの厄介になるってことか?」

「え? いや、そういうつもりじゃ……」

困惑して意気をすぼませるビィブに、ダジートが助け船を出した。

「いや、身体は小さくとも革命の同志だということを伝えただけだよ。むしろ、若者が気概を持ってくれているのは本当に輝かしい」

「その通り。ビィブとレッタは隊の誇りだ」

「同志、ダン……あえて尊んで、通り名で呼ばせていただいても構わないかね、粛清隊のダン」

　ダジートは後ろ手にドアを閉めて、にこやかに向き直った。

「貴君の実力と実行力には敬意を抱いている。先日の作戦に君が加わっていたとは知らなかったが、大戦果も納得だ」

「煙たがられて自殺作戦に送り込まれた。そういうことじゃないかと考えている」

「それは──」

「真偽はどうでもいい。そうだったとしても意義のある作戦なら拒みはしない。大戦果と今言ったな？」

　いくら友好的に接してもダンの態度が軟化しないので、ダジートも突入角を変える気になったようだ。腹を揺する気安い男ではなく、支持者に成果を誇る政治家に。

「犠牲はあったが、我々は勝利を目前にしている」

「情勢を聞いたが、勝ったのは我々というより、余所者のようだ」

「そんなことはない」

「では、リベレーターをどう駆逐する？」

　ダンは当然のように言った。続ける。

「資本家の代わりに奴らが居座るのであれば勝利とは言えない。違うか？」

　口早になってダジートが言い返した。

「戦術騎士団を全滅させれば、今まで魔術で消し去られてきた有力な同志が復活するという見込みだった。蘇《よみがえ》った同志もいないわけではないようだが、強力なヴァンパイアを封じた魔術戦士は殺し切れなかった。ギエンやグレイン、イックスやフェリーナのハガー一族……」

彼が並べた言葉にビィブがびくりと反応するが、話は止まらずダンが問い質す。

「余所者から得た情報を見込んで、多くの同志をむざむざ失ったわけだ」

「それでも戦術騎士団を葬ったことには違いない！」

テーブルを叩いて、ダジート。

床にも壁にも響くような強さだ。声は震え、ますます威圧を増すが……ベイジットは見抜いていた。ダジートの怒りは見せかけだ。ダンを説得するか、あるいは隊の結束を崩す余地はあるかどうか試すための。

「リベレーターは効果的に働いている。魔術戦士の半数を殺し、市議会を押さえて予算を潰す。魔王が数日以内に公聴会で吊し上げられ、これまでの暗殺を追及されれば魔術士は野放しにできないとみなも理解する！」

押しつけた拳をぎりりと握りしめ、今度はダジートがダンに詰め寄った。近づき過ぎはしなかったが。つまりダジートはダンの力を知っている。

「わたしの展望を批難するなら言わせてもらうが、粛清隊のダン、お前がしてきたことはなんだというのだ。多くの同志を死に至らしめたとわたしを責める？　お前がか？

わたしが導いた死は、少なくとも革命を前進させた！」

「あるいは致命的な腐敗へと背中を押した」

「よくも言えたものだ。流浪のならず者が、革命を監督しているつもりか」

平行線だ。

（それも対向した平行線だね）

すれ違い、あとはどんどん遠ざかる。

誰に言われたわけでも、なにを感じ取ったわけでもないが、ベイジットはダジートと部下の視線を確認した。ダンと睨み合っているダジートはともかく、部下のケイロンがなにを考えているのかが気になった。なにがあるにせよ、先に動くのはケイロンのほうだ。必ず。

（あとは……脱出も問題か）

有力な手下を犠牲にしたとはいえ、ここにはダジートの手下がまだいる。小屋の外には見張りも立っている。

一番良い手は――というより可能な手はひとつ、ダンがダジートを人質に取ってアジトの外まで全員で逃げ、そこでダジートを始末する。

ワイソンがケイロンを押さえる。外の警戒がベイジットやハガー兄妹の役目だ。というのが予定だが、どうも嫌な胸騒ぎがしていた。

冷静なダンに対して激昂《げっこう》した様子のダジートの声は、外にも聞こえているだろう。見張りたちは警戒を強めているはずだ。それも気にくわなかった。どうも茶番に聞こえて仕方ない。

「こちらには証拠がある」

ダンは言って、こちらに目配せした。

「ベイジット。見せてやれ」

そんなものはない。これは合図だ。

ベイジットが懐からなにか取り出す仕草をして、ダジートの注意を引きつけたら行動を起こす。ベイジットはできれば拳銃を出して発砲する――これが外まで聞こえたら、泣き虫ビッグが門に襲いかかって攪乱《かくらん》と退路の確保をするのだ。が。

判断に要する時間は一呼吸にも満たない。ベイジットはかぶりを振った。

「証拠なんて……なんの意味もナイヨ。こいつ、聞く耳ないんだ」

と、付け加える。

「早く本隊に帰ろう。報告しなくちゃ」

「?」

疑問符を浮かべたのはダンだけではない。

ワイソンもだが、ダジートもだ。みしりと床の軋《きし》む小さな音を聞き逃さず、ベイジットは今のはったりが正解だったと悟った。音はケイロンの足下から聞こえた。ほんの一瞬の差で、ケイロンが飛びかかってこようとしていたのだ。きっと。

「ああ。そうしよう」

ダンも察して、話を合わせてきた。

「ダジート。あえてまだ同志と呼ぶが……判断は上に任せることにする」

「判断を任せる？　お前がか」

「安心はしないことだ。できればお前自らけじめをつけて欲しい」

「馬鹿なことを。わたしは潔白だ――いや、わたしこそ英雄だ！」

ダジートの怒鳴り声は、初めて真に迫って聞こえた。

あとは小屋から出て、大人しく門まで連れられた。出て行くというよりは追い払われるようなものだったが、ダンも一行も急がなかった。

ダジートは困惑していたが、すべて信じたわけでもないだろう。ここに来てダンに上役や勢力がついているというのはいかにもはったりじみた話だ。それでも不安に取り憑《つ》かれているのは、後ろ暗さを自分でも認めているからか。

「なんのつもり？」

周りの隙を見てワイソンが耳打ちしてきた。ベイジットも小声で、

「アイツラ、わざとこっちに襲わせようとしてた」

最初から返り討ちにするつもりで話していたのだ。恐らく、罠も用意して。理由は分からないがこちらの嘘を見抜いていた。

ダンはそれでもやるつもりだったのかもしれないが。ベイジットはここで死ぬ気はなかった。それに。

自分の胸に問うて、認めた。隊を勝たせてやりたかった。戦いの手始めに、まずここで。

19

「邪魔をしたのは勝算がないと踏んだからだな？」

「ウン」

アジトから離れて、ベイジットは認めた。

「どうせやるなら勝つほうがイーでしょ」

「なにか策が？」

「今はない。料理には材料がないとね」

森の中を進んでいく。

道といっても獣道だが、泣き虫ビッグが先を踏み分けるとビィブやレッタでも楽に歩ける。当然、こちらの足跡は隠しようがない。ベイジットは時折後ろを気にしたが、ダンがそれを制止した。

「もう少し行ってからにしよう」

「…………」

ベイジットは答えなかったが、聞いていたワイソンがうなずくのが見えた。

一時間ほど歩いたところでワイソンの姿が消えた。もともと気配もなく、彼女がいなくなっていたことに気づいたのはもどってきてからだった。

鳥かと思った。頭上からばさばさと音が聞こえ、それが近づいてくる。それが頭を飛び越え、行く手にすとんと飛び降りた。

「済んだよ」

とダンに告げる。その手には長い紐のようなものを持っていた――振り向くとその紐が、これまで歩いてきた後方にずっと続いている。何度か、釣り糸をたぐるような手つきで引いているようだったが、紐それ自体は変哲のないものに見えた。丈夫そうな素材ではあるが。

いや。

「アレ。それ、どっから出てんの？」

ベイジットが訊くと、ワイソンはにやりとして手を開いた。紐は小指の先から伸びている。というより、小指の爪が伸びているようだった。

「じゃあ、少しもどろうか」

ダンが言い出した。

「ああ、ビッグはここで待っててくれ。三度も踏まれたらここらが更地になる」

と、泣き虫ビッグを（と、既に今日の分のひとりんぼ時間を使い果たしていた彼が寂しがって泣いたのでビィブとレッタも）残して三人で引き返す。

ワイソンの紐をたどって後戻りしていく。

踏み分けてきた獣道に、男がひとり、背伸びして突っ立っていた。遠目ではなんでそんな姿勢でいるのか分からなかったが、近づいて見えてきた。男は首に巻き付いた紐で、窒息ぎりぎりに吊り上げられているのだ。紐は上に伸びて、近くの木の枝に引っかかっていて……そのままワイソンの手元まで伸びている。

こちらの姿を認めて、男は身震いしたようだった。男の顔に見覚えはなかったが、ダジートの部下だろう。こちらの言葉の真偽を確かめるために尾行をつけるのは当然分かっていた。

「お、おまえたち……」

首を引っぱられているためうわずった声で、男は言ってくる。

「こんなことをしてただで済むと思っているのか」

「追跡はこれだけか？」

ダンが質問したのはワイソンに対してだった。男のことは無視している。

「ああ、上から見たけど他にいなかった」

「そうか」

つぶやくと、ダンはそのまま男に近づいた——男の肩にぽんと手を置く。触れた。恐怖に引きつっていた男の顔が、急速に緩んで陶酔する。ベイジットはじっと見入った。ワイソンの力もだが、ダンの能力を見るのはこれが初めてだ。自分がかかった時は別だが。

声にもならず喘《あえ》いだ後、男は泣き始めた。いや、笑っているのか。本人にも分かっていないようだ。ワイソンが紐を外したため男は途端に膝を折り、くずおれた。しかし顔は下げなかった。ダンを見ている。視線を外せないのだ。

「ああ……あなた様は……俺は……なんて、なんていうことを……」

「気にしなくていい。俺たちを尾行するよう命じたのはダジートだな？」

「はい。そうです。あの、あのクソ野郎！　なんで俺にそんなことを……恐ろしいことを！」

「お前は俺たちをつけて、大勢の仲間がいるのを見とどけてから奴に報告にもどる、そういうつもりだったんだな？」

「その通りです！　あなたを崇拝する者がたくさんいることを……わたしも参加しに来たんです！　わたしを加えてください！　あなたの軍勢に！」

　わめく男から顔を背け、優男はちらとベイジットのほうを見やった。皮肉に笑っていた。彼が言っていた力の限界というのがこれなのだろう。魅了された相手はダンの機嫌を取る言葉を吐き出す。それが完全に見え透いた嘘であろうと世辞であろうと、躊躇することもできないのだ。

　情報の役には立たない。ダジートがこちらのはったりをある程度気にしていることは分かるが、信じているのかいないのかも不明だ。

　突如、ダンは一歩下がると剣を抜いた。

　抜く手も鮮やか――ベイジットが見たのは男が仰け反り、地面にどさりとなにかが落ちたことだけだ。丸く重いものが転々として、道端にぶつかって止まった。首だ。ベイジットが改めて見るとダンはもう剣を鞘《さや》に納めていた。魔術士の戦闘訓練なども見慣れているベイジットだったが、ダンの技量は群を抜いたものだと感じた。ヴァンパイア化で強くなった身体能力もあるのだろうが。

　首の飛ばされた死体は地べたに正座したまま、何度か血を噴き出してから転倒した。

ベイジットは胃の上で横隔膜がよじれるのを感じたが、吐き気には耐えた。原大陸に渡って悲惨な光景なら何度か見た。慣れはしないが強くはなった。

他のふたりはまさに慣れきった様子だった。

「どうせ殺すんなら、あたしがやっても良かったのに」

道をもどってきた手間をワイソンが愚痴る。が。

ダンは大真面目に答えた。

「ダジートは反動分子だが、この男はただ従っていただけかもしれない。それを見分ける方法はない。だから曖昧な殺しは俺が負う」

「…………」

ベイジットもだが、ワイソンも絶句したようだった。

(だけど……)

と、言葉をなくした理由は違うと思っていた。ベイジットは呆れたのではない。身震いしたのだ。

「さて、またもどるか」

ビッグの待つ行く手へと目を向ける。しかしまたそこでうめいた。

「どうもおかしいな」

「なにが？」

彼が次になにを言うのか期待して、ベイジットは訊ねた。ダンは疑わしい様子であたりを見回しながら、続ける。

「ワイソン。尾行は本当にひとりだけだったか？」

「ああ。あたしの目を誤魔化せるような奴はいないよ」

「悪いが、もう一回り探ってくれ。気配を感じていたんだ」

「尾行がもっといたなら、仲間が殺されたら逃げ帰るだろ」

これもワイソンは手間を嫌って否定したのだろうが、ダンは、ああと同意した上で促した。

「それなら見つけるのは容易だ。頼む」

ワイソンはしばらく眉間に皺を寄せていたが、舌打ちしてから姿を消した。

パッと跳び上がったのだ。指から紐を飛ばして木に引っかけ、枝まで登ると次々に渡っていく。ワイソンの身軽さと速度で、まるで飛ぶようだった。

彼女がいなくなるとダンはベイジットのほうを向いた。

「君はなにか感じていなかったか？」

「え？」

「敵の気配だよ。俺は何日か引っかかっていた」

「気配なんて……気のせいデショ。虫の知らせと一緒」

「ううん？」

ダンが首を傾げ、かといって反論というわけでもなく言葉を切ったので、ベイジットはしまったと思った。失望させたかもしれない。

かといって思いを翻して媚びたところで、さっき死体になった男と同レベルだ——それは嫌なのだ。ワイソンと同じでも嫌だ。誰と同じでも駄目だ。

「ドッチか分かんない時はさ、ノーミソより上のとこで考えるべきだヨ」

「上？」

「ソー。頭で分からないなら自分を引っこ抜いて、ズット高いところで考えんの」

余計に意味が通じなくなったようだが、ベイジットも考えがまとまらずに言っているのだ。なんとかまともな話になるよう言い直していく。

「尾行が他にもいたような気がするってのは自分の感じたモノ、考えたモノでしょ。それはホントかどうか分かりようがないジャン。じゃあ尾行がいたとして、そいつは何者の可能性があんの？」

「ダジートの追跡なら……」

「ブー。何日か前から感じてたんデショ。で、ここ何日かのアタシたちを、しかも泣き虫ビッグみたいなのを見ても追いかけてくる奴は野次馬じゃないよネ」

「魔術戦士ぐらいだろうな」

「そだね。でもそうなら、アタシらにすぐ襲いかかってこないのはオカシーよ。基地をブッ潰した作戦の生き残りだっていうのはすぐ見当つくっしょ。なにがなんでも捕まえて、ゴーモンして作戦のコト吐かせたいはずだよ」

「まあ、一理はあるが」

まだ納得いかない様子の優男に、ベイジットは言い募った。

「じゃあドンナ奴ならあり得んの。アタシらをずっと尾行して、しかも全然気づかれないような奴で、今でも手を出さずにいる理由があるって」

「そう言われると、なにも答えられないが」

ダンはそれでも居心地悪そうに警戒の目を向ける。

「筋道立てて考えることは大事だろう。けれど理解を超えたことは案外起こるものだ。見落としひとつで話は変わる」

「アタシは見落とさない」

ベイジットは胸を叩いた。

「だから信頼して」

もちろん、見落としはあった。その条件に合う人間はひとりいた。

それが分かったのは五秒後だった。

気づいたのはダンのほうが早かったが、理解したのはベイジットが先だったろう。ダンにとっては理解を超えたことのままだったはずだ。少なくとも、その時は。

ダンが剣を抜き放つ。先ほどと同じく目にも止まらぬ速さで。だが無駄だった。

「青の衝撃！」

魔術の構成をベイジットは見た。実体化した効果がダンへと集束していく。大気ごと渦巻く熱線で、人体を殺傷するには十分な威力だ。爆発がダンの身体を吹き飛ばした
——ヴァンパイアでなければ即死だろう。

それでさえただでは済まず、ダンは何メートルも吹っ飛ばされて木に叩きつけられた。火焔《かえん》はそれに留まらず、あたりをぐるぐると舐め回すように走り回り、下草に火をつけた。

ベイジットはここでようやく闖入者《ちんにゅう》の姿を見た。しげみから飛び出してきたのは中年の女だ。見た目からして下品で高慢で自分の母親そっくりな（とベイジットは思う）《牙《きば》の塔《とう》》の手練《てだれ》の教師。イザベラ・スイートハート！

古い戦争に参加したことを自慢にしている、頭のおかしい女だ。あの《牙の塔》のローブは着ていないし、紋章もない。普通の格好だが右手には剣を、左手には鎖の鞭《むち》を構えて、ブロンドをはためかせて油断なくダンを睨みつけている。

ダンもすぐさま起き上がり、体勢を立て直す。

ベイジットは拳銃を抜いた。

だが狙うどころか銃口を上げる間もなく、イザベラの振るった鎖に手首を打たれ、叩

き落とされる。イザベラと視線が絡む——相手がこちらを分かっているのは、はっきりと知れた。彼女はベイジットの前を通り過ぎ、ダンに向かって続けざまに術を放った。

また炎だ。ダンの足下に炸裂《さくれつ》し、さらに火勢を強める。手加減をしているわけではなく、一撃で倒せるか分からないため、先にダンの能力の対策をしているのだろう。炎で気流を荒れさせ、フェロモンの有効距離をさらに短くさせている。

足下を見て、ベイジットは落とした拳銃を捜した。イザベラがダンに注意を向けているると見て拾おうとする。が、身をかがめた瞬間に顔面を蹴り上げられた。隙などなかった。よろめいてから目を開けようとする。右目が開かない。まぶたを切って腫れてしまった。

片目では狙撃拳銃の狙いはつけられない。あっさりと封じられてしまった。

「ベイジット・パッキンガム」

荒れ狂う炎の中で、イザベラが囁くのが聞こえた。

「あなたは生かして連れ帰る。泣いて頼まれたのでね」

恐ろしい形相で毒のような眼差しに射竦められ……その言葉が逆に遠回しの殺害予告だと思わないでいるのは、やや難しかった。

同じ炎を踏み分け、剣を掲げたダンが躍りかかっても。

イザベラは迎え撃った。能力を封じた上でダンの切り込みを剣でいなし、近づき過ぎない間合いで切り結ぶと、蹴りつけて遠ざける。大胆に踏み込んで打撃を与えながら、ぎりぎりを見切って危険は回避する。強い。

だがこちらもやられっぱなしではない。ベイジットはようやく拳銃を拾い上げた。狙いはつけられないが近づけば十分に強力な武器だ。戦いようはあるはず。

さらにワイソンが上空から襲いかかった——騒ぎを聞きつけ、もどってきたのだ。音もなく死角から襲撃するワイソンを、イザベラは察知していなかったように見えた。少なくともベイジットは察していなかった。だから警告を発することができなかった。イザベラが標的を見もせずに攻撃の構成を編んでいたことを。

本当はダンにとどめを刺すための術だったのだろう。相当な強度のヴァンパイアにも手傷を負わせるほどの、掛け値なしの威力で熱衝撃波が炸裂した。

白い爆光の中に枝女の身体が消え、ただでさえ荒れ狂っていた空気の激震にベイジットは尻もちをついた。ダンは再度斬りかかったがイザベラは防御障壁を張って近づかせることすらせず、逆に障壁ごと光熱波で吹き飛ばした。ダンは地面に転がり、今度は起き上がってこない。

まだ終わりではない。

今度は地面から震動が伝わってくる。これは見逃しようもないが、遠くから泣き虫ビッグが駆けてきていた。木々を蹴散らし、大地を揺らして。

味方だと分かっていても恐ろしい。巨体の圧力が猛烈な勢いで押し寄せてくるのだ。

だがイザベラは剣と鎖鞭をしまう余裕すら見せた。空になった両腕を掲げ、ビッグに向かって大音声を張り上げる。

「暗《あん》の深奥！」

ベイジットの技量では到底、教師級の術者の構成を見ただけでは理解できないが。

最大威力の術であるのは疑うまでもなかった。空間爆砕というやつか。紙でも丸めるようにビッグの身体がくしゃっと縮まり、大爆発を起こした。

ビッグの最期の顔は、泣き顔ではなかった。初めて見る怒りの顔だった。

仲間をやられたからか。単にヴァンパイアとして凶暴化したのか、それは分からないが。どちらの思いもとどくことはなかった。

隊は、たちまちに全滅した。

ヴァンパイアの間で強い弱いを競おうとしていたことも今は虚しい。魔術士こそ、まるで戦うための怪物だ。

ベイジットにもこれは苦手分野だ。どうしようもない。嘘も本当もないパワーに襲われるのは。

(凄《すご》い……やっぱりアイツラは強い……)

あれを上回るには、なまじのヴァンパイア化ではまだ足りない。

騎士団の基地を壊した、ドラゴン。あれくらいの、本物の変化がいる――

炎が吹き荒れ、灰が舞う。いくらかは四散したビッグの燃えかすだろう。魔術の白い光は終わり、自然に燃える赤い光に煽《あお》られて、イザベラ・スイートハートがこちらに向き直った。凄絶な表情は変わらない。ベイジットの手の拳銃を目にすると、特に。

「手間をかけさせないで。ヴァンパイアたちの隙を狙ってたの」

「そうか……兄ちゃんが子守りなしで来れるわけないよネ」

距離は、遠くもなく近くもなく、声を張らなくともぎりぎり話ができる程度。狙撃拳銃のほうが有利な間合いだ。だが片目が見えず狙いがつけられないのでは心許《こころもと》ない。

(兄ちゃんの半分でも魔術できれば、治せたのに)

苛立つ。こんな時に魔術をねだる自分に、なおさら腹が立った。

「あなたを同盟反逆罪で逮捕する。ベイジット。この場で処刑する権限も、わたしにはある」

「上から目線でよくユーネ。ここはヴァンパイアの縄張りだヨ。この騒ぎならスグ駆けつけてくる」

「頭数がそう多くないのは分かってる。今の手勢で攻め込もうと思ってたくらいなんでしょ？　来たら全員殺すまでよ」

傲然と言ってのける。

強がっているだけだとは思ったが、今の戦闘とイザベラの目を見ていると……

(クソッ。これがイヤなんだよ)

歯がみする。自信に満ちた魔術士の目。自分が世界の強者だと自負して省みもしない、その目つきが。

それをひっくり返してやりたい、のだが。

(どんな手がある?)

近くに兄の姿はない。イザベラひとりで来たのだろう。だがたったひとりでも魔術戦士並みに厄介な魔術士だ。

頭も悪くはない。《塔》では苦手としていた教師のひとりだ。年寄りのくせに家庭臭のするタイプではないし、母と仲が悪いようなので嫌いではなかったが、あえて近づこうとは思わなかった。ただ睨み合っているように見えてイザベラは、アジトのヴァンパイアが騒ぎを聞きつけてくるまでの時間も計算しているだろう。この睨み合いの猶予も長くないということだ。

出し抜くには予想外のなにかがいる。

たとえば……

ベイジットは全力で魔術の構成を編んだ。攻撃術だ。早くはないし、発動できるかも考えない。人間を殺傷するほどの威力で。ベイジットのような落ちこぼれがまさか一流の教師相手に魔術で挑もうとするなど、イザベラは戸惑ったろうが、それでも魔術士としての反射行動で防御術を編んだ。

完璧な術を行える術者ほど即座に構成に没入できる。練達者は術の完成までの時間も短いが、それでも隙だ。反射行動は特に、事態の変化に即応できない。

それでもやはり、イザベラ教師だ。おかしいと、直感で道理をねじ伏せた。彼女は振り向いたがほんの一瞬遅れた。木の陰から飛び出したのはビィブだった。

これがダンであれば、イザベラは即座に殺したかもしれない。が、躊躇した。その子供が拳銃を構えていてもだ。

ビィブが発砲する。これは当たらない。彼は滅茶苦茶に引き金を引いたが、反動で転んだため撃てたのはせいぜい二発だった。ベイジットは駆け出していた。イザベラに向かって。あと一歩のところまで近づく。この距離なら狙いがつけられずとも関係ない。

魔術士を無力化する急所は胸か、喉か、頭だ。まあ魔術士ならずとも即死だが。銃口を上げて二発、速射する。

イザベラが体勢を下げるのを見て、彼女がかつて騎士と戦い慣れた戦争経験者だと思い知った。銃は反動で跳ねるので二発目以降は下方に撃ちづらい。だが一発目の銃弾がイザベラの肩を抉《えぐ》っていた。威力を受けて転がり、そのまま横転して避けながら――イザベラが構成を編むのが見えた。

「緑の爆鳴！」

爆風が視界を奪った。ついでにあたりの火事もあらかた消えたが。もうもうと立ちこめる土と灰が薄れると、そこにもうイザベラの姿はなくなっていた。

（逃げた）

負傷のためか、よほど慌てたのか。

「大丈夫か⁉」

ビィブは起き上がって、走ってきた。

銃をしまうよう手振りで示してから、ベイジットはかぶりを振った。

「ビッグがやられた。ワイソンもはっきりとは見てないケド……」

「そんな……」

愕然《がくぜん》と、ビィブがよろける。

「何者だ、あれは」

後ろからの声。ダンだ。傷を負って脇腹を押さえている。ベイジットは身を乗り出しかけて、彼に制止されて思い出した。

血だらけの顔を拭いながら、ダンは続けた。

「戦術騎士団にはいない顔だが、魔術戦士並みだ。あんなものが……どこから」

「…………」

ベイジットはじっと見ていたが。

様子からすると、イザベラとの話を聞いてはいなかったらしい。まずは幸いだ。というて、次もこの幸運が続くかはかなり厳しい。そもそも、次も切り抜けられるかはもっと難しいが。

「レッタは？」

ダンが訊くと、ビィブはハッと顔を上げた。彼は地面に開いた大穴を見ていたのだ。ビッグがバラバラに消し飛んだ跡を。

「向こうで隠れてるよう言っといた。きっと怖がってる。もどらないと……」

「ああ、行っていろ。俺たちはワイソンを捜す」

「あっち……だと思う」

それほど自信があったわけではないが、最後に見た方向に見当をつける。

走り去るビィブを見送って、ダンとともに進んだ。周囲を見て、それこそ気配でも虫の知らせでも探りながら。イザベラはまだこの近くにいるはずだ。安心はできない。

ほれ見たことか——とは、ダンは一言も漏らさなかったが。ベイジットの頭の中では何度も繰り返して聞こえた。悔やむにも余りある失敗だ。

「ダン……」

声と一緒に、涙が溢れた。

「アタシのせいだ。あの魔術士は――」

「ベイジット？」

見つめ返すダンの顔に。

本当に言い過ぎそうになったが、それは留まった。

「ダジートの村だヨ。アソコで誰かに見られてるって感じてた。なのに」

「自分を信じなかったんだな」

彼の声には感情も交じらず、純粋だった。火傷《やけど》の痛みに震えてはいたが。

「なら、責めるべきはそこだ。君は……〝頭の上で〟考えすぎて、自分の価値を忘れている」

「でも、アタシなんか」

「そんなことはやめろ」

「え？」

ひくっ、としゃっくりする。泣いていて見ていなかったのだが、彼の声がいつもと違っていた。近かったのだ。

ダンは手を伸ばしてベイジットの頬に触れると、涙を拭った。

「無能と信じて自分を甘やかすな。君が必要だ」

触れられた皮膚から波打つように陶酔が広がる。身体の奥で臓腑《ぞうふ》がよじれるほどの。

肌を撫でた指先が離れ、彼も下がって、もう一言を発するまで痺れは続いた。

「君は俺よりもずっと有効に魔術士と戦った。革命のために働くんだ」

「…………」

ゆっ……くりと夢から回復して。

なんとなくため息混じりに、ベイジットはうなずいた。涙もすぐに乾きそうだ。

「そうだネ」

「犠牲は大きかったが喪に服してるわけにもいかない。怪我の功名かもな。この有様を見たらダジートは混乱するだろうし、俺たちが全滅したと思うかもしれない。あの魔術士も生かしてはおかないが……」

ワイソンの死体は木に引っかかっていた。

焼けただれ無残によじれたワイソンは、生命を失ってもまだ悪態をついているようだった。

「魔術士は強力だ」

死体を下ろす余裕はなく、また埋葬でもすれば生き残りがここにいたと示すことにもなる。死んだ仲間を見上げ、ダンは唱えるようにこう言った。

「奴らをひとり殺すのに俺たちは何人もの同志を失う。だが、優位な点がひとつだけある」

「どこ？」

ベイジットの問いに、彼は静かに断言した。

「最後に勝つのが俺たちだ、ということだ。安らかにとはいかなかろうが、眠れ、ワイソン」

ダンが祈りの仕草をするのを見て、ベイジットも倣った。キムラック式の祈りだ。ただ、女神へと捧《ささ》げる文句を彼は口にしなかった。

20

監禁から三日。状況に変化はなかったが、環境は悪化の一途を辿った。

よくなるはずもないので覚悟の上ではある——待つことのストレスに悪臭、羞恥、不眠。時間の経過を感じられなければ退屈は度を強める。

イシリーンと交代で休むが、眠ろうにも壁際にうずくまって顔を伏せるのでは（これが一番マシな体勢だったのだが）仮眠も難しい。声をひそめてではあるものの話し相手がいるのは幸いだったが、恐らく二日目を過ぎたであろうというあたりでさすがのイシリーンの口数も少なくなった。しばらく黙った後、熱に浮かされたように彼女がぽつりとつぶやいたのは、こんなことだった。

「今なら、ケイロンの言ってたこと分かるわ」

「……え？」

「牛小屋の話」

マヨールは覚えていなかったが、そうか、とだけ答えておいた。

汚物バケツの処理がそうこまめに来るわけもなく、ボンダインもあれから尋問に現れなかった。食事は一日に一度。冗談のように粗末なパン切れと水の入った洗面器を置いていく。これも虐待の一項目なのかと思ったが、替えに来る革命闘士の健康状態もそう良いものとは見えず、そもそも荒野で武装して生活するのはそう楽なことではないのだろう。

こんな状況では奇をてらっても意味がない。マヨールとイシリーンはマニュアル通りに決めごとをした。ひとつには限界を定めること。当然、死を賭して無力なふりを貫くつもりはない。イシリーンは強姦《ごうかん》されるくらいならそいつを殺すと断言したし、マヨールも同意だった。体力が尽きる前にはここを脱出する決断をするということだし、この環境下では数日以内に実行しないとならなくなるだろうと踏んでいた。

そしてその上で目的を定める。忍耐と引き替えに可能ならば独立革命闘士の情報を得て、ベイジットや渡航者の行方に見当をつける。ベイジットがここにもどってくるのが一番いい……会ってどうするかは、まだ分からない。

それと、もうひとつだ。

これは脱出の手段にもなり得る。同じ地下室に閉じ込められているエド・サンクタムだ。ボンダインの仕業と思しき毒で意識を失っている。さしもの魔術戦士も神経毒にかかれば抵抗のしようもない。が。

「何日かで代謝されるって言っていた」

「聞いてた。けど、それが分かってるんならまた毒を打ちに来るでしょ」

「活動を加速させれば、早く回復するだろ?」

「やり過ぎれば餓死のほうが早いかもよ？　ただでさえ衰弱してるのに」

「彼なら『やれ』と言うと思うよ。ヴァンパイアに基地をやられたのとちょうど同じ手だしね……そういうことこだわる人だって、父さんに聞いた」

可能かどうか、構成を慎重に検討した。これは暇つぶしにもなったし、励みにもなった。少なくともここに監禁されたことがまったくの無駄に終わるわけではなさそうだと思えるというのは、大事だ。

そうしているうちに、変化があった。監禁室に人が追加されたのだ。

男が三人だった。軽くだが怪我をしているようだ。喧嘩でもしたらしい。マヨールとイシリーンはじっと黙って、顔を上げる気力もないふりをした。彼らはしばらくこちらに話しかけもしてきたが、反応がないので諦めて仲間だけで会話を始めた。怒っていた。どうやらレインフォール村の住人らしい——村人全員、ここに連れて来られたようだ。不満を持って暴れた者をこの監禁室に入れ始めたようで、しばらくするとさらに何人かが入り口から押し込まれた。

（リベレーターに言われた通りにし始めたわけか）

革命支援組織に関わることだというのは村人たちも知らされているようで、口々に議論している。ボンダインが革命闘士の支持者であったのは公然の秘密でも、闘士そのものだったというのはやはりショックを受けた者もいたようだ。

「革命は、みんな応援してたじゃないか！」

「だけれどその革命屋が、村を捨てて出ろなんてことを言ったんだ……」

「俺たちをどうしようっていうんだろうな。兵隊になれなんて言われても、女子供もいるのに」

「女子供には別の役目があるんだろうさ。しょせん革命だとかいったって、何年も人殺しを仕事にしてきた連中が指導者になるんなら、魔術士どもと変わりゃしない」

「こんな臭《くせ》えところに閉じ込められて……俺はただ、村を出るのはあと一日待ってくれって頼んだだけなんだ。納屋の屋根を直してからでないと、帰れても、雨が降ったら中身は全滅だ」

「帰れるもんかよ。くそっ」

　監禁室は結構な広さがあったが、たちまちに十数人が詰め込まれて手狭になった。分けて監禁しなかったのは、他に閉じ込めておける部屋がなかったのだろう。マヨールが案じたのはエド・サンクタムの安全だった。魔術士を嫌う開拓者なら、戦術騎士団の隊長が意識もなく寝ていればたちまちに私刑にするかもしれない。が、まったく意識がなかったのでかえって誰も手を下そうとはしなかったようだ。手出し無用とボンダインに言い含められていたのかもしれない。さらにはここに入れられたのは急に村を追われてリベレーターや革命ゲリラに不審を感じた者たちだったというのもあるだろう。

　ボンダインは人手を順時、リベレーターに引き渡す予定らしい。真っ先に連れ出されるのはエドだろう。

（限界の時か）

　やがて監禁部屋にボンダインがやってきた。ケイロンを伴って、殺到する抗議の声も一蹴し、エドのもとに向かう。マヨールは内心、しまったと思っていた。エドに追加の毒を打ちに来たのかと思ったのだ。だがケイロンがしたのは逆だった。ほんの一時だが意識をもどさせ、自白毒のようなものを使ったようだ。なにかぼそぼそと尋問を始めていたので、人垣の後ろを伝って聞き耳を立てた。騎士団の軍資金がどうの、と訊いていたようだ。なんで今さらそんな質問をするのか不思議だったが。

追加の毒も打っていったようなので、そちらのほうが重大なことだった。ボンダインはこれで数日は大丈夫と考えるはずだ。

あとはエドをどう回復させるかだ。

魔術士はいないのだから、誤魔化しながら術をかけることはできる。ただし他人の生理に影響を及ぼすのはただでさえ困難な構成となる。白魔術並みの難度だ。このコンディションでは成功率は高くない。イシリーンの指摘通り、代謝を十日分も加速させればエドは餓死するだろう。毒の効果が切れるぎりぎりを狙わなければならない。

数時間をかけて隙を狙った。自分自身の落ち着きのためにも。慎重に……蘇ればこの凶暴な魔術戦士がなにを始めるのかはおおむね想像がつく。虐殺の執行に署名するようなものだ。いや、そんなこと考えてもたもたしていられない。自分はともかくイシリーンにはもう負担をかけたくない……

そしていざ、実行を心に決めたその時に。

「おい」

これまで誰にも話しかけられず、目立たずにいたマヨールの、まさに瞬間に話しかけられる偶然があり得るかどうか、うなるように自問した――偶然でないなら、どんな理由でかは知らないが見抜かれていると考えるしかない。となればもはや躊躇もなく、この部屋にいる全員、ぶちのめしてやるかしなければ危険だ。が。

本当に偶然だった。ぎりぎりの自制で把握する。強いて言うなら村の男は、マヨールに話しかける機をずっと待っていたのだろう。マヨールが術を使おうと力んで、寝たふりをやめたので話しかけてきたのだ。

「あんた、最近村に来た……なんたらって若い夫婦だろ」

「あ、ああ」

偽名を思い出せずに焦るが、話し相手も覚えていないようなので口を濁した。

村で知り合いだったか、挨拶くらいはしたかもしれない。木訥《ぼくとつ》な、いかにも開拓者然とした男だ。大柄な身体に見合わない佇まいで、しみじみと嘆息してみせた。

「あんたらが急に姿を消したって噂もあって、どうしたのかと思ってたんだ。ここに連れてこられてたんだな。運が悪かったな」

「…………」

本当にそうなら不運なんてものでは済まない気もしたが。

こちらの世界の日常感にはまだぎょっとさせられるものがある。ともあれ、話を合わせてマヨールは首を振った。

「これは……これが、革命ゲリラってやつなのか？」

「ああ、そうだ。俺も本拠地を見たのは初めてだが……」

「俺たち、どうなるんだろう」

「分からん」

これは村人たちが繰り返してきた話や愚痴のさらに繰り返しだ。誰もが異口同音に言い、挨拶のようになっている。同じ言葉をどうして続けるのかといえば、質問も答えも分かり切っているので安心して言い出せるのだろう。壁に閉ざされ、重い天井に蓋をされて不安に押し包まれれば、そんな些細な安堵にも溺れたくはなる。

だがこの村の男が持ちかけたのは世間話だけではなかった。

「あんた、奥さんのこともあるんだ。このまま捕まっていたくはないだろう？」

「……ああ、それはそうだ」

「若いし健康そうだ。それに――」

と小声になって、

「大方の連中と違って、冷静だ」

逃げ出す算段に見込まれたということなのだろう。男は目だけで周りを忙《せわ》しなく見やってから、

「俺ももう嫌だ。革命なんて俺にゃあ関係ねえし。従弟《いとこ》が街で商売やってて――」

「お前！」

別の村人が声をあげた。立ち上がって、男の肩を後ろから掴む。つい声が大きくなって、聞き咎められてしまったらしい。

「裏切り者か！」

カッと、男のほうも怒りに目を見開いた。

「うるせぇ！　こんなとこにいるくせに、闘士気取りか！」

殴られるより先に殴り倒す。

ストレスの蔓延《まんえん》し切った空気に、騒動が火を点けた。わっとみなが叫び、怒鳴り合って、たちまち乱闘になる。

みな疲れ果てているので――イザベラ先生流の言い方が不意に頭に浮かんだが――〝腕の痩せた奴の撫で合い〟だが、形相だけは本物だった。血走った目に、実際血を吐く口元。罵声。床の汚物まで引っ繰り返して殴り合いが続く中、マヨールとイシリーンは部屋の隅に身を潜め、無言でうなずき合った。好機だ。

倒れているエドに近づく。構成を編んで、意味のないようなわめき声で魔術を完成させた。エドの身体に目に見える反応はないが、術が発動したのは間違いない。エドが目を覚ませば成功、死ねば失敗だ……

が、結果はどちらでもなかった。

「お前たち、なにを騒いでいる！」

扉の外から、見張りが怒鳴り声を発した。

「ダジート様はお前たちが怪我などせんようにここに入れたのだ！　心遣いを――」

「馬鹿なことを！」

何発か殴られてへたっていた村人が、扉に飛びついた。

「なにが気遣いだ！　なにが様だ！　同志とか呼ぶんじゃなかったのかよ！　革命は平等のためにやるんだろ！」

「お前らも結局、街の商人連中に成り代わりたいだけだ！」

別の村人も加わって、乱闘は一転、暴動になりかけた。何度か体当たりしても扉が開こうとしなかったので、それもすぐ尻すぼみになったが……

疲労に生傷を加えただけの丸損で終わり、囚われの村人たちはそれまでよりもひどい倦怠《けんたい》に沈んでいった。マヨールらも同様のふりをして、また膝を抱えて座り込んだが。

成り行きが思っていたようにならなかったのは確かに同じではあった。

エド・サンクタムは死にはしなかったが、まったく動かなかった。なにも変わらず眠り続けている。術が弱かったのか、毒が強かったのか。

（しまったな……）

どの程度効いたのか確かめようがないため、再度同じ術を試すのは危険が大き過ぎる。こちらの限界も近い。これ以上我慢を続ければ本当に逃げる力も失いそうだ。

エドを置いて逃げるというわけにもいかないが、最悪の場合も考えないとならない。たったふたりで何人いるか分からないヴァンパイアと戦って逃げることになる。

マヨールはイシリーンの肩を抱いた。耳元に口を寄せ、元気づけるように。彼女はじろりと睨みつけてきた——言葉には出さなかったが、こう言いたいのはすぐ分かった。

『わたしがあなたより弱ってると思ってんのなら、余計なお世話よ』

だがマヨールがこう囁くと、意図を察してイシリーンは目を伏せた。

「少し寝ておいたほうがいい」

「……いつやるの？」

「俺の読みでは、あと半日は待たないだろうと思う」

うとうとと、二、三時間交代で仮眠を取った。

恐らく六時間後ほどだろう——時刻も分からないが。監禁室の扉が開いた。姿を見せたのはケイロンだ。

「さあ、あなたたち」

腕組みし、閉じ込められた全員にこう告げてきた。

「移動よ。待ちかねたでしょ？」

21

数日ぶりに見た太陽は、半ば曇天であっても眩《まぶ》しいほどだった。

感覚で時間経過は計り続けてきたものの、正解は期待しなかった。空の様子もぱっと見には、朝か夕刻かすぐには分からなかった。十分ほどしてようやく、暗さが増したと判断した。これから夜になる。

すっかり慣れ親しんだ暗闇に逆戻りするのを、誰もが落胆とともに惜しんでいた。地下から連れ出されたマヨールらは革命闘士陣地の中庭に集められ、ひとりひとりをケイロンがチェックして回った——健康状態を気にしていたようだ。

ケイロンは監禁部屋からエドを担いできていた。エドは変わらず意識がないままだ。

陣地は柵の内側に小屋が並んだ程度のものだが、今はあちこちに村人がうずくまり、毛布やあり合わせの布や藁束を敷いて生活させられていたようだ。いきなり大人数が押し込められてすっかりパンク状態になっている。地下のひどさは言うまでもなかったが、監禁部屋に入れられずとも好待遇とは言えなかったようだ。

レインフォールの村人が連れられてきて三日というところだろう。雨は降らなかったようだが森の中なので湿気と虫に苦しめられたらしい。咳《せ》き込み、寝転んでいる者も多い。子供の泣き声がそこかしこから聞こえていた。

イシリーンは腕やら脇やら自分の身体のあちこちに鼻を押しつけ、そのたびにウエッと声をあげている。染みついた臭いを確かめてどんよりと顔を曇らせ、マヨールに言ってきた。

「あれ以来、拷問には後ろめたいと思ってたけど、だいぶ薄れたわ正直」

と、髪を集めて嗅《か》ぎ、とうとう嘔吐《えず》きだした。ひとしきり空気を吐いてから、うめく。

「この臭い、一生取れなかったとしてもわたし愛せる？」

「その場合は俺もおんなじ臭いだから、それほど問題ないんじゃないか？」

とりあえずそう言っておいた。

エドを担いだケイロンがどうするのか、というのが気にかかっていた。ケイロンは中庭の中央に魔術戦士を運んでいった。不自然に木箱が置いてあり、スペースになっている場所だ。ケイロンはエドの身体をその前の地面に投げ捨てた。

そして広場にボンダインが姿を見せる――ざわめいていた村人たちも言葉を呑む。ところどころに配置された革命闘士らしき武装した男たちにも緊張が走るのは、ケイロンが睨みを利かせていたのもあるし、ボンダイン自身の威圧感もあった。物言わぬ迫力、というより、右腕が例のかぎ爪に変貌した姿をさらしていたからだ。

「そうだ。わたしは戦士だ！」

朗々と響く声で、ボンダインは宣言した。木箱の上に乗る。数日前に村で演説したのと同じだが、あの時の温厚で鈍重だった動きとは一変して素速く、鋭い。眼光も表情もまったく違う。

「かつては古き地、キエサルヒマに生まれた。希望を信じて海を渡り、開拓者と呼ばれるようになった。ここにいるみなと同じように。同胞に問おう。我らは未開の地を切り拓《ひら》くためにここに来たのか？」

爪を振りかざし、さらに声を強めた。

「違う！　そうしなければ死に絶えるから新しき土地に活路を求めた！　耐えがたきを耐え忍びがたきを忍び、必死に働いた。古き地にはびこった悪——体制にあぐらをかき人民を奴隷として恥じない猛悪はここにはない、ここは約束の地だと、それを信じて！」

革命闘士が、わっと歓声をあげる。村人にも戸惑いながら賛同する者がいた。主に年老いた世代に。

「しかし！」

ボンダインの声量はさらに上回る。

「その約束は破られつつある！　正義に仇《あだ》なす背約者は誰か!?　魔術士たちは——」

と、かぎ爪の先端が足下のエド・サンクタムを指す。

「生まれからが許されざる悪だ。罪深き故に、罪なき者を甘く誘《いざな》った……魔術を便利な助けとして受け入れた、それは我らの咎だ！」

否定にまた声を失う聴衆に、さらに続けた。

「それは肝に銘じよう。罪を負い、それでも丘を登ろう。だがその道を阻む者、それこそが目下の、そして最大の敵だ。恐るべき魔術士の武力を手先とする資本家たち……我らを〝辺境〟とし〝街〟と隔てる暴君を！　それを倒せば、今度は我々が魔術士を管理し有用に従えられる！」

内容そのものは、例のリベレーターのビラにあったものとほとんど同じだ。以前の演説とも。違いは振り回されるかぎ爪と、場所。積極的に賛同を叫ぶ武装した兵士。あとは。

「この男は戦術騎士団の最も恐れられた魔術士、エド・サンクタムだ！」

ボンダインが声を張り上げ、それに合わせてケイロンがまたエドの身体を持ち上げた。頭上まで。

「革命闘士を殺害し、村を焼いた大罪人だ。到底、捨て置けぬ悪魔だ。しかしこの魔術士を、従順な手下に……有益な家畜のように、能力だけはそのままに、性質を造り替える技術がある。我々の革命を支持する友人が、海の向こうから贈り物として持ってきた！」

「身体変成の技術を餌に釣られたか」

そのつぶやきは静かだったが、ボンダインや聴衆が一斉に沈黙した一瞬を突いた。

一言だけで全注目を引っこ抜いた。そして、ふうと長く息をついて続ける。

「くだらん。罪だのなんだのと、知るか。いったい誰と約束したつもりだ」

「てめェ――」

激昂したのはケイロンだが。

声を発したのは彼が抱え上げたエドだった。持ち上げるといっても身体を肥大化させたケイロンが首と腰の背骨を掴んでいるのだ。身動きも取れないし、ケイロンが力を入れれば首を折られて終わりだろうが、エドは寝床にでも寝そべっているように気怠《けだる》げに、

「俺に用がある人間以外は逃げるといい。巻き添えは気にしていられないのでな」

有言実行するように、ケイロンの身体が吹っ飛んだ。

エド・サンクタムの迅速な魔術構成を、マヨールは見ていた。小規模だが集中した衝撃波でケイロンの急所を撃ち抜いた。ケイロンは反射的に命を守るためにあえて抵抗もせずに身体ごと飛ばされたのだ。身軽になるためエドも手放して。

それは失策だし、致命的なミスだが、そうしなければ眼球が脳まで陥没して絶命しただけだろう。エドはなんの躊躇もなく精密な殺人術を編んだ。ケイロンに考えさせる間もないほどの。

吹き飛ばされたケイロンは聴衆を何人か巻き込んだ。悲鳴があがる。咄嗟に背中を見せて逃げ出そうとする者もいる。武器を抜いた革命闘士が立ちふさがろうとする。

パニックが起こる。

エドだけがその中で、悠然と立ち上がる。

すぐ後ろではボンダインが怒りに目を剝《む》き、その右腕は既に切り離されているのが見えた。

マヨールは――

援護しようと身構えた。周りでは走り回る群衆に、兵士が制止を呼びかけている。中の数人は変貌し、獣のような姿になったり、尻尾《しっぽ》を生やした者もいる。いくら熟練の魔術戦士でも、あの衰弱で一対多数では勝ち目はない。支援がいる。

と思ったのだが。

「マヨール！」

イシリーンに突き飛ばされた。弱っているのはマヨールも同じだ。たまらずに地面に倒れる。起き上がろうとして、

「……なっ！」

その鼻先を白い光が横切った。魔術だ。

放ったのはエドだった。こちらを見ている。立て続けに攻撃の術を編んでイシリーンを狙った。ぎりぎり防御を構成したイシリーンを障壁ごと打ち倒し、その間に軽く横にステップした。なにをしたのかと思ったが、足下を見て分かった。飛びかかろうとしたボンダインの腕を踏みつけたのだ。

半分狼と化したヴァンパイアが雄叫《おたけ》びをあげ、牙を光らせ飛びかかっていった。ケイロンも起き上がり、狼男より離れた位置にいたのに一跳躍で追い抜いてエドを襲う。ひときわ肉体を膨張させた大女の姿で、岩石のような拳骨《げんこつ》を振り下ろす。エドがもし避けようとすればせっかく押さえつけたボンダインの腕を解放することになり、術でケイロンを迎え撃ったとしても続けて狼男の攻撃を受ける。

エドはすんなり足を上げた。のみならずケイロンに向かっていった。意にも介さずケイロンの拳をかわし、狼男の下あごを蹴り上げて打ち払うその間、マヨールから視線を外さなかった。そして術を編み、マヨールに向かって光熱波を撃ち出した――全力でマヨールは防御障壁で対抗したが、威力もぎりぎりだ。全身が粟立《あわだ》つ。これまでずっと緊張しっぱなしだったはずなのに、今初めてぞっとした。

世界最強の魔術士、エド・サンクタムの判断は……

(正しすぎる!)

と、ようやく理解した。エドはマヨールもろともこの場にいる全員を殺す気で、一番手強い敵がマヨールとイシリーンだと判断している。魔術士だからだ。

確かに考えてみれば、エドがマヨールを味方と思う理由はない。キエサルヒマから来た魔術士でいきなり姿を消し、なにを考えているかも分からない。だけれど普通、人間の情からすれば、味方とは言わないまでもこの状況の利害くらいは一致していると思っても良さそうなものだ。普通の人間ならそう考えるはずだ。

そしてその予想が——というか期待が——外れた時に、死ぬか死ぬほどのミスを犯すだろう。つまり、あの普通ではない魔術戦士はそうしないのだ。確実な方法をとる。敵を全滅させる最も正しい行動は、一パーセントでも敵であり得るものはみんな殺すことだ。それができる力があるのなら、だが。

エド・サンクタムはできる……のだろう。少なくとも当人はそう思っているし、マヨールが感じている悪寒は、正直、それをお笑いぐさと言い切る気にはさせない。

「あの野郎……」

凶暴にうめきながら、イシリーンが体勢を直す。手の甲で鼻血を拭っていた。さっきのは完全には捌《さば》ききれなかったようだ。

「恩とか知らないわけ!?」

「あー、知らないかもね」

マヨールもつぶやいた。ちら、とイシリーンと目が合って、気まずく言い足す。

「父さんたちから聞いた話だと」

「聞いてたんなら、ちゃんと覚えてなさいよ！」

「あの人らは微妙に信じづらい話が多いんだよ！」

こんな言い合いができる余裕があったのは、ケイロンや数を増したヴァンパイアが波状攻撃を仕掛けていき、さすがにエドもそちらに対処しなければならなかったからだ。

ただ、エドの対処は冗談にもならない。狼男の顔面を光熱波で消し飛ばし、手槍《てやり》で突きかかってきた革命闘士をかわして指先で目を抉った。ケイロンの再度の突撃を、その兵士を投げつけて阻む。ケイロンは蝿でも払うように腕を振り、兵士を粉砕する。そのままエドまで突っ走ろうとしたのだろうが、刹那の隙にエドは死角まで移動している。標的を見失ったケイロンの脇腹を蹴り上げた。

ケイロンはさほどの痛痒《つうよう》も覚えなかったようだが、一向に捉えきれない敵に苛立ちを募らせた。

「ウキェエエエーッ！」

奇声をあげて両腕を振り回す。その勢いだけで足下の地面も引き剥《は》がしそうな風を起こしている。

腕のとどく範囲になにがあろうとへし折ったかもしれないが、エドはもうそこにいない。ケイロンの背後で別のヴァンパイアの背骨を折っていた。流れるような手際だ。糸の切れた人形のように崩れて悲鳴をあげる犠牲者の悶絶《もんぜつ》の目……それを見てすら、目を奪われてしまう。残酷さも悪質な性根も、否定しようにも間に合わないほど美しい。

見とれるというより、見てなにかを思いつけないほど素速いのだ。身体の速さだけではない。躊躇いのなさだ。蛙《かえる》が蝿を呑むように。蛇が蛙を呑むように。そこには人が惑うような余地はなにもない。マヨールも《塔》では達人を何人も知っているし、この原大陸では校長を始めブラディ・バースの戦い方も見た。それぞれに凄みはあるがエドの技術は完成された機械のそれだ。

それも、ただの機械だ。兵器や処刑機械ほど劇的でもない。小麦の碾《ひ》き臼《うす》のように当たり前に動き続けるだけ。逃げ道も、イレギュラーもない……

「あっ」

イシリーンが、ぽかんと口を開けて言うのが聞こえた。

すてん。とエドがその場に転んだのだ。顔面から地面にうつ伏せて。力尽きたのか、動かない。

確かにイレギュラーはなかった。故障もせずに完全に機能を発揮し続けた。燃料が底をつくまで。

尻を上げて倒れているエドに、ケイロンも唖然《あぜん》と、一呼吸は動きを止めた。周りはもっとだ。先ほどボンダインの演説を遮ったのと同じ絶妙のタイミングで、その場の空気を完全に停めた。

ボンダインと顔を見合わせたケイロンが、ようやく我に返る、それよりただ一瞬だけ早く、マヨールは声をあげた。

「光よ！」

光熱波でケイロンを追い払う。イシリーンも、

「柊《ヒイラギ》の刃《やいば》！」

同じ術でヴァンパイアらを狙う。

「あいつらッ」

ケイロンが口を開いた。鋭い犬歯が遠目にも目立つ。

「あんたたちッ、もッ、魔術士！」

さっきの防御術のほうは見えていなかったようだが、これで完全にばれた。

ボンダインも動揺して渋面を見せる。

「馬鹿な！　戦術騎士団にはあんな奴はいない。なのにこれほどの……誰の見落としだ！」

「うん――ざりだな！」

「……え？」

マヨールは髪を掻き毟《むし》った。めまぐるしく変転する状況に、さすがに忍耐も切れかかっていた。

「そこの寝ぼけた殺戮《さつりく》マシーンの言ってたことに少しは同意するよ。お前の話はいちいちくだらない。誰の見落としか、だと？　それが真っ先に思いつくような一番大事なことか！　俺の話はもうちょい早いぞ――」

上空に手を差し向け、唱える。

「怒りよ！」

空間爆砕の霹靂《へきれき》が轟《とどろ》く。

滝のように爆風が吹き下ろして、騒いでいた村人たちも地面に打ち倒した。轟音と衝撃は鎮静の働きもしてくれた。一発でみなを大人しくさせ、倒れ伏した非戦闘員と、立ち上がって睨み合うヴァンパイアと魔術士とを分けた——まあエド・サンクタムは変わらない姿勢で寝たままだが。

腕をあげたまま、マヨールは続けた。

「同じ術をもっと低く使えば、この場にいる全員磨《す》り殺してやれる。お前たちはなんとかしのげるつもりでも、村の人はそうはいかない」

「……マヨール？　あの、やけくそ過ぎない？」

小声でイシリーンが言ってくるが、無視する。

彼女が心配するくらいなら、むしろ安心だ。はったりだとは思われまい。

「逆に、そうしない理由はあるのかしら？」

それでも疑いを含んで、ケイロンが訊いてくる。マヨールはエドを示した。

「エド・サンクタムもろともにやりたくはないからだ。交換条件は、俺たちはそいつを連れて逃げる。それまで手を出すな」

「呑めるわけないだろう」

と、これはボンダイン。そう言うだろうとは思っていたので、マヨールは迷わず話を続けた。

「アドバイスするわけじゃあないが、俺たちがこの……アジトか？　陣地か？　とにかくここから出れば、村人はもう人質にできない」

言ってから、嘆息する。見回して、監禁部屋で話をした男の顔を捜そうとした。見つけられなかったが。

「あのボンダインがもう信用できない、逃げたいって奴がいるなら連れ出してはやりたいけどな。守ってあげられる余裕はないから、あまりお勧めできない」

「……三人でここを出るまでが交換条件で、その後は追ってこいと？」

「追ってこなくてもいいけどな。お前らに自信がないなら、仕方ない。エド・サンクタムはリベレーターなんかに利用されるよりは始末して、村のみんなも全員死んでもらって、俺たちは逃げる」

「…………」

数秒ほどの葛藤を挟んでから、ボンダインは右腕をあげた。かぎ爪も元にもどしている。

「いったん、取りやめだ」

「でも、ボス――」

「黙ってろ！」

ケイロンを一喝してボンダインは他の闘士にも指示を飛ばした。

「下がれ！　いいだろう、若造。みなの命には代えられない」

という言い方をしたが。

当然、本音は別にあると感じた。あの夜の、リベレーターの脅しめいた命令を思い出す。ボンダインはここにいる村人をどうしても引き渡さねばならないのだ。

同じ理由でエドも手放すわけにいかないだろう。全力で追撃してくるだろうし、隙を見せればこの約束も簡単に反故《ほご》にされる。マヨールは注意を払いつつ、イシリーンに告げた。

「あれを運んできて」

彼女を危険にさらしたくはないが、マヨールが近づけばケイロンが飛びかかってくるかもしれない。そうなれば脅しの体勢も崩れて、おしまいだ。

イシリーンもそこは察して、うなずいた。

「分かった。キスとかしてく？」

冗談で言っているわけではないようなので、少し考えてマヨールは答えた。

「お互い、もっといい匂いだった時の思い出を大事にしたほうが良くないか？」

「そうね」

そう言って、イシリーンも警戒しながら、しかし不敵に進み出ていく。ことにケイロンに睨みを利かせ、というより顔を傾けてしっかりガンつけして通り過ぎ、エドを身体ごと担ぎ上げた。これから逃げることを考え、肩の上にしっかり乗せてもどってくる。

ひとまずここまではやり遂げた。マヨールは柵の門まで群がっている群衆を左右に分けさせ、じりじりとそちらに向かった。間合いを変えずにケイロンらもついてくる。

視線を感じた。革命闘士や、開拓民の魔術士を見る目。憎しみなのか羨みなのか、蔑みなのか。発する側にも受け取る側にも分かりはしない、ごった煮の感情と複雑な依存性。誰の目にも分かるはっきりした図案の刺繍《ししゅう》も、ひとつひとつの糸と細工は複雑に組み合わさって一本の糸だけを把握したところで大した役には立たない。

刺繍を簡単に別の絵に変えるのは無理だ。すべての糸を抜き去り一からやり直すくらいでなければ。だがそれをやるというのは、糸を全部切って捨てるようなものだ。糸を人間に置き換えれば、これはなかなかにうんざりする想像だった。

門まで来た。門は半分ほど開いている。これから人を移動させるつもりだったからだろう。

「ここを出て一分ほどの間は、まだ魔術の射程内だ」

かなり長めにだが、マヨールは告げた。

そして、走り出す前に足を止めた。訊ねる。先頭に立っているボンダインに。

「少し前にも、キエサルヒマから革命に加わろうと船で渡ってきた奴らがいただろう。お前が世話したのか？」

「何故そんな……？」

訊き返す相手に、マヨールは吐き捨てた。

「もしそうなら、追いついてきてもらっても悪くはないな」

と、後方に手はかざしたまま、イシリーンと駆け出す。まずは道を下っていき、頃合いを見計らって森の中へと。

気を失ったエドを抱えているイシリーンを先に進ませ、マヨールは警戒線を張りながらついていく。足の速いヴァンパイアならほどなく追いついてくるだろう。だがこちらが移動を維持すれば、連携して一斉に襲ってくることはできないはずだ。それだけが成算だった。

中庭での戦いで敵の総数もおおむねは把握していた。ボンダインとケイロン、そしてヴァンパイア化した革命闘士があと三人は生き残っていた。ただの兵士はもっといたが、魔術士相手に積極的に追撃はさせないだろう。村人たちの監視にも残さなければならない。

（五人）

と、マヨールは憶測で勘定した。確実ではないが無限の未知数ではない。逃げながらそれをしのげば切り抜けられる。

気を落ち着かせて呼吸を読む。森で視界は妨げられているが逆に無音では移動できない。自分の移動音、イシリーンの身のこなしの音を把握し、迫ってくる物音があるかを探る。

意識が上を向いた。木々の葉擦れに、吹く風と調和しないものがあるのに気づいていた。枝と葉が茂る高度。緑色の闇を翼を生やした人影が突っ込んできている！

両腕を蝙蝠《こうもり》のような翼と化し、爪先からナイフのような爪を生やして。降下してくるヴァンパイアに向かってマヨールは叫んだ。

「天風よ！」

ごうと音を立てて強風が吹き上がる。蝙蝠人が体勢を崩して軌道が曲がった。木に激突して地面に墜落したところでマヨールは次の術を完成させた。

「雷よ！」

白い雷光が走り、地に伏していたヴァンパイアの身体が跳ね上がる。

その行く末を見る暇もなく、視界の隅に影を捉えた。左方をヴァンパイアが走り抜けようとしている。外観に変貌までは来《きた》していないが速度と敏捷性は人間離れしていた。

小型の弓を腕につがえて、荷物を担いで鈍重なイシリーンの背中を狙っている。

半身で振り向き、急いで声を投げた。

「眩《くら》みよ！」

咄嗟の構成で、術は簡素なものだ。目を刺す光を数回激しく点滅させた。ヴァンパイアは顔を背けて一瞬狙いを外し、イシリーンは光で敵の存在に気づく。

「苦瓜《ニガウリ》の槌《つち》！」

彼女の放った術がヴァンパイアを打った。衝撃波だ。脳震盪《のうしんとう》を起こして転んだヴァンパイアも、すぐに起き上がろうとするが――

マヨールが既に背後に迫っていた。全体重をかけて後頭部に飛び乗り、そのまま木の根元に叩きつける。並の人間なら即死だろうがヴァンパイアの肉体は感触から違った。重くて硬い。

地に這いつくばったヴァンパイアだが、その両手ががっしりと大地を掴み、上体を引き剥がした。踏んだ身体に逆に押し返される。鞠《まり》が跳ねるようにヴァンパイアはその場で跳躍して立ち上がる。

苔《こけ》まみれの顔で、ヴァンパイアは吠えた。弓を捨てて手刀で打ちかかってくる。あの身体の強度ならなまじの武器より殺傷力はあるだろう。マヨールは跳び退いて一発目を避け、次いで二撃目は肘で打ち返してその場に踏みとどまった。

時間はかけられない。追っ手が分散しているうちに敵の数を減らさねば。敵の出足を蹴って止め、打ち合いに応じる。

　敵の身体は強いが、技術は素人だ。こちらが間を外しても構わず殴りかかってくる。マヨールは内側に入り込んで肩口に拳を打ち込んだ。その腕を狙って敵は口を開いた。噛みつく気だ。が、マヨールの反応のほうが早い。裏拳で鼻の下を迎え撃つ。ヴァンパイアは今度は左腕を振り上げ——マヨールはその脇腹に近接の突きを叩き込んだ。

　いちいち攻撃の起点を潰され、ヴァンパイアの瞳に苛立ちが揺らいだ。身体能力で勝って技術で劣る者が劣勢になると、どう行動するか。マヨールは己自身で体験したことからおおよその予想をつけていた。戦闘訓練を受ける際、最初に経験することだ。そして教官が反射速度で敵《かな》わないはずの若い生徒を軽くあしらうことができるのが何故か理解した時にようやく、第一段階が終わる。

（教えてやろうじゃないか）

　答えは簡単だ。

（未熟者は自分が馬鹿だとまだ気づいてないからだよ！）

　ヴァンパイアはいったん距離を取ろうとした。こちらの手がとどかないところから改めて攻め、楽にけりをつけようと考えたのだろう。接近戦であればジリ貧はこちらだったとは思いつかずに。

　離れるほどに術を使う余裕ができる。が、機敏なヴァンパイアにはさらにもう一段、牽制《けんせい》が必要だ。

「波紋よ！」

振動波を地面に向けて放った。

後方に跳んだヴァンパイアの足を、揺れる足場が弾く。そのまま尻もちをついた。より大きくなった隙に、術の威力を高めていく。

「槍よ！」

足下の石を蹴り上げ、手で叩いた。前方へ。魔術がそれを加速させ、ヴァンパイアの顔面に命中する。

敵が倒れ、動きを止めた。

（ふたり目）

一息つきたいが、まだだ。少し手間取った。イシリーンはこの間にも走り続けている。マヨールは後方を気にした。次の気配が近づいている。

気配というより、雄叫びだった。

「オオオオオ！」

激しい激震とともに森を突き進んでくるのは皮膚を真っ赤に膨れ上がらせた男だった。病気か、腐乱した死体のように。さらには全身から蒸気のような白い煙を発している。かなりの高温になっているようだ。

「怒りよ！」

近づかせる前に放つ。爆発が森ごと薙《な》ぎ払った。ひとたまりもなかったはずだ。が。

すんでのところでヴァンパイアは加速して難を逃れていた。あっという間に十数メートルを移動し、身体が萎《しぼ》んでいる。はっきり見ていたわけではないが、蒸気を噴出して推進したようだ。

そしてまた膨張を始める。

マヨールは身構えた。接近させるのは危険だ。

「光よ！」

白光が炸裂する。ヴァンパイアはまた同じ手で回避したが先ほどよりは距離が短い。体内に取り込んだ空気を熱して使っているようだが、空気を溜《た》めるにはそれなりに時間がかかるようだ。

敵はまた身体を膨らませつつ、突進してくる。一歩、二歩、三歩――

ヴァンパイアはマヨールを睨み、両手の人差し指をそろえてこちらに向ける。

その指先から蒸気が噴出するのと、マヨールの術が完成するのとは同時だった。

「壁よ！」

障壁が蒸気の直撃は防いだが、あたりに充満した水蒸気が視界を塞ぐ。熱気に汗が滲むのを感じながら、マヨールは直感で身を伏せた。頭上をヴァンパイアの真っ赤な腕が通り過ぎた。かすめただけだが熱が凄い。

素手では組み付けない。マヨールは転がって距離を取った。見えないのは向こうも同じはずだ。

さっきの爆砕が木を倒していたため風が吹き込み、蒸気を散らすのも早かった。再び開けた視界で視線を交差させる。

ヴァンパイアは身体をぱんぱんに膨らませ、マヨールも魔術構成を完成させていた。

「氷よ！」

敵のみぞおちに狙いをつける。他人の身体に直接作用する構成は効果が薄い上に難度も高い。だが効きさえすれば避けようもない。

急激に冷やされ、ヴァンパイアが溜めた空気が縮む。そして冷やされた一点だけは触ることもできる。

「はぁっ！」

飛び込んで拳を突き出し、急所を打ち抜いた。ヴァンパイアは腹を押さえ、悶絶して倒れた。

（次……）

イシリーンを追って駆け出しながら、マヨールはさらに警戒した。足が重い。熱気が去っても汗が止まらない。かなり消耗もしたが、歯を食いしばって念じる。まだ限界ではない。

気力を上げたからか、単にエドを担いでいるからか、イシリーンに追いつくのは難しくなかった。後ろを気にしながら横に並び、マヨールは告げた。

「三人倒した」

「そう。上出来」

「そろそろ本命が来るはずだ。あのケイロンが――」

言いかけて、言葉を呑む。

手を伸ばしてイシリーンを止めさせた。

「……なに？」

はあはあと息を切らせて、訊いてくる。マヨールも立ち止まった。すぐには言葉が浮かばずに肩を上下させる。内臓の引きつりが通り過ぎた頃には考えもまとまっていた。

「ケイロンがまだ来てない。ボンダインも」

「それが？」

「あの身体能力だ。まだ追いついてこないのは変だ」

「大物気取ってんじゃないの？」

言う通り、意味などないのかもしれないが。

マヨールはかぶりを振った。

「そこまで間抜けじゃないと思うよ。ヴァンパイアは俺たちを追ってきただけじゃなくて、追い立ててたのかも」

「追い立てるって、じゃあこの先になにがあるっていうのよ」

彼女の問いには、別の声が割り込んだ。

「なにがあるからと選り好みができるか」

「ぎゃあ！」

イシリーンが叫んで、担いでいたものを取り落とす——エド・サンクタムを。

また狙ったように頭から落下して、ろくに受け身も取らずに死んだのかというようなぶつかり具合だったが。エドはむくりと起き上がってみせた。

「部下が言っていたなら張り倒しているところだが。部下でないのはお互いの幸運だ」

「この状況で幸運と言えることがひとつでもあるのは本当に嬉《うれ》しいです」

皮肉を言ってみるものの、エドはぴくりとも動じない。

「言ってくれんじゃないの、おっさん」

肩を回しながらイシリーンがうなり声をあげる。目が据わっていた。あまり良い兆候ではない。

「人に運ばせといてさ。ちょい前から起きてたんじゃないの？」

「そうだが、もたくた夢中で走ってたので邪魔はしなかった。楽だったし」

「あんたねー……」

「いやいやいや待って」

魔術戦士に掴みかかりそうな婚約者の前に割って入って、マヨールは話をもどした。

「なにかいい手があるんですか？」

「良い解決法はなにもない」

エドはきっぱり言い切った。くるりとあたりを見回し、あとを続ける。

「戦って切り抜けるだけだ。もしくは……」

「もしくは？」

マヨールも彼の視線を追った。森は静まり返っているように思える。なにもいない、はずだ。が、エドは既に戦闘態勢に入っていた。

傷痕のある唇をわずかに開き、つぶやく。

「魔王術で空間転移して逃げてもいいが。やらない。好機だからな」

「今がですか？」

敵の勢力下で、なにが企てられているのかも分からない。体調はぼろぼろ。エドも目覚めたのはいいが、十分に休んだとは到底言えない。しかし当人は気にもしない様子だ。

「革命闘士ダジートは何年も昔から目をつけていたが市議会議員ボンダイン・ベレルリとして仮面を着け、表から裏から戦術騎士団を攻め続けてきた。尻尾を掴もうとした派遣警察官は家族もろとも消息を絶ち、魔術戦士はあしらわれ、予算は叩かれ、削られ、支援者は翻意させられた。それを始末できるなら、正直、今は心が躍るほどだ」

「なら、応援を呼ぶとか」

せめてもの提案だったのだが、これもエドは一蹴した。

「しない」

「なんでですか？」

「これが罠で、全滅させられたらわりに合わん」

「…………」

言ってることが滅茶苦茶だ。いや、正しくはあるのだが。

と、エドはふとしたようにつぶやいた。

「ああ、そうか。用意させた素体の引き取りに来ているのを予想してしかるべきだったかな。名前も思い出した。リアン・アラート。元王立治安構想騎士軍専務教導官。確か、あだ名があった……〝警戒区域〟」

「こちらとしては思い出すまでもない。ユイス・コルゴン。お前が捨てたつもりでいても、悪夢として忘れようもない名だ」

返したのは、行く手に忽然《こつぜん》と現れた初老の剣士だった。

マヨールはイシリーンと目を見合わせた。彼女も首を振っている。見落としではなく、

絶対そこにはいなかったはずだ。

おぼろげにだが見覚えがある。恐らく、あの監禁部屋に閉じ込められた時、リベレーターの護衛についていたあの男だ。

ひとりだけではない。目を凝らすとひとりまたひとりと同じ格好の剣士が姿を見せる。騎士装束に思えるが、キエサルヒマに王立治安構想や騎士団が存在したのは昔のことだ。内戦で魔術士を狩り、戦いの終結とともに解体された。

戦死者たちの亡霊……というとぴったりだが。顔色も青白く、虚ろで、どこか奇妙に感じる。先の声音も、落ち着いて聞いてみるとどこか妙だった。人間の声帯から出たものとも思えない。揺らぎのような声だった。

気がつけば周囲はすべて、騎士装束の男たちに囲まれていた。エドがつぶやく。

「ガス人間だ」

「え？」

「半実体、半気体の身体だ。よほどの威力で破壊されない限り無傷で、変形も自在。服や装備に見せかけているものも、奴らの身体だ」

「じゃあ全裸なわけ？」

イシリーンが口を挟む。そんなことを気にできるのは彼女らしいが、マヨールは狼狽《うろた》えた。

「ヴァンパイアですか？　それが、こんな数……」

「いや、クリーチャーだそうだ」

エドは淡々と説明した。

「人体を変異させる研究があったという話は聞いたことがある。聖域では生命を蘇らせる研究や、人造人間も製造された」

話しながら、彼の注意はもっぱら最初に現れた男に向いている。確か、リアンとかいったか。

「天人種族は人間種族の巨人化を承知していた。魔術士の発生もその研究のひとつと言える。その技術の断片が流出し、変異による人体改造技術を聖域外で弄《いじ》くり回していた魔術士がいたらしい。名前は忘れたが」

「改造……」

「要は、ヴァンパイア化を能力として制御する技術だ。リベレーターは革命闘士への手土産にそいつを持ってきたらしいな」

「完成した技なんですか？」

現れたガス人間たちの数を数えながら、マヨールは問うた。エドは軽く首を傾げる。

「どうだろうな。だが少なくともゲリラ兵の手勢を爆発的に増やし、かつ孤立化は抑制できる」

手勢。爆発的に。

はっきりした数ではないし、これで全員ということもないのだろうが、二十人近くはいる。有効な能力を制御し、理性のある兵士として運用もできるのであれば恐ろしい技術だ。狙撃拳銃にも匹敵する発明だろう。

(それに……何日間かで生産できるとか言ってなかったか?)

人を集めて、そんなものを組織するつもりでいるのか。リベレーターは。

「エド隊長」

えっ、とイシリーンが嫌そうにうめくのだが、とりあえず無視する。

「あなたには援護なんて邪魔なだけでしょう。ぼくらはもどります」

背中合わせになって、マヨールは告げた。

「ほう?」

エドの声は初めて、マヨールの言葉に興味を持ったように聞こえた。

「なにをするつもりだ?」

「あそこには、リベレーターに引き渡される村の人が大勢残ってます。それをほっといて逃げるのは……まずいでしょう。なんとかして逃がさないと」

「そうだな」

一呼吸おいて、エドは言い足した。

「『なんとかして』などと部下が言ったのなら張り倒して、具体的にひとり残らず殺してこいと命じるが。そうでないのは、まあ、お互い幸運か」

まったく、ツキまくっていて嫌になる！

皮肉に舌打ちしながら、マヨールは駆け出した。これまで必死に進んできたのと逆走で。

22

「好機だ」

とダンは言ったし、ベイジットも彼が甘く見てそう考えているのではないというのは分かっていた。が、それだけに問題ではあるのだった。優男ダンは自分自身が生き残るためになにが必要かを計算に入れていない。

それでは困るのだ。

(死んで欲しくないんだよ！)

内心で声をあげつつ、ベイジットは別の言い方をした。

「ドーカナ。状況がややこし過ぎる気がするんだケド……」

ダジートのアジトは混乱の極みだった。中庭で騒ぎがあったかと思ったら門から飛び出したのは――なんと――兄とイシリーンで、しかも担ぎ上げていたのはエド・サンクタムだという。それを追って革命闘士のヴァンパイアが出て行き、激しく戦っていたようだ。どちらが勝ったかは分からないが、とにかく今は、アジトにいるダジートの手元にはヴァンパイアはほとんど残っていないはずだし、村人を大勢引き入れている今、潜入もそう難しくはないはずではある。

ただ、隊もワイソンとビッグを失った。ダンとベイジットまで戦力に数えたとしても、ビィブとレッタも連れている。イザベラ・スイートハートとの遭遇からアジトの近くまで引き返し、じっと潜伏して訪れた変化がこれだ。確かに好機といえば好機だが、イザベラがまたどんな形で関わってくるかも定かでない。

「すっきりした状況で人を殺せる機会を待ち続ければ、きっとそいつは清廉潔白なまま生涯を終えられるさ」

ダンが答える。ベイジットは頭を抱えた。

「だけどさ、魔術士まで絡んできてるんだったら余計にアブナイっしょ……」

これも不安点ではあるのだ。イザベラ教師に不意打ちを受けてから、近くに兄もいるのではないかというのはまったくの予想外でもなかった。よりにもよって、彼らと接触でもしようものなら、ベイジットは二重の窮地に立たされる。

が、ダンはこれも取り合わない。

「魔術士は逃げた」

「もどってくるカモ」

「魔術士と戦う危険を恐れていては、革命闘士とは言えない」

「………」

唇を噛んで押し黙る。それを出されると反論が難しい。怖じ気づいていると思われるのも嫌だった。

「そうだよ、行こうぜ」

ビィブは張り切っている。

「そだよー。いこう」

隣でビィブの腕に掴まっているレッタもだが。ふたりを見てから、ベイジットは木の幹に額を当てて思案した。

「やるなら一気にやるしかないね。一度、顔も見られてるし」

拳銃は服の下に忍ばせて、手を突っ込めばすぐに取り出せる。気づかれずに近づいて撃ち殺す。それしかない。それには……

と、陣地の門と柵を見上げる。騒ぎが落ち着かないうちに行動したほうがいいには決まっている。

「じゃあ行こう。なるべく早く済ませるには、手分けするのがいいと思うケド」

「そうだな。入ってから分かれよう」

肩越しに振り向いて、言い足す。

「門を通ったら、三百数える。数え切ったら脱出しろ。標的をやったかどうかとは関係なく……それでいいか？　ベイジット」

「ウン」

ベイジットはうなずいた。が、彼の嘘も分かっていた。ダンは数を数える気などないのだ。気づかなかったふりをしたのは、ビィブとレッタのためだった。

「行こう！」

森から飛び出して、柵に沿って走った。門は閉ざされていないが見張りが立っている。すぐにこちらを見つけて、警戒を発しようとした——が、ダンが見張りの男に触れ、言葉を失ったところに当て身を食らわせて失神させた。

目もくれず、そのまま門に入っていく。中は騒然としていた。中庭は混乱した村人でごった返し、制止の声が抗議や怒号に掻き消されている。

魔術士（兄だろう）が村人に紛れ込んでいて、暴れたので死人が出たとかなんとか、そんな話のようだ。それに自分たちがどうしてここに連れてこられたのか、議員を出せ、説明をさせろと怒っている者もいる。

その抗議の先を追っていけばダジートに向かうのではないか、とベイジットは見当をつけた。人混みに突入して流れを探しているうちに、もうダンの後ろ姿は見えないしビィブたちも見失った。だが構わなかった。目的に専念する。

ベイジットは数を数えていた——脱出のためではなく、ビィブらのためだった。三百を数えてからやったほうがふたりは安全だ。恐らくダンもそう考えているだろうし、彼は……きっと、ベイジットが察しているのを期待しているはずだ。

(ダンとふたりで、敵をやるんだ)

ぞくっと。感じるものがある。人を殺すことを考えても怖くない。数を数えていたので余計なことを考えずに済んでいたのかもしれないが。

(二百……二百一……)

怒った男が武装した兵士に掴みかかっている横を通り抜け、彼らの意識の先を読み取る。男が詰め寄ろうとしている先、兵士が守ろうとしている先。ダジートはそこにいる。

「おい！　待て！」

兵士に見咎められた。振り返ってベイジットを止めようとする革命闘士に、ベイジットは叫び返した。

「なんで魔術士ナンカがココにいたの！」

怒り顔を作って睨みつける。

「アイツらはミンナ死んだんじゃなかったの⁉」

「……そうだ。説明しろ！」

男がさらにまくし立てて、兵士の身体を押す。

「あれは不意打ちで――」

言い訳をわめくのを後目に、ベイジットは走り抜ける。

カウントを忘れかけていた。やり直す。

（二百十……二百十一……）

不意に、なにもかもがうまくいっているように感じられた。昂揚する。この混乱、切羽詰まった状況、取るに足らない、くだらない世界。すべてがベイジットの味方で、思うがままだ。どんな不利も思ったように利用できる。世の中をぶち壊すのが望みだったけれど、今はそのさらに先も考えられるようになった。革命だ。

（三百！）

数え終えた。嘘のようにスムーズに進んでいる。陣地内を走り回って、ダジートは指令小屋にいると見当をつけた。陣地の奥にある家くらいの大きさの丸太小屋だ。入り口を見ると見張りがふたり倒れている。ダンが先行しているのだろう。騒動はまだしばらく収まらない。ダジートを仕留めれば逃げる手もある。計算違いなんてない。きっとうまくいく……

「……え？」

見張りの一人が足を押さえてのたうち回っているので、ベイジットはその傷口に目を止めた。かなり出血している。剣の傷とは違うように見えた。鼻を嗅いで、残り香を感じる。硝煙の臭いが残っていた。もうひとりは肩を撃たれて気絶している。

「ダジート！」

声に出して、ベイジットは踏み込んだ。中に入ったことはある。あの騎士団の基地襲撃作戦を説明してもらったのもこの小屋だ。長いテーブルと大量の地図を納めた箱があるはずだ。

だがテーブルは横倒しになっていた。地図もかなり床に散らばっている。向こうの壁際にはダジートの顔もあった。だがベイジットがまず目にしたのは、入り口近くで肩を震わせている小さな背中だった。

ビィブはベイジットの声にも振り向かなかった。拳銃を手に震え、ただただダジートを見据えている。その手前にはケイロンが胸に手傷を――大きな刀傷を負って膝をつき、さらに前にはダンが倒れ伏している。ダンの首筋には頭にかぎ爪のついたトカゲのような奇妙な生物が張り付いている。ダンは完全に昏倒《こんとう》していた。

ダジートには右腕がなかった。怪我をしたという様子はなく、ダンを倒したかぎ爪が元は右腕だったのだろう……残った左腕はレッタの首を押さえ、抱えていた。

「ふたりとも武器を置いてそこから出ろ」

逃れようと藻掻くレッタをしっかりと抱きかかえ、ダジートは告げてきた。

「これ以上、作戦室を散らかしたくない」

23

「光よ！」

走りざまに放った一撃が、ガス人間をふたり巻き込んで炸裂する——が、爆光に包まれる寸前にその両者ともの姿が消えていたのをマヨールは見ていた。

すぐ後に、地面から騎士姿の男たちが吹き出てきた。さっきの戦闘で出来た地面の割れ目に入り、また出てきたのだ。抜刀して斬りかかってくる。マヨールは走る速度を緩めなかった。

「鳳仙花《ホウセンカ》の弾幕！」

後ろからイシリーンがひとりを撃墜する。空気を破裂させた衝撃波に、ガス人間の身体は溶けたチーズのように簡単に裂けた。だがそれでも割れた半身でそのまま、剣を振り下ろしてくる。

マヨールは頭を下げて身をかわし、続けてもうひとりの斬り込みを腕の内側まで突進して受け止め、脇腹に一撃を入れて反撃した。手応えがあるようなないような、奇怪な感触だ。速い打撃には反発があるのに、掴んだ肘はずぶずぶと潜り込みそうになり、慌てて手放した。

殴られた痛みは一切ないようだ。冷淡にこちらを見返しながら、それでも反動で体勢を崩している。地面に落ちる時には既に踏ん張りがきくように足を広げていた。訓練を受けた身のこなしだ。イシリーンがひとりを牽制して、攻撃のタイミングをずらしていてくれなければ今の二撃は避けられなかっただろう。

さらに奇怪に感じられるのは、彼らが全員同じ人物に見えることだ——顔立ちや体格はそれなりに違う。しかし動きや表情は兄弟のように似ている。服装と装備が同じなのはいかにも兵士らしいと思ったのだが、改めて見ると違和感もある。

(……階級が同じだ)

もはや意味もない騎士装飾だが。見分け方などマヨールは知らないが、低位の階級章ではなさそうだった。

「マヨール！」

気を取られているうちに、背後から来る新手があったようだ。イシリーンが割り込んで蹴り飛ばした。やはりこれもふわりと後退はするが損傷を与えた様子はない。

彼女と背中合わせになって、マヨールは正面の二体に構えた。さらに周りには数体のガス人間が待機している。半数以上は――横目で見やると――エドのほうに向かっていて、戦闘に入っているようだ。

「こいつら、案外厄介だ」

マヨールの囁きに、イシリーンが答えてきた。

「そうね。さっきの話だと、こんなのを山ほど増やそうとしてんでしょ。魔王のおじさん、ホントに勝てないかもね」

「もっとまずい想像をした。この連中、戦い方も練度もみんな同じだ」

「そりゃ、軍人ってそうでしょ」

「それだけのことかも。あるいは、クリーチャー化の技術っていうのは、ある人間の持っている能力や性格を植え付けることもできるのかも」

「………………」

合わせた背中の感触から、少し沈黙したイシリーンが唾を呑んだのが分かった。つぶやいてくる。

「じゃありベレーターの、エド・サンクタムの利用法って、それ？」

「単に捕虜にするだけでも価値はあるだろうけどね」

当のエドは最初に現れたリアンとかいう老剣士と斬り結んでいる。エドは無手だが小刻みに術を用いて対抗していた。リアンだけは特別なのか、他のガス兵とは一段、腕前が違う。もし他のがコピーだとしたら、オリジナルがリアンであるのはまず間違いなさそうだ。

「じゃあ、どうする？　あいつ助けるの、わたし嫌なんだけど」

エドを指してだろう。イシリーンは言うが。

マヨールは嘆息混じりに答えた。

「どのみち、こいつらをどうにかしないとここから離れることもできなさそうだ」

すっと息を吸い、叫ぶ。

「炎よ！」

見境もなく、周辺一帯に火を放った。

水気の多い森の中だが、魔術の白い炎は効果が続く限り構わずに燃える。ガス人間たちはすぐ上空に逃れているが、マヨールは直接に相手を狙ったのではなく、彼らを地面から遠ざけるのが目的だった。地表に熱源があれば上昇気流を生じさせ、ガス状の身体は動きづらくもなる。

もっとも、生身の人間にとっては火傷と酸欠が問題だ。げほげほと咳き込むイシリーンの肩を抱いてその場を離れようとする。

逃れたところでまたガス人間が降りてくる。マヨールは再び声をあげた。

遠ざけたのだから隠れ場所はないはずだ。


「炎よ！」

また巻き起こった炎がガス兵を追い散らす。引きつった顔で、イシリーンがうめいた。

「まさかこれ繰り返してく気？」

「あんまり良い案じゃないかな」

隙を見て、あの身体を再生させないほど大威力の術を叩き込むしかない。地面からは遠ざけたのだから隠れ場所はないはずだ。

と。

「暗の深奥！」

爆発が空を覆った。

頭から叩きつけてくるような振動に、マヨールとイシリーンはその場に膝をついた。というより尻から落ちた。がくがくと痺れのような震えが通り過ぎると、ガス人間の姿はなくなっている。

炎の効果もなくなると、森をふたつに分けるような悠然とした態度で顔を見せたのは……イザベラ・スイートハートだ。

彼女は冷淡にマヨールらを睨んでいた。剣とチェーンウィップを両手に持っている。村の外に隠しておいたものだ。つまり、彼女はマヨールらの足跡を追ってここまでやってきたのだろう。

「オオオオオ！」

　さっきの魔術から生き延びたガス人間がまだ残っていた。ばらばらになっていたが集まり、イザベラに飛びかかる。彼女は見もせずに剣を突き上げ、敵の首を薙いだ――頭部は切断されて身体だけ地面に落下する。イザベラは胴体を踏みつけてから鎖を振り、ガス人間の頭を絡めると、遠くに投げ飛ばした。

　そして早足になってこちらに近づいてくる。

「まずそうだな。逃げようか」

　マヨールのつぶやきに、イシリーンが顔をしかめる。

「なんで。わたし関係ないでしょ」

　同盟反逆罪にも怖じけなかったくせに、これだけは薄情なことを言う。

　そうしているうちにもイザベラはつかつか進んでくる。冷ややかな眼差しからすればマヨールになど気づかず踏みつぶしていきそうなほどだったが。その一歩前で彼女は足を止めた。

　無表情はそのまま、言ってくる。

「マヨール・マクレディ。なにか言うことは？」

　試されている。とは察した。

　迷ったのはそこまでだった。マヨールは教師の目を見返して、告げた。

「この先には革命闘士の拠点があって、彼らは開拓民をリベレーターに提供して、今見たような改造人間にしようとしています。リベレーターは改造に必要な設備を持ってきていて、既にどこかに準備したようです」

早口で言い足す。

「ぼくらはこれからその拠点にもどって、村人を解放します」

「わたしたちの任務じゃない。彼らに任せなさい」

と、イザベラはエドのほうを示した。エド・サンクタムはガス人間の群れと戦っている。マヨールはかぶりを振った。

「いいえ。ぼくは――」

「ただちに撤退よ」

イザベラの目は冷たいままだ。真っ向から拒否されたのに。まずはなにかあると感じ、そしてピンときた。イザベラ教師がこうも頑《かたく》ななのは……

「ベイジットを見たんですね。この近くで」

ここにもどる可能性はあると思っていた。そのために囚われのまま待ったのだ。

言い繕っても無駄だと悟ったのだろう。イザベラは舌打ちした。表情の硬さは去らなかったが。

「彼女は革命闘士の仲間になって、わたしに発砲した」

「ぼくは行きます」

「駄目と言ったでしょう。わたしたちはこちらの内情には干渉しない」

彼女の口調に、カチンと弾けた。

制止しようとするイザベラの手を払い、マヨールは怒鳴り声を張り上げた。

「リベレーターがキエサルヒマから来たなら、俺たちの出したクソだ！」

額が触れるほど身を乗り出し、イザベラの目をのぞき込む。

「そうでしょう。ぼくらだって戦うべきだ」

「…………」

イザベラが歯を食いしばる。彼女がマヨールとの再戦まで考えたのは間違いない。少なくとも、武器を握り直すくらいには。だが、そうはしてこなかった。

くるりと剣を回転させる。柄をこちらに差し出した。マヨールが受け取るとチェーンウィップも手渡して、

「……分かったわ。ただし、約束しなさい。わたしから逃げないこと。あなたにはまだ教師が必要よ」

武器を抱えて、マヨールはうなずいた。

「はい」

「わたしは」

こきりと首を鳴らすような仕草をして、イザベラはガス人間らと戦闘を続けるエドのほうを向きやる。

「あなたと同じくらい自信過剰なあの馬鹿を援護する。マヨール、これも心得なさい――」

彼女は言葉に迷ったらしかった。珍しいことだ。

「啖呵を切ったなら、あとはやり遂げなけりゃ、口に溜まったチンカス野郎ってもんよ」

返事も聞かずにイザベラ教師は、ガス人間に襲いかかっていった。

取り残される形でしばし絶句してから。

マヨールはヴァンパイアの陣地へと、また走り出した。ガス人間は何人か追っ手をかけようとしたようだが、イザベラの攻撃術に阻まれる。

イシリーンが追いついてくる。隣で、なにやら含みのある横目笑いで言った。

「排泄糞便《はいせつふんべん》に恥垢《ちこう》とはね。おげひーん。わたし、いや。そんなクラス」

「うるさい」

チェーンウィップを押しつける。

受け取ったイシリーンに、マヨールは告げた。

「ベイジットのこと、正直どうしたいか、まだ分からない」

「……で？」

「ただ、甘っちょろく許す気はないんだ。本当に、怒っている」

「でしょうね」

つれないような口ぶりだが。

ベイジットのことは、イザベラもなにも言わなかった。

もう止めないというのだろう。マヨールがどう決断しても。イシリーンと同じく。

（弱音はここまでだ）

気を入れ直し、意識を整える。

家族の問題、いや自分の問題だ。都合のいい答えなど誰からももらえない。

駆けもどって、高い柵に囲まれた陣地に辿り着いた。中では騒ぎが起こっているようだ。暴動めいた怒声が外まで聞こえている。門は開いたままで、見張りらしき男も昏倒していたが。痩せた女が子供を連れ、後ろめたい顔色で背後を見ながら門をくぐって出るのを見た。森に逃れるのを迷っている様子だ。

見回しているうちにマヨールらの姿を見つけて、アッと声をあげた。腰は抜かさなかったが、子供を背中に隠し、震えながら木の間に逃げていく。

見送って、マヨールは深呼吸した。構成を編む。

「怒りよ！」

空間爆砕で、高い柵を吹っ飛ばした。もう一発。同じ術でさらに他方の柵を破壊する。砕けた丸太と木片が宙を舞い、村人と革命闘士の小競り合いを後押しする。

マヨールは大声で呼びかけた。

「逃げないとぶっ殺すぞ！」

「魔術士だぁっ！」

悲鳴をあげて何人かが森に逃げる。

術を練り上げて、マヨールは目についた小屋の屋根に火を放った。

「拷問処刑部隊の参上だ！　この性悪女が、夢でも思いつけないような悲惨な目に遭わせるぞ！」

「木蓮《モクレン》の通電！」

手槍を抱えて突進してきた兵士をイシリーンが打ち倒す。マヨールは彼女を指さしさらに言葉を添えた。

「こいつこそ悪の権化！　荷造りみたいに人間をパッケージするのが趣味！　しかも着払いで適当に発送する！　縄コースと粘着テープコースと明らかに小さめの箱詰めコースがあって料金は全部おんなじ――」

「分かってないなー。それじゃ結構好んで居残っちゃう奴いるって」

何故か自信ありげに、イシリーンがぼやく。

そんなわけはなく、狙って柵を破壊していくと村人はこぞって逃げ出した。村から追い立てられこんな場所まで連れてこられれば、あてもなく森に逃げるなど気が進むはずはないだろうが、魔術士への恐怖がようやく上回ったようだ。

武装兵士の反撃はあったがそれも本格的なものではなく、中には村人と一緒に逃げ出す者もいた。結局は脅し文句などよりも、とっくに混乱が収拾つかなくなっていたのだろう。取り纏《まと》める者もなく魔術の爆撃まで受ければ逃げるより他にない。

「ボンダインが見当たらないな」

陣地内を見回し、マヨールは警戒した。逃げる村人たちの中にベイジットの姿もない。右に左に走り回る男に女。入り乱れて、炎に煽られては行く手をふさがれ、背後を見やってマヨールの姿を見つけ、わめいて走っていく。もう少しどうにかすれば燃える小屋にも逃げ込みかねない。

（ひどいことをしているな）

後ろ暗さの陰が差して、胸でつぶやく。

嘘で人々を混乱させ、脅して追い立てている。何様かということになれば答える言葉もないが。

今は迷わないと決めた。転んだ男の尻を蹴飛ばし、鬼の形相を見せて自分でもなんだかよく分からないような奇声で恐喝した。

刹那——

圧力だ。感じた。剣を手に向き直る。奥だ。陣地の奥。まだ騒ぎは続いているが人も減り、逃げ惑う流れの中に動かない一団がいた。

すべては、あつらえられたように揃っていた。その配置を誰が企図していたのか。意味などはあるまいし、その瞬間には次になにが起こり得るのかさえ理解できなかった。

まず、ベイジットがそこにいた。こちらには背を向けているが、半身を振り返り、マヨールに気づいてはいるようだ。妹は少年を抱きかかえるようにしていて、少年はやはりベイジットに背中を向けて、ある男と対峙《たいじ》している。男はボンダインだ。少女を左腕で締め上げ、捕らえていた。傍らにはケイロンがいる。傷を負っているが、致命傷ではないようだ。

彼らはじわじわと、建物から出てきたところだった。ボンダインが人質を取ってベイジットらと敵対しているように見える……が、そんなことがどうやったら起こり得るのか、分からない。ベイジットが革命闘士に与《くみ》しているのなら、どうしてボンダインを敵に回す？

柵を破壊して村人を追い立てたマヨールとイシリーンを、ボンダインとケイロンは激しい憎しみをたぎらせ、睨んできていた。

「……なんなの？　あれ」

イシリーンがつぶやく。マヨールは小さく首を振った。

「分からない」

と。

ケイロンが、跳躍した。

「キイェーッ！」

大型の猿のように吠え、昆虫のように跳ねた。そして、隕石《いんせき》のように落下してくる。

「────！」

なにも理解できない中、ひとつだけ道理に従った。ケイロンの拳を食らわないこと。

ケイロンは拳骨を振るって着地し、地面を叩いた。爆発じみた衝撃に足を取られながら、
マヨールらは後方に跳び退いた。

「もどってくるとはねッ！　うれしいわ！」

歓喜の声を発し、左右から両腕を叩きつけてくる。

「壁よ！」

魔術で対抗する以外は考えられなかった。防御障壁がかろうじてケイロンの腕力を受け止めるが、威力は貫通して肌に触れてきた──ような気がした。ただの雰囲気に呑まれただけかもしれないが、あるいはあの拳の力は魔術にも匹敵しているのか。

弾き返されても構わず、ケイロンは叫ぶ。

「すべてが終わりでも、あんたらをこの手でブッ壊せるなら！　ちょっとはいーかもね！」

「終わりなものか！」

反論したのは、ボンダインである。身じろぎしたので絞められている少女が泣き声をあげていた。

「再起する！……裏切り者と魔術士を血祭りにあげて！　この失態は……わたしの咎であるわけがない！　カーロッタだ！　そうだ。裏切り者のカーロッタがわたしを陥れようと画策したことだ……！　あとは、魔王と……魔術士が悪い！　わたしじゃない！」

狂気じみた裏声でわめく、ボンダイン。その声にはもはやケイロンですら……答えない。

ボンダインの右腕はなかったのだが、小屋の中から高速で這い出してくるのが見えた。かぎ爪は伸びていないが、拳銃を持っている！

右腕は吸い付くようにボンダインの身体にもどった。拳銃を少女のこめかみに当てて、議員はケイロンに命じた。

「そいつらをさっさと片付けろ……リベレーターが来る前にこの場を離れなければ！」

「言われなくてもやってるわよう、ボス」

ケイロンは右に左に跳ね、フェイントをかけながら攻撃の隙をうかがっている。

（やりづらい……）

調子に乗った喧嘩屋の動きだ。本来ならより合理的な格闘戦術で組み伏せればいいだけだが、身体の強化が生半可ではない。仮に関節をロックしたとして、それを力で押し返してこられるなら、逆に窮状を招く。

剣を構えた。武器で対抗するならやりようはある。それに、横目でイシリーンの位置を確認した。彼女も伸ばした鎖を手に敵の呼吸を探っている。こんな喧嘩には頼りになる女だ。

（ベイジットは）

と、これも見やった。妹の様子は変だ。震え、打ち拉《ひし》がれている。

「お兄ちゃん！」

声にぎょっと、気を取られそうになる。だが叫んだのはボンダインに押さえつけられている少女だった。少年のほうが、声を返す。

「レッタ！　大丈夫だ……泣くな。すぐ助けてやる」

「お兄ちゃん！　たすけて！　たすけて！」

「黙れ！」

怒鳴ったのはボンダインだ。拳銃の柄で少女を殴打した。それで気絶するのでもなく、レッタとかいう娘はなおさら泣き声をあげるのだが。

兄と呼ばれた少年もさらに気勢をあげてボンダインを罵る。マヨールはますます困惑を覚えた。ベイジットは今、どんな状況にいるのだ？

「死ねやぁッ！」

ケイロンが爪先で砂を蹴上げる。目つぶしの砂と一緒に突進して、自分で追い抜いてきそうな勢いだったが、イシリーンが横からチェーンを放って足を引っかけた。ケイロンはあっさり転倒し、顔面をぶつけて鞠のように跳ね上がる。

「いちいち叫んで来るんじゃないっての」

頭の上を通り過ぎて転がっていくケイロンに、イシリーンが嘲るが……痛みにひくつきながら鞭を持つ肩を押さえている。ケイロンの力が強くて痛めたようだ。

「そうかしらぁ？」

にたりと笑みを浮かべながらケイロンが起き上がる。こちらは無傷だ。

「殺した後じゃ、聞いてもらえないでしょ」

「枷よ！」

マヨールが空間歪曲《わいきょく》で縫い止めようとするも、ケイロンがパチンと指を弾かせた途端に腹に衝撃を受けて発動を妨げられる。指で小石を放ってきたらしい。マヨールはよろめきながら、ケイロンが腕を振り上げるのを見た。だがそれはイシリーンが妨害する。

「シクラメンの後退！」

迫り来るケイロンの一撃が急激に速度を落とす。ゆっくりと鼻先をかすめて落ちていくヴァンパイアの指先を見ながら、マヨールは後ろに下がった。

イシリーンの術が効果を失うとケイロンの手は元の勢いにもどり、風圧だけで軽くつむじ風を起こす。ふわりと触れる空気を感じ、その柔らかさには見合わない嫌な汗が滲んだ。ケイロンは怒りからか、全身の筋肉をさらに盛り上げる。

「あんたらが自分を魔術士だと思ってられるのは、ノーミソのどの部分かしら？　どこを叩いて凹《へこ》ませればテーブル以下の生き物になる？」

目を爛々《らんらん》と輝かせ、ぬらぬらしたよだれを垂らして、呪詛《じゅそ》をこぼす。

(次はもっと速い……な)

剣を手に覚悟を決める。恐らく、これが最後だ。ここで仕留めなければ負ける。隙が欲しい。ちょっとした。なんでもいい。敵の気が一瞬でも逸れるような出来事が。

「あ……」

マヨールは口を開いた。

「聞いてくれ。俺は……その。ええっと。この……お前が好きだ！」

「悪いけどあたしの好みじゃないわね」

「ええっ⁉」

声をあげるマヨールに、イシリーンが訝しげに訊いてくる。

「なにやってんの？」

「もう先生の言うことは信じない」

「さぁて。ふたりの見分けがつかなくなるまでぶっ潰してマゼマゼしてやるわよ、ボブ、キャンディー」


誰のことだか分からなかったが、思い出す間もなく。

今度は防御術も間に合わない。五歩分は離れていたはずのケイロンが一息で距離を詰め、マヨールが突き出した剣の刃を躊躇いもなく殴りつけてきた。指一本を切断しながら拳は止まらず、マヨールは肩を打たれて吹っ飛んだ。痛みの追いつかない鋭い痛撃に転がり、マヨール自身もその速度に乗って構え直す。

イシリーンがケイロンの背後に回り込んでいる。挟み撃ちの不利を意識してか、ケイロンは高く跳び上がった。何メートルかを降下して、さっきのように打ち下ろしてくる。だが落下では動きを加速できない。手を間違えたな、とマヨールは構成を編んだ。術を放てる隙がある。

「雷よ！」

雷電が胸を貫く。人間なら即死だろう。ケイロンも無事であったはずはないが。

一瞬でも四肢の動きが麻痺すればバランスを崩す。ケイロンは受け身も取れず、身体の前面を地面に打ち付けた。

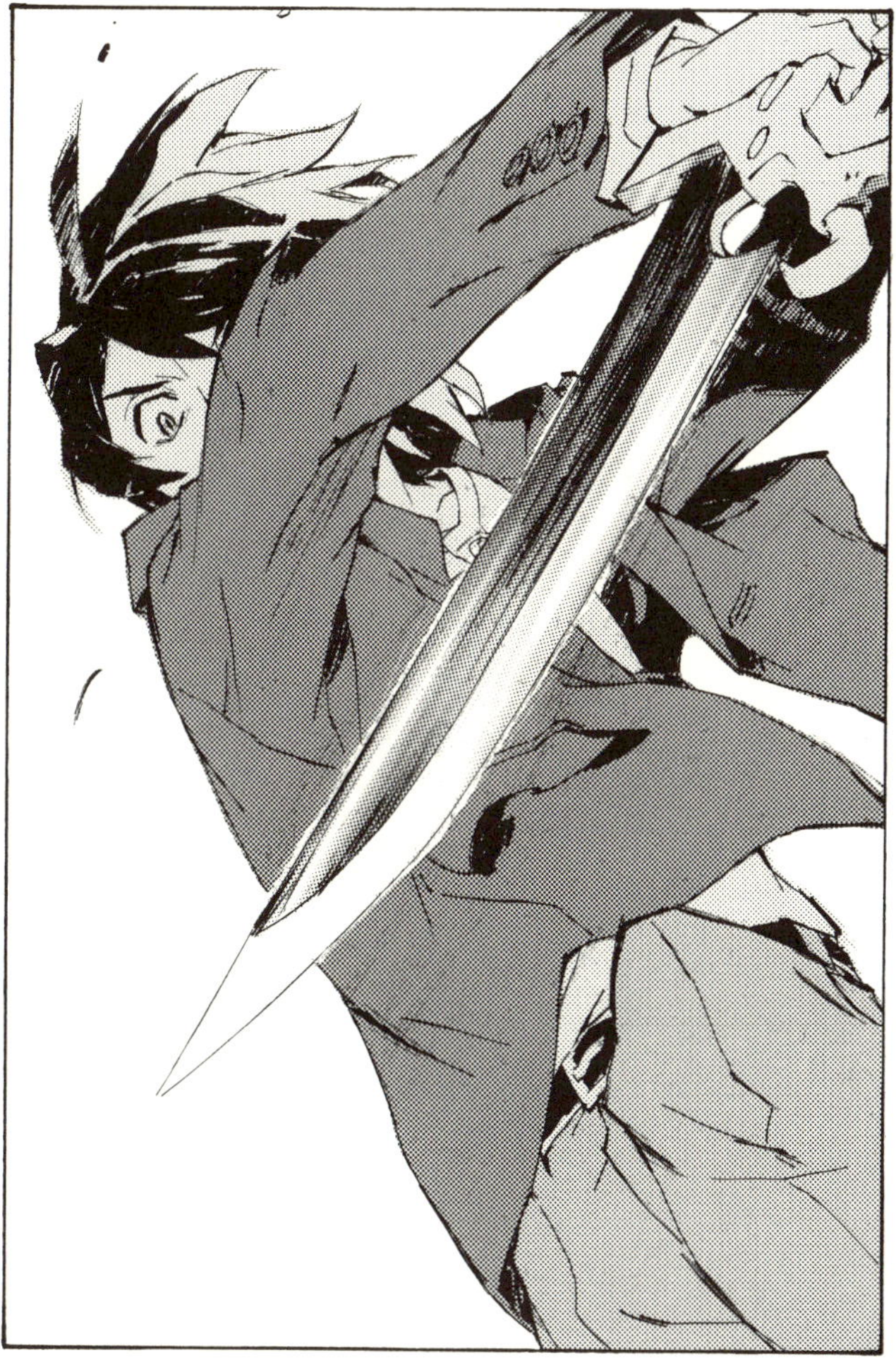

魔術でとどめを刺せれば確実だが、構成を編むだけの時間、ケイロンが倒れていてくれるか確信がない。マヨールは逆手に掴んだ剣で斬りつけた――背中の腱《けん》に傷を負わせればもう動けない。

が。視界が黒いものでふさがれた。ケイロンが首を振って……同時に髪を伸ばしたのだ。髪の毛は急に伸びただけではなく、針金のように硬さも増していた。マヨールは咄嗟に仰け反って逃れたが、何本かがかすめて服と肌を裂いた。

さらに……

ケイロンは起き上がった。二本の足で、ではない。背中から新たな足が二本、めきめきと音を立てて生えつつあった。切れた右手の薬指の部分からも、赤黒いなにかが生えてくる。それが背丈よりも長く伸びるのを見てようやく、それがなんなのかが分かった。舌だ。

変貌はとまらない。全身が膨れ、血管が盛り上がって内側から服が弾けた。服だけではなく皮膚も裂け、切れた血管が蛇のようにのたうち、跳ね回る。

ケイロンが放った声音は苦悶か歓喜か……聞き取れたのはこれだけだった。

「理想的……肉体！」

「どんなよ」

後ずさりして、イシリーンがうめいている。ケイロンは気にした様子もない――というより聞こえていないようだ。

「止まらない……もどれないっ……とまらなぁい！」

とうとう骨まで広がって、割れた身体は巨大な花のように変形した。声はもはや出ない。が、死んではいない。次々と腕が生え、伸びて、飛びかかってくる！

勢いはあるが、雑な攻撃だ。しかしその腕が十何本もあり、次々とマヨールの避《よ》ける先を掴もうとしてくる。剣を振るい、その一本に斬りつけた。肌一枚を削る程度で、刃が肉まで通らなくなっている。硬度が増していた。

（まずい……倒せなくなる！）

ヴァンパイア症の強度が進んで魔術でも破壊できない強さになれば、通じるのは魔王術しかない。

ケイロンの強大化は進行していく。感情が影響するものか、本人にも止められないならどこまで続くのか。

「薔薇《バラ》の炎！」

イシリーンがかざした手から炎の尾がケイロンを巻き込んで爆発する。肉の焦げるにおいが吹き寄せた。だが火が消えると、やはり肉体の深くまでは損傷していない。

「イシリーン！」

怪物となりつつあるケイロンの身体越しにいるイシリーンに、マヨールは呼びかけた。

「魔王術だ！」

「できないって……！」

叫び返すイシリーンに、マヨールは首を振って走り出した。敵を回り込んでいく。ケイロンはなおも勢いを止めず、腕を振り下ろしてくるというより生えてきた新たな無数の腕がなだれ落ちてくるといったほどだ。

「時間をかけていい！　俺が食い止める！」

「そういう問題でもないって――」

反論するイシリーンの横まで駆け寄って、彼女を押しやった。その頭のあったところを、ケイロンの腕が薙いでいった。

「さがれ！　とにかくやるんだ！」

見合わせた顔と顔の間を、葉っぱが一枚、通り過ぎていった。

「………？」

振り向く。ケイロンの増殖が止まっている。

というより、また変わっている。変質していた。強大化の進行は止まっていないが、その方向が変化したのだ。盛り上がった全身は上へ……無数に増えた腕は細く、枝分かれしてさらに広がり……足は地面を割って潜っていく。

表面は硬質化して岩のようにひび割れ、固まっていく。その中でケイロンの動きは、急速に大人しくなっていく。眠るように。深い眠りに。

マヨールは視線を落とした。剣だ。これにもおかしなところがあった。日が暮れかかって、刀身にほのかな輝きが宿っているのを見られるようになっていた。光は複雑な紋様を描いている。魔術文字だ。

「世界樹の紋章の剣が……」

絶滅した天人種族の魔術が、発動している。

ケイロンは樹木化していった。かつて、この剣で葬られた最強のヴァンパイア、ケシオンがそうなったように。天人種族は人間の巨人化を止めるのではなく、ある方向に決定づけることで対処法としたのだ。つまり数万年、いやあるいは数億年か数億兆万年か知らないが、とにかく無意味に長大な生命力へと変化させる。巨人化の破滅の宿命自体を解決することはできないが、それを遥か未来へと先送りするのだ。

「なんで……？」

と疑問に思っても、ケイロンの無力化は事実、完成した。森の中にある革命闘士の陣地、全部を覆い尽くしてさらに大きな森にするような、巨大な樹木になってしまった。

さらに。

視界の端で、ボンダインが子供に当てていた銃口をこちらに向けるのが見えた。

「マヨール！」

またイシリーンに突き飛ばされる。銃声。イシリーンが顔面を吹っ飛ばされて倒れた。

「ハニー！」

叫ぶが、なにをするにももう倒れた後だ。頭の中が白くなる。いや、黒くなる。

ボンダインへと向き直った。敵は狙いをこちらに移している。魔術で殺すには間に合わない。が、そんな計算もできずに空間爆砕の構成を編んでいた。ボンダインの第二射は、外れた。耳元をなにかが通り過ぎていった気がする。轟音が鼓膜を痺れさせたが気にしていられない。子供もろとも奴を消し飛ばそうと——

「駄目！　兄ちゃん！」

娘が叫んだのかと思った。

だが違った。ベイジットだ。振り向いてこちらに手をかざして……

構成を編んでいる。攻撃の術だ。

衝撃波に身体を打たれて、マヨールはケイロンの木の幹に激突した。二重の痛撃に構成は霧散し、剣も取り落とした。朦朧《もうろう》とする中、さらに混乱した声。

「ベイジット⁉」

妹が抱えていた少年だ。ベイジットを見上げて呆然《ぼうぜん》としている。

ボンダインも目を見開いていた。状況に狼狽《ろうばい》している。だがベイジットが向き直るとそこはベテランの戦士だ。彼女がまた術を編む前に引き金を引いた。

弾はベイジットの胸に当たった。ように見えた。血しぶきが飛ぶ。マヨールは肺を絞って息を集めた。呼吸、そして力を。

「閃《ひらめ》きよ！」

閃光でボンダインの目を貫く。視覚を失ったボンダインはよろめき、手元を狂わせて、拳銃が暴発した。

抱きかかえている子供の頭の右から左に。銃弾が突き抜けると少女の首はほぼ横にまで傾き、動かなくなった。泣きわめいていた目から抗議の色が消える。執着が失《う》せ、その少女の形をしたものの中には誰もいなくなった。

叫び声が。マヨールのものか。ベイジットのものか。少年のものか。

マヨールは気を失い、なにも分からなくなった。


「……ヨール。マヨール！」

頬をはたいて起こしてくれたのは、イシリーンだった。

つまり、自分も死んだのか。仕方ない。なら目覚めていても意味がない。また寝よう。

「マヨール！」

今度は拳で殴られた。頭を。

「痛い⁉」

「でしょうよ！　起きて！」

彼女は――

腰に手を当て見下ろしているイシリーンは、生きているように見えた。そして見回してみると、革命闘士の村はすっかり落ち着いていた。誰もいない。生きている者はマヨールとイシリーンしか。

いや、あともうひとり。自分がもたれかかっていた巨大な樹木を気鬱に見上げる。ケイロンは生きている。この後、実質永遠に。

この木に頭をぶつけて気を失っていたのだ。こぶの出来た後頭部をさすって、また頭皮と神経に沁《し》みる痛みを覚える。

あとは全員、死んでいるかいなくなっていた。ボンダインはうつ伏せに倒れ、ことされている。背中から刀傷でばっさりと。その下敷きになっている少女も、頭を打ち抜かれて絶命していた。ということは最後に見た光景は、妄想でもなかったのだ。

と。

「イシリーン……君も、撃たれていた？」

マヨールの疑問に彼女は無言で答えた。手に持っていたチェーンウィップが猫の尻尾のように浮かび、小さい金属片を摘み上げている。弾丸だ。

「これが受け止めてくれたみたい。どう思う？」

「分からない」

足下から世界樹の紋章の剣を取り上げた。魔術文字の光は消えているが、その効果は……ケイロンのなれの果てを見れば疑いようもない。

ベイジットの姿はなかった。死体も。少年もいない。血の跡くらい残っているのか、調べようとはしたが分からなかった。

「どうなってるんだ」

疑問に答える者はいない。

ぽつりと、イシリーンがつぶやいた。

「さっき、ハニーって言った？」

「そんなわけないだろ」

追いかける力も、考える力も、なにも残っていない。

大樹の陰に忍ぶ夜の闇が、今は疲れた頭を包み込んでいく。

24

「もうなにもかも終わりだと感じることはないのか？」

十数日が過ぎても変わらない部屋の中で、変わらない議員から言葉を投げられ、魔王オーフェン・フィンランディはわずかにだけ表情を変えた。可笑《おか》しかったのだ。

「終わり？」

「そうだよ。君の誤算はさらに大きく、身の破滅を招いた。そうじゃないか？」

「それはそうだろうな」

「明日、公聴会で君は弾劾される。この内容は――」

と、これまでしたためた証言記録の束を叩き、議員は続ける。

「先手を打てたなら同情を買えた可能性はある。だがリベレーターだ。彼らの登場で望みは絶たれた。君はご丁寧にも、あの連中の話にお墨付きを与えるために証言するんだ……」

「それが終わり？」

皮肉を隠そうとあごを撫でて、オーフェンは訊いた。

あまり隠せた気もしなかったし、明らかに失敗したのだろう。議員は苛立ちを募らせた。

「ああ、君は吊し上げを食うぞ！　言葉通りの意味かもしれんな！　魔術士狩りが再び起こるかもしれん。そうなれば魔術士たちも君の失敗を許しはすまい！」

「終わりをどう定義するかによる」

「定義と言い出す輩はくだらんことしか言わない」

「同感だが、他に言い方を思いつけなくてね」

肩を伸ばしてあくびをする。

「おっと。すまないね。悪気はないんだが、こうも息が詰まると眠気が止まらない」

「君は――」

「リベレーターね。時間稼ぎに使われてる連中と俺は見るがね」

どうでもいいとしか思わない。厄介な攻め手を使われたが、ただそれだけだ。かぶりを振ってオーフェンは続けた。やれやれと。

「いちいちオタオタしてるんだから、うちの兵隊どもも大したことねえな」

「逆転の手でも隠しているのか？」

議員の顔色が変わった。時勢の変化に、政治家は過敏だ。

オーフェンは笑った。

「いや。ない」

「からかっているのか？」

「隕石で地上全部が吹っ飛ぶと分かってる時に、戸締まりを心配するか？」

言ってから、顔をしかめる。ふうむと言い足した。

「……しないでもないか」

「この窮地が取るに足らないなら、気にしているのはなんだ」

「何度も言っているだろう。壊滅災害だ」

「みなは共感しないだろう。十年前には壊滅災害をふたつも切り抜けたんだ」

「ははは」

笑ったが、これには説明は不要だった。ニューサイトを滅ぼした神人種族と戦った張本人を前に、議員も察しないはずはない。戦術騎士団を排すればそれもおしまいだということも。

相手はそれほど馬鹿じゃない、というのも分かっているから、オーフェンは逆に見抜いた。

「リベレーターの側から、壊滅災害への対抗策の申し出もあったんだな？」

「わたしにあったわけじゃない。が、議会ではそう噂されている。公聴会の直後か、最中にぶつけてくるつもりだろう。カーロッタ派は政治的にも完全に勝利して、我々は破滅だ」

「それは、根本的な矛盾があるんじゃないか」

オーフェンは首をひねった。

「神人種族に反抗するような対抗策なら、神人信仰者が支持するわけがない」

「以前の教主が唱えたように、魔術士を差し出せば信仰者は無事だと考えているかもしれない。懐柔できるとか……」

「ない」

　いかにも政治家らしい発想だが、オーフェンはきっぱり否定した。

「神人種族は敵でも味方でもない。懐柔もくそもない。壊滅災害だ。飼い馴らせることもないし、解決もない。宿命は飼い馴らせない」

　落ち着いた室内に、不気味に響く。

　彼らの信仰というのは、魔術士には理解が難しい。一般的にはそう考えられている。なにしろ神人種族は相手が自分を崇《あが》めようとなんだろうと関係なく、人間種族を滅ぼすものだからだ。

　神人信仰は合理的ではない、と思える。度し難い、と一言で切り捨てる者もいる。だが彼らの信仰は狂気ではなく、迷信に騙されているわけでもない。

（どこを突いても単純にはいかない、か……）

　個人の人体になら急所もあるが、相手にする社会が大きくなれば大きくなるほど、そうもいかないものだ。

　考えごとをしたので話が遅れた。オーフェンは視線を上げた。

「ま、とにかく身の破滅なんてのは予定が思いつくうちはまだマシで――」

と。部屋に自分ひとりしかないのに気がついた。

議員はいない。速記者も。法務官も。恐らく、表に立っているはずの見張りも……消えてなくなっていた。逆に背後に、それまでいなかった人影が増えている。

見ないまま、オーフェンは椅子から腰を上げた。肩を回し、首を伸ばす。屈伸運動しながら、つぶやいた。

「なるほどね。俺を納得させるために顔を見せてくれたわけか？」

「どうかな。君が召喚したのかもしれない」

魔王スウェーデンボリーは腕組みして、相変わらずのすかした笑みで答えてくる。

いやまだ顔を見てはいないが、そうだろうと思った。永い時をひとりで生きても一度の変化も体験しなかったが故の魔王だ。変わっていないに決まっている。悪意も皮肉もないくせに嫌みな口調も。

「自分の自制心を疑うことはないのかな？　差し迫った危機。助かるためにわたしを呼んだのかも。意識せずに……」

「仮にそうだとしても驚かない程度の自制心ならある」

オーフェンは振り向いた。魔王と向き合う。

「お前なんだな。リベレーターを組織させたのは」

気楽に、スウェーデンボリーはかぶりを振った。

「そこまでは率先していない。わたしの提案から、彼らが計画した」

「だろうよ。お前の計画はまた別だろう……こんな戦争程度に関わっているはずもない」

魔王は歩き出した。

真っ直ぐにではない。横に、ふらりと。組んだ腕の中で指を振り、聞き取りにくいくらいの声で淡々と語る。

「魔力は重力に似ている。質量それ自体が空間に歪みを持たせるように、存在それ自体が事象に変化を与える。だから常世界法則に認知されることが不可欠で、かつ常世界法則を不可避に歪ませる」

何歩か進んだところで、回れ右してもどってきた。

「さて、重力の強さは質量がもたらす……では魔力の強さは？〝存在〟に強度はあるか？　最も強力な魔術士は、人間よりも、誰よりも重要な人間か？」

そこで言葉を止めて、彼はオーフェンの顔をのぞき込んできた。笑っている。こちらがなにを感じているか、味わっている。恐れを。

「そう。君がずっと怖いと思い続けてきた問いだ。わたしだけが比喩でも主観でもなく完全に答えられる。なにしろ世界の主だ……まあ少なくとも最初の一瞬だけはそうだった。初めて邂逅《かいこう》したあの日以来、わたしを憎んでいたね。ケシオン・ヴァンパイアに復讐の力を与えたように、君に与えようか？　とわたしは誘った。答えを」

虚勢は意味がない。誤魔化す余地もなく、オーフェンは素直に言い返した。

「それが魔剣と同じ危険だと気づけないほど、俺は馬鹿じゃなかった。あいにくな」

「いいや。違うな。訊くまでもなくいずれ嫌でも分かるだろうから、わたしとしてはどちらでも良かった」

足を止める。

そして目を見開いた。瞳の色が青く輝く。

「そんなことを言うと、試す気がなくなってしまうかな……？　わたしを倒せるかどうかを。君の、卓抜した殺人技でね」

「試す気など、もともとありはしない」

告げて。

オーフェンは腰を下げ、構成を編み上げた。

「我は放つ光の白刃！」

変換鎖状構成を応用する。弟子が考案した、構成をねじ曲げていく難術で、使い道ないだろと一蹴したが覚えておいたものだ。魔王が構成を無効化できないよう高速で構成を編み変えていく。

光熱波が幾重にも重なり魔王を狙う。白光が爆裂しても手を休めず、オーフェンは次々に術を叩き込んでいった。炎熱、衝撃波、空間爆砕に意味消失、無重力解体に自壊連鎖……

部屋というより標的の向こう側すべてを破壊する。頑丈な建物だが紙を水に溶かすように火の中に埋もれ、壁も天井も床も崩れていった。すべてを叩き込んだ後、息を整えて最後の術を仕組む。魔王術だ。だが。

唱えようとして、やめた。嘆息して気が治まるのを待つ。破壊の余波でバラバラになったビルのただ中にひとり。そこにもう魔王はいない。どこに消えたのかは知らないが。

「無駄な運動させやがって」

空が見えていた。裂けた天井に向かって跳躍する。重力制御して、屋上まで。

久しぶりの風を感じる。空は広かった。

ラポワント市の街並みを眺めた。遠方まで見渡せるほど高い建物でもないのだが、気は遥か先までとどいたように感じる。それこそ、生まれ故郷にまで。遠い過去にまで。

それよりはもう少し手前にある、魔術学校の方角を見た。妻と娘がそこにいる。さらにひとつ、シマス・ヴァンパイアが飛び去った方角に、娘ふたりと友人もいる。弱気でのろま揃いだからまだ始末をつけていないだろう。あとはどこか分からない場所にそれぞれ騎士団の連中や……甥《おい》っ子もいる。

「さて」

風に吹かれて、オーフェンはつぶやいた。

「駒はだいたい出そろったか」

原大陸を足下に、魔王とも呼ばれるオーフェン・フィンランディは今はただ、戦場の風を味わった。

と、魔王は考える

起床。基本的にはいつも決まった時刻になんとなく目が覚める。目覚めには常習性がある。ふと拒みたくなっても拒めない。

湖に近いローグタウンはやや冷え込む。起きればすぐに意識は冴えてくるが、トイレに行きたいとしてもすぐに毛布から出ようという気にはならない。どうしようかもぞもぞ迷っていると、妻に後ろ足で腿《もも》を蹴られることになるので、その前に仕方なくベッドから降りる。もどってきてから仕返しに、洗った後の冷えた手で首を掴んでやることもある。

ただ今朝は、昨晩ちょっとした口論をしたせいもあって、妻は寝たふりをしているし、こちらもちょっかいかける気にはならなかった。クロゼットを開けて着替えを取り出す。約二十年、いくらか平和に夫婦を続けるためには誠意と愛情だけではなく、多少の工夫も必要となる——と、魔王は思う。話したくない時には話さずに済むよう、妻の手を借りずとも一日くらいは生活できるように家のことは知っておく。あと、クロゼットの戸は開けても音がしないように手入れをしておく。妻は本当に眠っているかもしれないから。

寝間着は昔、娘たちが誕生日にくれたもので、十年くらい使い続けている。トレーニング服に着替えて、タオルを手に、寝室から出て行く。あくびをしながら廊下を歩いて玄関を出ると、娘のひとりが壁に足をかけてストレッチをしていた。

「おはよう」

彼が告げると、娘は手だけ振って応えた。この無愛想さで大丈夫かな、この娘は……

と魔王は思う、こともある。見回して、続けて訊ねた。

「他のふたりは？」

「じき出てくるんじゃないかな。ダルーい、みたいなこと言ってたけど」

「なんで俺より朝がトロいんだよ。チビジャリどものくせに」

「いい加減チビってやめてよ」

「クソ生意気は歳を追い越してから言え」

と、軽く首回りの筋からほぐそうと目を閉じると。

娘はすぐさま音もなく壁を駆け上がり、跳躍してこちらの死角に回り込んでから、不可視の一撃を放とうとしてくる——

まあ、少なくともそれができているつもりでいる。

彼は見もせずに身体を倒すと手を伸ばし、肩に撃ち込んできた足をいなした。

「ひゃああ⁉」

体勢を崩されて悲鳴をあげる娘の首根っこを掴んで、落下を止める。顔面が地面に激突する数センチ前で止まって、彼女がほっとしたところで手を離した。

「ぶべっ！」

「やれそうだと思った時に必ず飛びつくんじゃ、隙をついたとは言えねえよ。も少し考えろ」

「絶対嘘よ！」

がばと跳ね起きて、わめき出す。

「今のと同じ手で、シスタからは一本取れたんだから！」

「そうだな。試す前日に自慢話をして手の内をばらすべきじゃないと、今日は学べたわけだ」

「おはよー」

と、玄関からまた別の娘がよろよろ出てくる。

長女だ。起きてきたというより、まだ頭は寝ていそうな顔つきで髪もぼさぼさだが。

一応走る格好だけはしている。

「なんか今日、早くない？」

杖にすがりついて、ぼんやりした眼差しを空に投げる。

姉に対して優位を誇れる時には必ずそうするように、次女はさっきまでの不服面をさっと忘れて胸を張った。

「いつもと同じよ。まだ寝ぼけてんの？」

「ぼけてないよぉー……わたし、ぼーっとしてる？」

「してる。沼地って感じ」

言いながらまたひとり外に出てきた。末娘だ。

この家に巣くう〝魔王の娘たち〟がこれでそろったことになる。三女は寝ぼけているわけではないが、トレーニング姿ではない。普通の散歩着だ。一緒に出てきた犬にリードをつけながら、姉に言い足す。

「普段は、砂地獄って感じ」

「それって良い意味で？」

下唇を噛んで、なにかの希望にでも縋《すが》るように訊ねる姉に、三女は淡々と訊き返した。

「どんな良い意味があるの？」

「ないのー？」

「図々しい」

「うー」

妹を指さし、こちらに訴えようとする長女のことはとりあえず無視して、魔王は嘆息した。

「今日は湖のほうまで流して、帰ってくるコースにするか」

ジョギングは毎朝のことで、余裕があれば途中、娘たちの訓練成果を見てやることもある。末娘は走るのにも訓練にも参加しない。犬の散歩に付き合うだけで、ついてもこない。家にもどるのはだいたい小一時間後。その時には妻が朝食を用意している。
魔王オーフェン・フィンランディの一日はそんな始まり方をする。

原大陸における魔王の拠点であり、悪魔の街ローグタウンからラポワント市へは馬車で三十分ほどの距離だ。ラポワント市の拡大により、この距離は次第に縮まりゆく傾向にあり、政治的な影響を危惧する意見もある。
ラポワント市は商業の中心地だ。行政の中心であるアキュミレイション・ポイントとは対になっている。このふたつの都市を取り巻き、発展途上にあるのが開拓地だ。原大陸で人間の住む土地をおおまかに分けるとこの三地域ということになる。もっと世俗的に言うと、開拓を率いた強欲な資本家、アーバンラマの三魔女それぞれの支配地という見方もある。大統領邸の女王ドロシー・マギー・ハウザーに、ラポワント市に拠点を置く派遣警察隊の長たる鬼のコンスタンス、そしてキルスタンウッズ開拓団を経営する辣腕家ボニー・マギーだ。まあ、そいつらはどうでもいいし関わり合いにもなりたくない
(と、魔王は思う)。
彼の職場、スウェーデンボリー魔術学校があるのはラポワント市だ。市長のサルア・ソリュードは常に難しい立場にいる。元教師として開拓の大半を占める旧キムラック教徒の支持を受けるが、開拓にあたって魔術士の支援を受けアーバンラマ資本家の支配を

許したことから反魔術士団体の標的にされる場合もある。

反魔術士勢力の元締めが死の教主カーロッタ・マウセンだ。開拓村のひとつ、カーロッタ村に暮らし、革命の闘士を指揮している。彼らは原大陸を本来の自由な人民、つまりは開拓民の手に取りもどすことを謳《うた》っており、議会を牛耳るアーバンラマ資本家やその傀儡《かいらい》たる魔術士を憎む。もともとが魔術士排斥を教義としたキムラック教徒たちなので、主に敵対するのは魔術士であり、悪の親玉、魔王オーフェンだ。市内には合法的な反魔術士団体が議会を工作し、そして市を離れると、もっと直接的な手段で魔王抹殺を望む連中がいる。

ローグタウンは特殊な街だ。ラポワント市で毒液爆弾を馬車に投げ込もうとする者はいても、ローグタウンの魔王の家に忍び込もうとする者はいない。常に魔術戦士が数人生活し、警備されているからというのも理屈だが、もっと不明瞭で得体の知れない理由のほうが大きいのだった。そこは魔王の逆鱗《げきりん》に触れる場所だから、カーロッタでさえ「お互いの縄張りには踏み込まない」という魔王との約束を重視せざるを得ないのだ。

スウェーデンボリー魔術学校では、魔王は校長としてボンクラの教師をこき使い、そそっかしいガキどもに分別なるものを教え、その傲慢の報いとして事務方からの有形無形の圧力を受けている（と、魔王は感じている）。学校の事務は非魔術士によって行われているのだが、これは議会からの監視の意味もあるのだった。

「果たしてこれが必要なのかということですよ」

キーキー声の総務部長は朝、いの一番に校長室に駆け込んでくると、どこから見つけ出したものかという書類をびらびらと振り回した。

オーフェンは壁の時計を見た。九時五分。くそ、と胸のうちで毒づく。業務開始まだ五分。食堂に頼んでおいたコーヒーもとどいていない。

うんざりと声に泥を含ませて、校長はデスクに頬杖をついた。

「親をなくした生徒への奨学金が？」

「同情をしないと思われたくはございませんが」

眼鏡まで吊り上げたような顔つきで、彼女はまくし立てた。

「戦術騎士団の損失を学費で補うのは明確に違法ですし、破廉恥な振る舞いじゃございませんこと？　監査が通るはずもないでしょう。その場合の弾劾も考慮に入れてくださいまし。例外的には扱えないんですよ」

「そう。例外じゃない。奨学金自体は年間二十件までを条件に君らも呑んでいたはずだ」

「ですが、この生徒の親というのは――」

「その通り。殉職した戦術騎士団のエリック・マイヤだ。仮にこれが市議会議員のナニガシだったら君はここに怒鳴り込んできていたか？　年間二十件のうち、今年は既に十八件消化されてる。全員、非魔術士の生徒だな」

総務部長はグッと息を呑んだものの、当然それくらいで引っ込むタマでもない。

「騎士団には遺族への死亡手当があるでしょう。優先順位は低くせざるを得ませんわ」

「そうかな？　特定団体を刺激したくないだけだろう。口にするのも禁止されたあの団体のことだ。言わなくても分かるか？　ああ？」

身体を押し上げ、乗り出して相手を睨みつける。

「なんだったら大声で叫んでやろうか。校舎の壁にでっかく彫り込んでやってもいいな。刻むのがてめぇのツラでも構いやしねえ。なにが破廉恥だ。てめぇの鼻声のほうがよっぽど恥っさらしだ。失せろ！」

机のものを腕で薙ぎ払い、床にぶちまける。部長は絶句し、泡を食って部屋から逃げ出した。閉じた扉に向かって校長はさらに声を荒らげた。

「ああ言ってやる！　カーロッタ派だ！　特定ってのは、カーロッタ派ってことだ！

……」

と。

閉じた扉からまた部長がもどってこないのを確認してから、肩を竦めて座り直す。怒ったふりは、日に一回か二回までなら有効だ。

しばらくして、ノックの音がした。慌ててまた立ち上がり拳を振り上げる。のだが、入ってきたのが別人だったのでそのまま手を下げた。

「なんだ。部長がもどってきたのかと思ったよ」

「彼女なら、既に五十メートルは向こうまで走ってましたよ。すれ違いました。まああの顔なら午後まではもどってこないでしょう」

苦笑いしながら、トレイに載せたコーヒーポットを手に、入室してくる。

クレイリー副校長だ。別名、おべっか屋のクレイリー。戦術騎士団では、また違う異名を持つ魔術戦士だが。

「いくらへつらうにしても、校長室にコーヒーの配達にくるってのはさすがに引くぞ」

校長の言葉に、彼はさらに苦笑した。

「いいえ、ここに用事があったんでついでですよ……総務部長とは、なにがあったんです？」

「セドウィン・マイヤの奨学金にケチをつけにきたのさ。本当に怒鳴ってやっても良かったな」

「まあ彼女は、エリックが哨戒《しょうかい》任務中に崖に落ちたと思っているわけですからね」

「……君は現場にいたんだろう？」

「ええ、まあ」

人当たりの良いクレイリーの顔に、気鬱の陰が差した。ポットをデスクに置きながら声も落とす。

「腕の良い術者でしたが。わたしの落ち度ですよ。休暇を取らせるべきでした」

「分かってるさ。今選べるんなら、誰でもそうした。だが今選べるわけじゃない。奨学金を推薦したのは君だな？」

「そうです。それを報告にと思って来たんですが」

「口裏合わせは行動の前にしてくれ。あと、奨学金をお前の罪悪感のはけ口にするな。満額は無理だな。六割で手を打とう」

うなずき合って、副校長の退室を見送る。

コーヒーを飲んで一息ついてから、さっき床にぶちまけた書類を拾い始める。この中のどれかに、今日の予定表も紛れていたはずだった。ようやく見つけて読み上げる。

「秘書の面接？　なんだ、あの野郎もリタイヤかよ」

思わず声に出る。そういえば、今朝は顔を見てないなと思っていた。

今度は履歴書を探すために床を這い回る。ようやく見つけたところでまたノックの音が聞こえた。

「どうぞ」

と言うと、小綺麗な格好をしたいかにもという風貌の女が入室してくる。というより実際、美人だ。ラッツベインなら反射的にいじけ、エッジは食ってかかり、ラチェットならママに言いつけると言い出すか。ちらと履歴書を見ると、まったく同じ顔の写真がまったく同じ愛想笑いでこっちを見つめていた。

「やあ、面接だね？」

オーフェンは笑いかけ、今日の予定は全部当然把握していたよという体裁だけ取り繕った。散らかった部屋を手で示すと、

「部屋がこんなですまないね。大丈夫、片付けは秘書の仕事じゃない。悪ガキに罰でやらせるのが楽しみでね」

「はあ」

「三年前から候補者を面接してるんだが、秘書が長続きしなくてね。こちらも要点は決まってるから、ぱぱっと済ませてしまおう」

どうでもいい会話をつなぎながら、隙を見て履歴書の内容を目で追う。

「二十六歳か。随分若いな」

「はい」

「事務方が推薦してきた中では変わった経歴だ。派遣警察隊か」

「そうです。内勤でしたが元は警邏《けいら》隊でした。足を負傷してから長官の下で事務処理を」

「鬼のコンスタンスの下か」

「はい」

「そりゃ有能だ」

「ええ。光栄な任務でした」

彼女は言った意味を微妙に勘違いしたようだが。

驚いたことにここまで、その秘書女は写真と同じ表情と角度を一切損なうことがなかった。なるほど、大した面の皮だ——色々な意味で。

「警察隊を辞めた理由は？」

「ステップアップのためです。秘書職を天職と感じたので」

「どうしてコンスタンスから直でなく、学校事務の推薦で来た？　遠回りだろ」

「採用には遠回りになりますが、その後の仕事のことを思えば有利に働くと考えました。校長秘書は事務局との協調があったほうが楽です。見せかけだけでも」

「ふむ」

ぱしん、と履歴書の端を指で弾いて音を立てて、心を決める。非の打ち所がない。

「よし。不採用だ。ご足労、申し訳ない」

「はあ？」

初めて動揺して顔が崩れる。

「理由はなんですか」

「完璧に有能だからだ。俺の秘書じゃ勿体《もったい》ない」

「そんな理由、あり得ないでしょう」

「そうか？　だが考えてみろ。いま俺が言ったろ。つまりあり得たってことだ。驚きだな」

　言い立てて部屋から追い出す。履歴書を処理済みの書類山に投げて、スケジュール表の続きを見た。こう書いてある。十時から十七時まで、研究費臨時補助の予算編成と質疑。文字を目にしてぞわっと総毛立った。七時間もあの事務方の連中と予算の話し合い──いや、七時間で済むわけがない……

　思わず扉を開ける。廊下を去りかけていた女の背中に呼びかけた。

「すまない！　やっぱ採用！」

「……え？」

「採用して、すぐこの予算会議に行って俺が出席できない理由をでっち上げ、奴らを説得してもらって、それから君は辞めてくれ──」

　言いながらだんだん冷静になってくる。

　最後には嘆息して、謝った。

「いや、すまない。そんなわけにいかないか。今日は夜通し会議で絞られることにするよ……」

「わけにもいかない？　そうでしょうか」

彼女はさっとスケジュール表をかすめ取って、中身を見て笑みを浮かべた。不敵な笑みだ。履歴書の写真写りとはやや違った。

「わけにもいかないか、お返しにやってみせましょうか。賭はどうですか。これから校長の秘書としてこの会議に出席して、今日一日あなたには呼び出しがかからないようにしてみせます」

「あり得ない話だ。秘書を代理に会議なんて、連中が納得するわけない。それに君は資料を見てもいないだろ」

目を見返して告げる。が、彼女は一歩も引かない。

「あり得るかどうか、考えてみろ、ですよ」

「賭けるのは？」

「やり遂げたら採用してください」

「…………」

思案する。人生にはもっと厄介な選択も強いられてきたが、これもなかなかに考えどころだった。

だが結局のところ、選択というのは簡単に意志でねじ曲げられるものでもないのだ。

一息ついて、答える。

「駄目だ。採用はしない」

「そうですか。じゃあわたしが賭けることにします」

と、スケジュール表を返して、向きを変えて歩き出した。

玄関に向かう足ではない。その彼女に、オーフェンは訊ねた。

「どこへ？」

「会議ですよ。やってみせたらあなたが気を変えるのに賭けます。採用されるつもりでいたので、どうせ今日は帰っても暇ですし」

きびきびした早足で去っていく。

オーフェンはしばらくそれを見ていたが、校長室にもどって、書類の山から履歴書を取りもどした。改めて眺める。

「ジャニス・リーランドか」

代わりにスケジュール表のほうを処理済みに投げた。会議の呼び出しがないなら、この予定表はもう無意味だ。

となると、今日一日、空き時間ができたことになる。後回しにしていた懸案を片付ける好機だ。部下の弱音に付き合ったり事務局の小言を聞くよりも重要で緊急を要する仕事が、山ほどある。

校舎裏にある崩れかけの納屋は学校建設の際に、校長自らが建てたものだ。傷んで使えない資材を使って適当に建てたせいで真っ直ぐに建ってすらいないし、壁や屋根も隙間だらけだ。生徒いわく、魔王のボロ小屋である。中には恐ろしい呪われた武器や拷問器具があるとされ、隙間から中をのぞき込むと、顔を剥がされて悶死した男の霊によって目玉をえぐり取られると伝えられている。学期の最初に上級生が新入生に肝試しを強要するのが伝統になっているらしい。

さっさと取り壊してまともな納屋に建て直したいのだが予算が下りない。結果、強風や雨で柱が傾ぐたびに校長手ずから修繕しないとならない。教員にそういった雑用を頼むと組合があぁだこうだうるさいし、用務員は悪霊を恐れて逃げてしまう。

というわけで納屋と格闘するにはまず立て付けの悪い扉を開けるところから始まる。まず、開かないのは分かっている。納屋の歪み方は一定ではないので、どの方向に引っぱれば開くようになるのか、それが毎回違う（かくして、呪いによって開かない扉の噂になるわけだ）。だがこれも十年補修を続けていて、勘が働くようになってきた。まず壁と柱の位置を探り、ここぞというポイントをひと蹴りする。扉を開けて大工道具を取り出した。

魔術で直せば手間がないのだが、前にそれをやった時は生徒に見られて「校長が化け物小屋の悪霊と戦っているのを目撃した」という噂になった。結果、講堂に全校生徒を集めて「魔術の構成を冷静に見定めれば、自分が使用したのが亡者に苦痛を与える魔術ではなく曲がった釘を釘抜きを使わず引っ張り出すための術だったのが分かったはずだ」という説明をしないとならなくなった。以来補修は手作業でやっている。

今回は壁の亀裂が問題だった。今のところは板が割れただけだが、小屋が変形を繰り返せば砕けて全部バラバラになってしまうだろう。板ごと取り替えたいが替えがない。よって、とりあえず鎹《かすがい》で食い止めることにする。まあきっと、明日からこの小屋は「つぎはぎ悪魔小屋」とか呼ばれるのだろう。

というような作業をしていると、裏庭に生徒が駆け込んできた。ひとりではない。複数名の足音だ。金槌を手に顔を上げると、ひとりを数人が追いかけているようだ。こちらには気づいていない。

「待ちやがれ！」

「そっちだ！」

十四、五歳あたりの生徒か。魔術士と非魔術士の生徒を見分ける印があるわけでもないが、不思議と分かる気配のようなものがある――いや、単なる経験則か。こんな時は追っているほうが大概、魔術士の生徒だ。

逃げていた生徒が背中を突き押されて、転倒した。オーフェンは金槌をくるりと回転させて工具箱にしまうと、小屋に投げ込んで扉を閉めた。再び見やると事態はもう少し進んで、倒された生徒に別のひとりが馬乗りになって、殴りつけようとしている。

はあ、と首を回して構成を編んだ。

魔術士ならば見逃すほうが難しい、秘奥クラスの巨大な構成だ。本来ならば連鎖自壊か、意味消滅だって引き起こせる。が、莫大な力を費やして彼が編み上げたのは偽典構成から逆に導き出された〝激しい混沌を引き起こしながら結果を変えない〟術構成だった。

「我は流す天使の息吹！」

ごうっ！　と突風が巻き起こり、小屋をバラバラに吹き飛ばした。裏庭をひっくり返すほどの勢いで竜巻が荒れ狂い、校舎にもぶつかって跳ね返る。窓が叩かれ鋭い音を奏でた。立木が傾ぎ、葉を飛ばす。

生徒らも転げ回った。目を回し悲鳴をあげ、そして……

また元の体勢にもどって、きょとんと呆《ほう》けた。

彼らだけではなくすべてなにもかも、元のままだ。なにも起こらなかったかのように。

複雑な構成は生徒には理解できなかったろう。混乱し、呆然としながら、ただそこに校長がなんらかの術を化け物小屋にかけたということしか分からなかった。

なにが起こったのかも分からない。ぽかんと大口を開けた生徒たちのところにもったいつけて、ゆっくりと歩み寄っていく。彼らは校長の姿に硬直していたが、はたと気づいて地面に押さえつけていた生徒から離れた。

オーフェンはそれを横目に、通り過ぎようとした。

「あ、あの……校長先生！」

生徒のひとりが引きつった声をあげる。

「今、なにをしていたんですか？」

「術だ」

なんとか厳《いか》めしい顔つきを維持して、オーフェンは告げた。

「見ていたのか？」

こんな時、頭の中で思い浮かべるのは自分の先生の口調だ。生徒に接する時には結構重宝して使う。今にして思うに、師も同じ理由でそんな口調だったんじゃないかという気はしている。

生徒らはごくりと唾を呑んで狼狽えた。

「い、いえ、あの――分かりませんでした」

「そうか」

だからどうだとも言わず、ただそれだけ。意味もない。が、気圧《けお》されている生徒は勝手に妄想を組み立てる。

「あ、あの！　ぼくらは」

言いかける生徒を遮って、オーフェンは口を開いた。

「知るか。別に事情を聞く気もないし興味もない」

だけ言い残して、その場を去る。

校長室にもどって書類仕事をやっつけていると、クレイリーが顔を見せた。

「あのー……」

「なんだ？」

顔を上げずに返事する。クレイリーは扉を閉め、そろりそろりと話を続けた。

「なんだか生徒の間で、校長が小屋から悪霊を解き放って不良生徒の監視を命じたという噂になっているんですが」

「そうか。で？」

「場に居合わせた生徒は全員、体調を崩して下校しました。明日には保護者から抗議を受けることになるかと……」

「ふうん」

報告書に目を通して、処理済みに投げる。上級生が遊びでへし折った校旗掲揚ポールの代替品がとどくまで旗を保管しないとならないのだがその際傷まないように保全箱を発注したいのだがAという業者は安いのだが前科がありBは高くつくものの高品質なだけに重量があり上げ底で旗が入りきらないかもしれない、どうしたらいいか？　という

書類だ。（オーフェンは余白に「旗は今までどうやってしまってたんだ？」と書いた）

　続けて、コックの産休によって学食のメニューの質が著しく低下している件（「調味料を増やせ」）、生徒会の主導で始めた教科書のリサイクル運動が業者の反発を招いている件（「賄賂を渡せ」）を投げる。

　まだクレイリーが退室していないのを見て、オーフェンは目をぱちくりした。

「なんだ。まだなにかあるのか？」

「いえ、まだというか、なんの話も終わってないんですが」

「そうか？　ふうんって言ったろ」

「保護者のひとりはビスト・レッタです。レッタ村のオーナーで、大口支援者の」

「魔術士だろ？」

「ええ」

「俺が小屋から悪霊を解き放ったことを抗議したいならこう答えろ。そんなことを本気で信じるような息子は落第に値するが、免れたいなら自分で言い聞かせろとな」

「来月、彼の支援で新しい東屋《あずまや》を一軒建てる予定なんですよ？」

「いるか？　東屋」

「散歩林を美化しないと、風紀の問題が。生徒の隠れ場所になっているので」

「ふむ」

手を止めて、ペンの尻で頬をかく。

「駄目だ。謝罪するにも落ち度が思いつかない。謂《いわ》れもないのに謝って、癖になられちゃまずい。せめて体罰でも食らわせてやっていたほうがかえってマシだったかな……駄目か。あ、体罰といや、殴られていた生徒、なんて名前か分かるか?」

「ダーマス・トレイトンです」

「俺と接点はないか?」

「どうですかね。市議会議員の次男ですが」

「そいつの家に、公式に謝罪をとどけろ。ご子息に怪我をさせてすみませんと」

「ビスト・レッタには?」

「お前の息子の代わりに謝っておいてやったと。論点を変えて誤魔化せ」

「議会に肩入れしたと言われますよ?」

「どうせいつも言われてる。村の所有者なら資産家だ。俺に嫌みは言えても、議会に嫌われるようなことはしたがらないさ」

と、次の書類に手を伸ばした。まだ納得はしていなかったろうが、不承不承出て行こうとしているクレイリーを、思いついて呼び止める。

「そうだ。予算会議のほうはどうなってるか、聞いてるか?」

「ちょっとのぞいてみましたが」

振り向いて、クレイリーは驚きを示すつもりか両手を広げた。

「新しい秘書が敵をこてんぱんに」

「墓に送り込むくらいに？」

「掘り返しても蘇れないくらいに。広報部長はトイレから帰ってこないですし、総務部長は錯乱してお母さんがどうのと口走ってました」

「そうか。観覧席でもあればいいのにな」

書類の冒頭に『教師組合が』と見えたので続きは見もせずに処理済みに投げた。クレイリーがいなくなり、ひとりになってから、つぶやく。

「……東屋一軒で俺の首を取るだと？」

お笑いぐさだ。しかも存外、不可能でもないというのがなおさら。反魔術士組織も見習えばいい。敵対するより味方につくほうが、よほど効果的に標的を殺せる。

しばらく、教師組合絡みの陳情が続いた。基本的には待遇の改善を訴えるものだ。質の高い指導は教師の器量に頼っていては実用的ではない。ありとあらゆることに金がいる。また、魔術士の就ける仕事に偏りがあるのは訓練の幅が狭いせいだ。魔術士が、魔術と関わらない仕事を当たり前に選べるようになって初めて学校が成功したと言える。そのためには議会への働きかけも必要になって云々《うんぬん》……

答えはひとつだ。あらゆることに金がいるのと同じくらい自明に、ない金はどこにもない。内容を充実したところで業績が上がるわけでもないため債券も売れない。研究に成果があれば金にもなるが、金になる研究をしろと命じれば反発するのは教師たちのほうだ。

疲れを感じて目を閉じる。指でまぶたを押さえるのは心地よかった。今のところ、今日感じたただひとつの快感だ。目を開けると時計は午後を回っていた。そのまま針が五分経過するまで、ぼーっと過ごした。

書類仕事に終わりはない。本当に、なんでこんなことを俺に訊く？　というクソ溜めに肩まで浸《つ》かって耐えないとならないのは、そのクソ溜めの中には万にひとつ本当に重要な選択というのが必ず紛れ込んでおり、しかもそれが重要かそうでないかを判断するのは誰にも無理だからだ――もちろん、校長本人にも。とりあえず、教師組合の不満を抑えるためにスポンサーに嘘をついて譲歩を引き出すのは疑いなく校長の職分だ。その逆も。

一方、学食に常備されている調味料を2テーブルにひとつにするか3テーブルにひとつにするか、そんなことは食堂で好きなように決めてくれと言ったら、調味料の置いていない島がひとつできてしまい、知らない間にそこは非魔術士生徒の専用席となった。生徒間の差別待遇として新聞記事で騒がれ、人権問題にまで発展した。元は、調味料瓶を洗う手間を従業員が面倒くさがっただけの話がだ。

「ですがね、校長。塩壺《つぼ》ってのは、洗ってから乾かさないとならないわけでしてね」

事件後の、コックの言葉がどうにも耳の中に残って離れない。聞いた時は笑った。笑うしかなかった。そんなことのために校門前で魔術士を象《かたど》った人形が焼かれたのだから。

コックはクビになった。調味料についての判断をしたのが校長であったなら、結果は同じでも誰もクビにせずに済んだはずだった。

書類仕事に終わりはないから、適当なところで割り切って無視しないと溺れてしまう。オーフェンは席を立って屈伸運動してから、なにか外に用事がないか思い出そうとした。昼時なのだから食事に出てもいい。適当な人間に声をかけて会食すればたかりで食べられる。そんな食い物は美味《うま》くもないが。

迷っているとまたノックが聞こえた。クレイリーか、それかついにジャニスがしくじって会議への呼び出しが来たか。返事すると、そのどちらでもなかった。教師のひとりがひょろりと顔をのぞかせた。

「お前か」

「はい」

マジクだ。教員ローブを着ていない。ということは……と、彼の用件にも思い至った。

「例のアレだな」

「これから行ってきます」

「…………」

ああとうなずけば良いだけなのだが、ふと動きを止める。

「待て。俺が行く」

「え？」

戸惑って、マジクはうめいた。

「そりゃ校長は反対してましたけど……この前の会議で合意したじゃないですか。他に手はないって」

「俺に動ける余地がなかったからだ。だが今日一日、暇ができた」

「今さら無理ですよ。騎士団のほうも既に動いてるんですから」

「そいつはお前が止めてくれ。隊長がごねたら、ぶっ飛ばして構わん」

「できるできないはおいといて、分かりましたよ」

諦めて肩を落とすマジクを押しのけるように、部屋を出る。

早足で廊下を駆けていった。生徒用と教員来客用の玄関は別で、そちらまでの通路で生徒の顔を見ることはほとんどないが、いきなり部屋から飛び出して外に走っていく校長の姿というのは生徒らにも知られていないでもない。やはり様々な伝説が語られているようだ。世界征服の野望のため敵を抹殺に出撃するのだというもの。獲物をいたぶる感触を忘れないため魔王自ら手を下すのだとも言われる。校長がストレスの限界に達して愛人宅に走るのだという話もある。もっと突拍子もなく、校長はタイムトラベルを繰り返すウォーカーなのでその残像が廊下を駆けていくのだという者もいる。

噂は時折まぐれ当たりする。彼はこれから、己の手で敵を滅ぼしに出向くつもりだった。

馬車を利用したのは人目を気にしてのことだ。といっても市民の目をというより、監視に出ているであろう魔術戦士に制止されたくなかったからだった。今日、この周辺にはふたり一組の魔術戦士が数名出向き、それとなく待機している。

彼らの役目は市内での戦闘が激化しそうになった場合、それを隠滅することにある。その許可は彼が出した。作戦は単純だ。敵の元に遣いとして抹殺者を送り込み、皆殺しにする。痕跡も処分して、三十年後、作戦の指令書が公開されるまで未解決失踪事件として真相は秘匿され続ける。

政治の最大の急所は、秘匿性が担保されなくなることだ。暴露はすべてを破壊する。よって組織は秘密を守るふたつの存在を優遇する――口の堅い者たちと、耳をふさいでなにも知りたがらない者たちをだ。安定した政治はもっぱら、この二者に報いる。そして決して許さないのは裏切り者だ。特に、安定を破る破壊者はどんな手を使っても抹殺を謀る。手段どころか目的をも問わずに。

（実に皮肉なもんだ）

と、校長は思う。

（俺は史上最悪の破壊者で、今はその逆に政治をやっていて、なのに目的は変わってない……）

いや。とも思う。

変わっていないと断言するのは難しい。そんなことをきっぱり言えるのは、並外れた不実者か阿呆《あほう》だろう。

（まあ、不実者でも阿呆でもない、と言えるわけでもねぇか）

皮肉に笑う。エドの顔が思い浮かんだ。この急場での作戦変更については、当然厳しく叱られることになるだろう。また殺しに来ることすらあるかもしれない。本来、戦術騎士団の指揮はエド・サンクタムに一任されて然るべきだ——が、現状では外部顧問でしかない校長の判断が優先されている。理由は簡単で、やはり政治力の問題だ。議会は魔王オーフェンであればまだしも政治的に支配下に置けると考えているが、エドに言うことを聞かせる決め手を持っていない。これも政治の性質の問題だろう。政治とは妥協であるため、妥協を知らない超絶者は相手にされない。勝利しか考えない者は孤立する。

着替えを用意していなかったため、車内で教員ローブだけ脱いだ。これでも、素知らぬ風に歩いていれば通行人に顔を見分けられることもそうそうないだろう。目的地の手前で馬車を降り、歩き出す。ラポワント市の商用地、それもひとけのない倉庫街への道だ。

人が出入りするわりに人目がなく、広大で隠れ場所に事欠かない。しかも都市には不可欠と、治安維持には泣きどころの区画だった。

それだけに馴染みの場所でもある。地図は頭に入っていた。背の高い大型の倉庫が建ち並び、馬車が行き来するため広く取られた道路と、歩いていると巨人の国に迷い込んだ心地になる。生鮮品を積んだ貨物車とすれ違い、果物の匂いをかすかに感じた。御者は校長に気づかなかったようだ。

うつむき加減になって路地に入り込んだ。暗い。午後を少し回って、日は傾いている。夕暮れまでには帰れるか……あるいは、二度と夜を迎えることはないか。緊張が背筋を這う。こんなことにどれほど慣れっこになろうと、この悪寒は変わらない。いつからか、帰れないかもしれないという言葉は衝動で乗り越えられるほど容易なものではなくなり、肥大化した。家に帰れないというのは、家に残してきたものと二度と会えないということだ。

それでもなお、そうする必要があるなら決断しなければ。そう約束をしたから、部下たちも彼の命令に従う。他に理由はない。

行き着いたのは中型の倉庫だった。粗末な造りではないが古く、もう長らく使われてはいないようだ。窓はふさがれ、正面入り口は鎖で封印されている。

頑丈そうな壁は、中に人間がいたとしても気配は感じさせない。よほど騒いでも声は漏れそうにないが、そもそもその元気があるかどうか疑問だ。戦術騎士団が情報を掴んだのは三日前で、少なくともその数日前から人質はここに捕らえられていたはずだ。

(さて)

顔を上げて、深呼吸した。

ごちゃごちゃと滅入っていた意識も晴れる。頭に入っている地形から、敵の監視者の位置を探った。倉庫に近づいてきたのがただの通行人なのか騎士団の交渉人なのか、そろそろ判断した頃合いだろう。

倉庫のほうではなく、彼が入ってきた路地の入り口のほうに人影が差した。

退路をふさがれた形だ。現れたのはふたり。作業着姿の男だった。近づいてくる。

何者だ——道に迷ったか——俺たちはただの作業者さ——今日は天気がいいな——景気はどうだね——彼らが仕向けてくるだろう世間話を想像しながら、彼は振り向いて無駄を省いた。

「戦術騎士団顧問のオーフェン・フィンランディだ。招待に与《あずか》り参上した」

ふたりは、ぎょっと面食らって、軽く見交わした。まさか指名通りに騎士団の最高権力者が来るとは思っていなかっただろう。実際ここには鉄砲玉のマジク・リン教師が来るはずだった。

間髪を容《い》れずに続ける。

「俺が来ることが交渉の条件だったな？」

「あ、ああ」

男たちは思い出したように懐から武器を出した。狙撃拳銃だ。キエサルヒマで生産されている最新鋭の武器で、量産が容易になったことで原大陸でも出回るようになった。腕にもよるが有効射程は数メートルあり、魔術士を魔術の発動前に殺せる。

魔王とまで呼ばれる術者にその銃口を向けている心地というのはどんなものだろう？

と、オーフェンは皮肉とも自嘲とも取れない思いを噛み締めた。引き金ひとつで社会のバランスをひっくり返せる立場に突然置かれた気持ちというのは。

（よく知っておけよ）

と、魔王は思う。

（俺は二十年は味わった）

そして、胸のうちとは違う言葉を口にした。

「人質の無事を確認した上でお前たちの代表者と話をする」

「中に入れ」

「どこから？」

「裏が開いている」

銃口で経路を促して、男のひとりが言う。

オーフェンは別の方向に注意を向けていた——魔術戦士はここに現れたのがマジクではなかったのを知って、困惑しているところだろう。誰がどこを監視地点にしているのかまでは把握していないが、混乱が過ぎて突撃してくるような粗忽者でないことを祈った。たとえば、まあ、娘のような。

腕を頭の後ろで組んで、先を歩く。背後でまだ煮え切らず戸惑っているようなふたりに、オーフェンは軽口を叩いた。

「なんの罠かと思ってるんだろう？」

「黙れ」

遮られるが、そのまま続ける。

「俺が偽者か分身かもしれない、とかな。銃で撃っても死なないって可能性も——」

「黙れと言ってるんだ！　頭を吹っ飛ばすぞ！」

怒鳴り声とともに背中を小突かれた。肩胛骨《けんこうこつ》の間を銃で叩かれれば息も詰まるが、オーフェンは安堵もしていた。練度の低い連中だ。武器の扱いが雑過ぎる。

もっとも、素人には暴発がある。無理に逆らう気はなかった。言われるがまま進んで、倉庫の裏口から中に入る。

中には馬車の廃材と思しき材木が所狭しと積み上げられていた。木と埃の臭いに混じってひとけもする。食糧と、監禁された人間の臭いだ。だが視界内にはいない。窓もふさがれた屋内は暗く、後ろで出入り口も閉じられると真っ暗になった。

呆れ混じりにオーフェンはつぶやいた。

「ぼきり。がぶり」

「……なにを言ってるんだ」

「暗闇に乗じて反撃し、ひとりの腕をへし折って、慌てたもうひとりの喉を噛みちぎるっていうシミュレートだよ」

「ふざけやがって」

「想像だけで済ませてやってんだ。暗くしてどうすんだよ。俺を誰だと思ってる。目を離した途端に皆殺しにできないとでも？」

「か……噛むのか？」

もうひとりの声は微妙に怯えていた。

なんだかなという心地で、適当に返事する。

「生きた人間はしばらく喰ってねえなあ……」

「からかうな。魔王といっても、化け物じゃないのは知っている」

それはふたりの声ではなかったし、聞こえてきたのも背後からではなかった。

しゅぼ、と音を立てて光明が膨れる。携帯ガス灯だ。ぼんやりした光を掲げて第三の男の姿があらわになった。先のふたりよりは年嵩で、訊ねるまでもなくリーダー格と知れる。武器は持っていないが立ち居振る舞いには隙らしい隙もなかった。

顔見知りではないが、そいつが何者かは知っている。自分も光を浴びて、オーフェンはにやりとした。

「カーロッタ村のジンゼイだな。いや、村を出たらしいから、はぐれ革命闘士のジンゼイさんか」

「出たわけではない。空けているだけだ。カーロッタ様への忠誠は変わらない」

「用無しと放逐されてもか。信じないね」

「カーロッタ様もいずれ分かって――」

「いいや。あの女はこれと決めたら絶対に見る目を変えない。永遠にだ。分かってるだろ」

すらすらとまくし立てる。

「隠そうったって本音は見えてる。人質を取って俺を呼びつけるだと？　そんなもんに乗るとは思ってなかったろ。あり得ない条件を突きつけて、こちらが呑まなければ人質を殺して逃げおおせ、俺の臆病と失策を喧伝する、みたいなとこかな」

「だがこうなれば、魔王の首を取るほうが手っ取り早い」

伸ばした髭の下で、ややくぐもった声。人相書きで知っていたジンゼイの顔に髭はなかった――しばらく剃《そ》れずにいたので伸びたのだろう。オーフェンはかぶりを振った。

「どうかな。言っておくが、お前らを始末するつもりなら俺は自分では来なかった。そして後れを取る可能性があるなら、もちろんここには来なかった」

「そうした駆け引きは、お優しいカーロッタ様になら通じたかもしれんが……」

ジンゼイは合図した。

ガサッ……と積まれた廃材の陰から次々に、武装した男女が姿を見せる。視線だけで見回して、合計で八人だと見切った。無手の者が、ジンゼイ含めて三名。こちらのほうが問題だ、と踏む。ヴァンパイア強度が高く武器を持つ必要がないのかもしれない。もちろん、背後のふたりも含めてヴァンパイアだから決して武器を持たないというわけでもない。

そして、このジンゼイだ――カーロッタは、ヴァンパイア化が進んで理性が怪しくなった部下を追放することがたびたびある。

力比べでやり合えば、正直きつい。はったりの表情は崩さないまま、魔王は敵の気組みを測った。ジンゼイは開拓時代からカーロッタに従っていた側近で、魔王の力を知っている。そのためこちらの手管も承知だ。他の連中はそれよりはずっと若く、組織化された戦術騎士団との戦いしか知らない。ここにいるのは八名、そしてこの建物の中にあとひとりかふたりはいるはずだと、オーフェンは踏んでいた。人質を見張る役だ。

（ふたりだな）

人質は魔術戦士ふたりだ。ひとりでは見張らない。

全員で十人の独立革命闘士。カーロッタとは違い、なりふり構わないはぐれ組織はヴァンパイア化を恐れない。最大で十人のヴァンパイア。やはり、きつい。

「さて。まずは人質の無事を確認させろ。話はそれからだ」

「お前と話すことなどはない」

「こっちにはあるんだよ」

「ならば要求できる立場か。命乞いは聞かんぞ」

「んー。じゃあお前に言うべきはこれくらいしかないな」

告げる。

「やるならやれる時にやるべきだ」

言いながら、後ろに一歩跳んでいた。

どん、と無造作に、背後のふたりに背中が触れる。

それほど近くにいた。彼らのミスは、ひとつには、より間近で拳銃を構えるほどプレッシャーを与えられると考えていたことだ。馬鹿げている。三歩離れていればこうも容易《たやす》く接触されることはなかったし、三歩の距離から標的に当てる自信がないなら狙撃拳銃など持つべきではない。ふたつ目の失策は、こちらが背を向けていると油断していたこと。魔術士がヴァンパイアに対抗する第一手に接触を選ぶとは思ってもいなかったことだ。

視界に入っていなくとも触れていれば敵の動きを察知できる。オーフェンはふたりの手首を掴むと体をかわして銃口の向きを逸らした。ふたりともが咄嗟に引き金を引き、暴発の銃声がふたつ、立て続けに響く。閃光が輝いた。弾丸は正面の六人に向かって適当に発射され、廃材に当たって木っ端を散らした。実害はないが敵の動揺を誘った。

腕を掴まれたふたりの次の動きは、その腕を振り払おうとすることだった——やはり軽度のヴァンパイア症だ、と察する。腕力で分かる。力比べをするのは無駄だった。さっと手を離す。ふたり、腕を引き抜こうと動いていたのだから、それぞれの重心は後ろに傾いている。そこを逃さなかった。肘撃ちをふたりの鼻頭に叩きつける。

損傷はあるまい。が、巨人化もまだ浅ければ人間並みの強度だった頃の痛覚と反射行動までは失われていない。男たちは尻もちをついて倒れた。

出口までの道が開く。

オーフェンが飛び出すのと、追撃は同時だった。

倉庫を出たところで地面に転がる。その頭上を追っ手のひとりが飛び越えていった。やはりヴァンパイア症の運動能力だ。その女は先のふたりよりも強度が進んでおり、両手がかぎ爪化している。跳躍した先の地面を掴んで動きを止め、睨み合った。

まぶたが剥がれてまばたきしない状態に変形したその女の瞳は、魚類を思わせた。先ほどまではその兆候はなかったので、緊急時にだけ変貌するのだろう。能力を制御できるヴァンパイアは手強い。

次に倉庫を飛び出してきたのは背の高い男だ。長い腕を鞭のようにしならせ、まだ倒れたままのオーフェンに叩きつけてくる。まだとどかないはずだが――

転がって避《よ》けた地面をその腕が打って、跳ね返った。右腕が伸びている。関節が五つは増えていた。まだ伸びる。身長よりも長くなり、今度は突くようにして襲ってきた。跳ね起きてかわす。

その回避した先に魚の女が待っている。開いた口に鋸《のこぎり》のような歯が並んでいるのが見えた。激しく動きながらそんなものが見えたのは、つまり女が頭も呑み込めそうなほどあんぐりと口を開けていたからだが。相手との距離は一歩。オーフェンはそのうち半歩を踏み込んで彼女の下腹に拳を埋め込んだ。硬い。人間の皮膚ではない。鱗だろう。

が、内臓まではまだ変わっていない。まだ肺呼吸だ。横隔膜を打たれて女は引きつけを起こした。

続けて例の拳銃を持ったふたりが外に出てくる瞬間に、オーフェンはその女の背後に回り込み、髪を引っ掴んで盾にした。長身の男が、やめろと叫ぶ。が、ふたりは思い止まれなかった。拳銃が火を噴いて女の胴体に命中した。弾丸は皮膚を貫通できなかったが、女は完全に意識を失った。倒れる彼女を蹴り飛ばし、ふたりにぶつける。

もつれた三人の身体で出入り口がふさがっている間に、長身の男を片付けた。長い腕の間合いの内に踏み込んで、水平撃ちに喉を狙う。かわせずに男は転倒した。すかさずその頭を踏みつぶす。ヴァンパイアでなければ二度は死んだような打撃だったが。男は長すぎる腕を抱えて失神した。

怒りの雄叫びが響いた。女と手下ふたりを押しのけるようにして、ジンゼイが獣じみた形相で現れる。実際に全身から毛が伸びている。鋭い、針のような体毛だ。服を突き破っているから本当に針だろう。

「俺には触れられんぞ」

針だらけの身体を誇って、ジンゼイが叫ぶ。

「さあ、くだらん魔術を使ってみろ――」

「まあ、必要があればな」

後ろを向いて、オーフェンは逃げ出した。

呆気に取られたのか、追撃に一拍の間があった。

その隙に路地を駆けもどる。後ろを確認はしなかったが複数の足音がついてくるのを感じた。いくつかは両隣の倉庫の屋根まで跳び上がって追ってきているようだ。

意外だったが最初に追いついたのはあのふたりだった。度重なった失敗を挽回《ばんかい》したかったのか。両脇からふたり同時に躍りかかってくる。

まずは右に身体を振って一方を拳で仕留めた。その身体を伝って死角に移動し、足を振り上げてもうひとりのこめかみにかかとを打ち付ける。

「痛ててて」

つった内股《うちもも》を押さえて、ふらつく。もう若くはないのだからそう派手な動きはするものではない。反省に舌を巻きつつ、倒したふたりを置いて再び走り出した。

残り四人。

ジンゼイはすぐ背後に迫ってきているし、屋根の上にふたつ、飛び降りるタイミングを計っている影が見える。残るひとりは影も形もない。先回りしているのだろう、と予測した。屋根のふたりが計っているのはそのタイミングだ。ヴァンパイアの脚力なら追いつくのはそう難しくないだろうに、一斉に襲いかかってくるつもりだろう。

(じゃあ、順番を変えてやろう)

「我は駆ける天の銀嶺《ぎんれい》」

重力制御の構成を編んで跳躍する。

屋根の上に跳び上がって、追っ手と対面した。

ぎょっと面食らったその女の鼻先に拳を突き出し——

それが当たる寸前で身を翻して足払いをかけた。虚を突かれた女はひっくり返って、屋根から滑り落ちていった。

だんっ！　と強い足音。別の屋根からヴァンパイアが飛びかかってくるのが見えた。高い位置からこちらを踏みつけようとしている。が。

相手が落下してくるより先にオーフェンも跳んでいた。空中で敵に足をかけたところで、重力制御の構成を変形させる。今度は中和するのではなく、強化に。

敵を踏みつけた状態で垂直に地面まで落下した。激しい激突に、馬車に踏み固められた地面すら割れる。修理代を請求されるな、と暗い考えが頭を過ぎった。市内での魔術使用には罰金も設定されている。いや、目撃者がいなけりゃ、とぼけるが勝ちか……

考えごとに気を取られ、ついに姿を見せた最後のひとりに殺されかけた。反射的に身体をひねって拳をかわしていなかったら頭蓋骨の上半分を持っていかれていただろう。オーフェンは顔をかすめる敵の腕を掴み、足を引っかけて転ばせた。うつ伏せに倒れた敵の首の後ろを蹴りつけて行動の自由を奪う。

先ほど屋根から落っことしてやった女が起き上がって、両腕を広げて突進してきた。迎え撃とうと身構えたところで――

ジンゼイが横から彼女の腕を引っ掴み、丸めた紙筒でも振り回すように投げつけてきた。

少々予測が外れた。それに加えて、予想できていたとしても速度に対応できたかどうか。ヴァンパイア化した女が目を回すほどの速度で飛んでくる。完全にかわすのは無理だと見切って、なんとか激突だけは避けようと体さばきする。残した半身に衝撃が走り、オーフェンはつんのめって地面を舐めた。すぐさま起き上がろうとするが。

その背中に、ジンゼイの足がのしかかった。万力のような剛力に、身動きが取れない。骨と内臓が軋む。

ジンゼイの気配はもはや獣のものだ。喉の奥からうなり声をあげ、地面にぼとぼととよだれがこぼれ落ちているのが見える。それでもかろうじて聞き取れる人間の肉声で、ジンゼイは勝敗を告げてきた。

「よくやったな。魔王。だが一歩足りない……」

「まったくだよな。もうちょい楽にやれると思ったがなあ」

「ひとつの判断ミスが命取りだ。お前は、やれると思った。だが……だが、ああー……やれなかった」

「それでもだ、俺は死ぬ時そんな風に言葉を噛まずに死ねる。ヴァンパイア化で知性を落とさないでいいからな」

「貴様」

ジンゼイの足が重くなる。

締め付けのせいで呼吸は厳しくなっていたが、オーフェンはなんとか息を振り絞った。

「まだ人間の脳が残ってるなら、ちょっと考えてみろよ。なにかがおかしいよな。俺はなにしにここに来た？」

「………………？」

ジンゼイ・ヴァンパイアは本当にまだ気づいていなかったようだ。オーフェンは続けた。

「俺が相手なら、お前らはなにがなんでも追うよな。人質のことなんか忘れて」

「我は放つ光の白刃」

どちらの言葉を聞いただろうか。

少なくとも閃光と爆発に吹き飛ばされたのは間違いなく呪文のせいだった。

拘束から解かれてオーフェンは仰向けに転がると、深呼吸した。肋骨《ろっこつ》が痛んだが、折れてはいないだろう。

そのまま上を見やる。倉庫のほうから見知った顔がふたつ、近づいてくるのが見えた。

「なにを考えている」

魔術を放った腕を下ろしながら、エド・サンクタムはつぶやいた。無表情だが怒っている。

オーフェンは寝転がったまま答えた。

「プランBを実行した。人質ごと敵を殲滅《せんめつ》するのとは違うやつだ」

と、助け船を求めてもうひとりに目をやる。マジクだ。が、まるっきり加勢する気はないと手つきで示してきたので、睨みだけで抗議しておく。

エドはそれらのやり取りを無視して話を続ける。

「お前を囮《おとり》にする案は却下されたはずだ」

「仕方なしに、俺が退《ひ》いたんだ。だから状況が変われば俺の権限で覆す。悪いな」

身体を起こして、オーフェンは詫びた。悪いと思うのは、本心ではある。作戦変更は向こう見ずな振る舞いだ。

「捕まっていた魔術戦士は？」

問うと、マジクが答えてきた。

「無事でした。まあ、しばらくは療養でしょうけど」

「見張りは何人だった？」

「ふたりいた」

これを答えたのはエドだ。恐らく、次の問いにも答えるためだったのだろうが。

「殺したか？」

「いいや。したら、お前は俺を見くびったろう」

ふう、と息をついてオーフェンは手を振った。

「あほくさい。ろくに口もきかないくせに、まだこだわってんのか」

ジンゼイの姿を探した。衝撃波に吹き飛ばされて、道の向こうに倒れている。鋼の針の防護で、やはり生きてはいた。

「こいつら全員を、市外まで運んでやってくれ」

「捕らえないんですか？」

「養ってやる気か？　冗談だろ」

横でエドが、ぽつりと囁く。

「この連中を逃す意味がどこにある？　いずれ強大化し、その時は始末するんだろう」

「この強度ならまだ、進行しないまま寿命を終えられる可能性は低くない」

「あほくさい」

仕返しか、エドが吐き捨てる。

オーフェンも反論はしなかった。

倒れてうめいているヴァンパイアたち。道の破損。脇腹と腿の痛み。死んでいたかもしれないリスク。得たものはそれらに加えてヴァンパイアと魔術戦士計十二名の命だが、道を直して肋骨の痛みを忘れる頃には別のどこかで革命者と魔術士が死んでいるかもしれない。それを無意味と言うこともできる。

本来の予定では、ここにいた十二人は全員、今日死んでいた。

さっきのさっきまで、違う選択は不可能だった。選べるようでいて実は選べていない、そんなことばかりだ。だが。

「今は案外、晴れやかだよ。ごく稀《まれ》に、こういう気分で選択できる時がある」

「……？」

「選べることなんて滅多にはない。だから本当に稀な機会を逃しちゃならない」

怪訝そうにするエドに、余計な説明まではしなかった。腰を上げて埃を払う。今日したことに意味があったかどうかはそれが分かる未来に託して、今は帰るべきところに帰る。ただそれだけだ。

そう、魔王は思う。

いったんは学校にもどる。下校時刻に仕事が済んでいれば、馬車で娘を拾って一緒に帰れる。夜まで仕事になると二度手間になるため、御者に余計な代金を払わなければならない。しかも学校が経費に認めてくれないので自腹だ。

時間はそこそこ、問題なかった。授業はもう終わり、少し遅れたがこれくらいならまだラチェットは残っているだろう。こんなことはあまりない。今日も遅くなる覚悟でいた。はて。なんで遅くなると思っていたんだったか……

と。校長室の中で待っていたジャニス・リーランドを見て思い出した。

「ああ、そうだった」

思わず、ほっと声に出る。彼女はやや得意げにこちらを見ている。

「やってみせましたよ。研究部会の追加予算はほとんど前回を引き継いで約――」

「いや、いい。数字は聞いても正直よく分からん。ただまあ、自慢話をしたがってる奴の鼻の高さは見りゃ分かる」

「では、賭のほうはいかがですか？」

彼女の目を見た。

どう答えるべきか。

この選択は。これは、選べるか……選べないか。

それは最初から分かっていた。

「採用はしない」

彼女も、答えが変わらないのは分かっていたようだ。が、どうしてなのかまでは分からなかったらしい。

「せめて、本当の理由を聞かせていただいてもいいですか」

「……そう遠くないうちに校長を辞めるつもりだからだ。ただ、綺麗に引退できるか分からない。影響力が弱まれば、いろいろとヤバイことも暴露されるだろう。余計なところで派遣警察隊を巻き込むと、芋づるでサルア市長もやられる」

内心ジャニスが驚いていたとしても、綺麗な瞳の陰りにやや表れたという程度だ。

彼女と握手をし、再度礼を告げてから、オーフェンは訊ねた。

「コンスタンスはどうして君を寄越した？」

ぴくりと肩を動かして、ジャニスは迷ったようだった。口止めされていたのだろう。だが不採用なら言っても構わないと考えたか、口を開いた。

「あなたの力になるように、と」

「礼を言っておいてくれ。いや、いいや。蹴飛ばしておいてくれ」

「彼女は心配しているんです。退職は予想外ですが……校長、あなたは敵と刺し違えるつもりでは」

「カーロッタとか？　馬鹿らしい。あの女にそんな価値はない」

一蹴する。

が、ジャニスは納得し切れなかったらしい。

「価値のある相手となら、あるんですか？」

「意味のない問いだ。『飛び降りる気はない、景色を見ているだけだ』と言う男に、『では飛び降りるべき時が来たら？』と訊くか？」

「問いは愚かでしょうが、それでも……蹴っておいて欲しいですか？」

「憎ったらしい小娘だな」

笑った。彼女の表情も多少ほころんだのを見て、肩を竦めた。

「いいや。礼にしておこう。君を雇わないのは悔やまれるよ」

「気が変わったらお呼びください」

退室していくその女を見送って。

いつも彼ひとりで始まり彼ひとりで終わるその部屋で、魔王は思う。今日もひとまずは人間社会は滅びていない。だから、家に帰って寝よう……

「あ」

思い出して、舌打ちした。妻を怒らせているんだった。結婚記念日に合わせて石を入れようと彫金師に預けておいた結婚指輪を、二週間連続で引き取り忘れていて。

単行本あとがき

こんばんは！　わけの分からないことを言って書き出しを誤魔化そうなんて最低だ！　ゲワッチャコンスポポイつるんつるん！　アラハーントットットッケコーケコー！

さて、今ので気持ちや近況については余すところなく語り尽くせたようなので、『劇中に出てこないあいつはどうなった？』シリーズ、今回はマリア・フウォン姉さんです。

スイートハートと並んで「あれ、小文字になるのはどの文字だったっけ」と作者の手を止めさせる彼女ですが、キエサルヒマで存命です。独身。《十三使徒》解体後にタフレムに帰っていた彼女ですが、数年前から新生《十三使徒》を立ち上げるために大都メベレンストに出向いています。もう王権は存在しないという建前なので宮廷魔術士ではなく、名称も本当は《十三使徒》ではないのですが、みんなにはそう呼ばれてます。正しくは、キエサルヒマ魔術士同盟メベレンスト支部です。

貴族に召し抱えられていた《十三使徒》と異なり、第一の目的は大都メベレンストと貴族共産会の監視になります。今のところ組織作りは難航していて、《塔》でも有望そうな奴に誘いをかけていますが、魔術士の楽園タフレムからわざわざ出たがる者も多くはないのが現状です。《塔》としてはメベレンストに支部を置いて、前回紹介したハーティアのトトカンタ魔術士同盟への牽制にしたい意図もあり、それなりのバックアップはしています。マリアは呼びつけた若い魔術士を「ほーらメベレンストって来てみたらこんないいとこでしょ」と接待せねばならず、甲斐《かい》のないストレスを溜めているようです。

「大根もでかいのはなかなか引き抜けないわよね」とは口癖のようになっている愚痴で、ただし行動力だけはある彼女は、スカウトの手をハーティア子飼いの部下や没落貴族の非魔術士にまで伸ばしていて、《塔》長老を慌てさせたりしています。ただしこれは予算確保のためのポーズで、その証拠に新（原）大陸から人を誘うほど本気とかでもないじゃないか、という見方もあります。

プライベートではパートナーも子供もいない彼女ですが、孫弟子を二人、目星をつけてリーダー教育をしています。イザベラの元生徒でマヨールの先輩にあたるデーボン・

カーターとカミランはエリート志向の若手で、トトカンタ魔術士同盟および新大陸の魔王オーフェンを敵視しながらすくすく育っているようです。まあマヨールも一時はメベレンスト行きを考えたことがあり、彼がそうなっていてもなんらおかしくはなかったわけで、同盟反逆罪にも問われる立場で未開の地を彷徨っている現在との分岐点がそんなところにあったのでした。

なおマリアもかつての上司、プルートーを組織に招きたがったひとりではあるのですが、彼にとってメベレンストというのは新大陸行きよりも敷居が高かったようで、この二十三年間一度も足を踏み入れていません。

こんなとこでしょうか。次回は誰にするかなー。だいたいめぼしいとこにはもう触れちゃってるよなーと思いつつ、そういや地人領のことって全然ノータッチだなと思い出しました。いやなところ思い出しちゃったなあ。すっぽり忘れてました。

とまあそんなわけで。また次の巻末でお会いできれば幸いです。それではー。

二〇一二年一月――

秋田禎信

文庫あとがき

どうも。あとがきです。

このあとがきというやつも毎月書いていると、なんていうのか自分がいかに出不精かを思い知らさせるものでもあります。

確か先月ですよ。あまりになんにもないものだからいなばの缶詰のこと書いたりしてたのは。

この「なんにもない」というのも複雑で、まだ未定の仕事のことなんかは好き勝手に書くわけにはいかないですし、面白過ぎることなんていうのはかえって書くのが憚られたり。まあ仮に「いやあ、夜に全裸でサボテン抱えて走るのハマってるんですよ」ってことがあってもちょっと言えないですよね。

なので欲しいのは、ちょうどいいなにかなんですよ。そんなこんなで追いつめられてくると船舶免許取りにいったり、ハーモニカと教本買って2ページしか読まずに終わったりするんですな。みんなそうです。みんなそうに違いない。しまいに、書くネタがないということについて1ページくらい長々書き始めたら末期です。

そんなわけもあってですね。ついに手を出しました。一生に一度くらいやってみようとずっと思ってはいたんですけど、いまいちしっくりくるテーマに出会えなくてやりそびれていたんです。

デアゴスティーニ。

ムーミンのやつ。全百号で毎週とどいて、最後にはムーミンハウスが出来上がります。なにしろハウスですのでね。まずは建設場所ですよ。68センチ×36センチのサイズ。うちのどこかで用地を確保するところから大変です。地上げですよ。まあ片づけるってことですけど。

もたもたして置き場所決まらないうちに既にとどきはじめてしまいまして。しょっぱなから結構追いつめられてます。

でも、ぼちぼち作ったりもしてですね。玄関の階段とかベッドとか。少しずつなんですがかなり凝った感じになってて盛り上がります。これ、上手い人が作るともっとすごいんだろうなー。（上級者用の作例も少し冊子に載っていたりします）

しかし完成二年後なんですけどね。ヘヴィだぜ。

二年後の自分がなにをしていてなにを思ってるのかなんて想像もつかないですが、とりあえずムーミンハウスを組み立てていることだけが予定されてます。なんとなく不思議です。そうでもないか。

とまれ、二年後より来月のあとがきどうすんだ、というわたしでした。
それではまたー。

二〇一七年九月——

秋田禎信

速!
漫画：雀葵蘭
コミカライズ!
魔術士オーフェンはぐれ旅 プレ編」
2017年12月25日より
ニコニコ静画にて
連載開始!

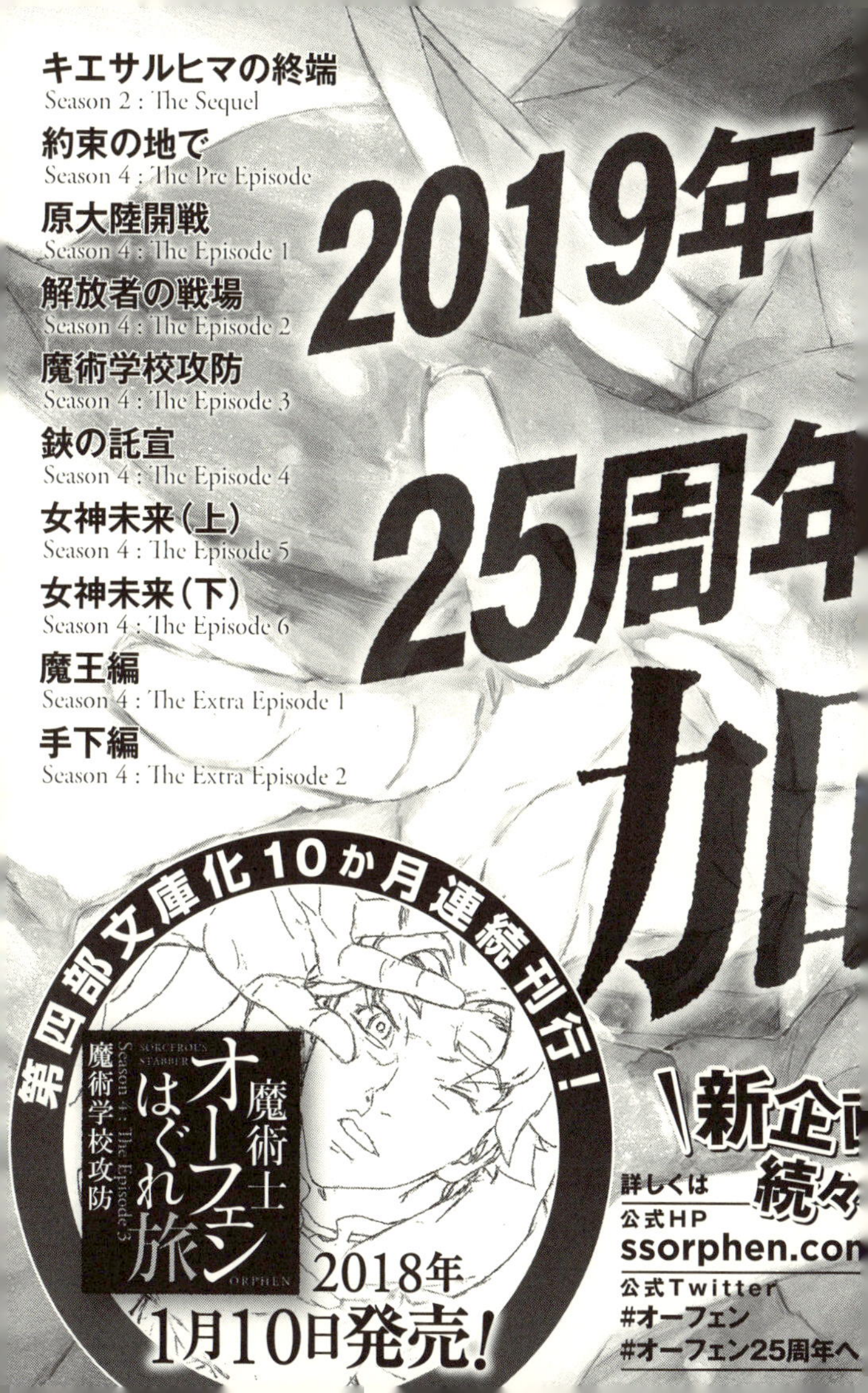

キエサルヒマの終端
Season 2 : The Sequel
約束の地で
Season 4 : The Pre Episode
原大陸開戦
Season 4 : The Episode 1
解放者の戦場
Season 4 : The Episode 2
魔術学校攻防
Season 4 : The Episode 3
鋏の託宣
Season 4 : The Episode 4
女神未来（上）
Season 4 : The Episode 5
女神未来（下）
Season 4 : The Episode 6
魔王編
Season 4 : The Extra Episode 1
手下編
Season 4 : The Extra Episode 2
2019年
25周年
加
第四部文庫化10か月連続刊行！
SORCEROUS STABBER
魔術士オーフェンはぐれ旅
Season 4 : The Episode 3
魔術学校攻防
ORPHEN
2018年1月10日発売！
新企
続々
詳しくは公式HP
ssorphen.co
公式Twitter
#オーフェン
#オーフェン25周年へ

本作は2012年3月に小社より刊行されました。

TO文庫

魔術士オーフェンはぐれ旅
解放者の戦場

2017年12月1日　第1刷発行

著　者　秋田禎信
発行者　本田武市
発行所　TOブックス
〒150-0045東京都渋谷区神泉町18-8
松濤ハイツ2F
電話03-6452-5766(編集)
0120-933-772(営業フリーダイヤル)
FAX03-6452-5680
ホームページ　http://www.tobooks.jp
メール　info@tobooks.jp

本文データ製作　TOブックスデザイン室
印刷・製本　中央精版印刷株式会社

Printed in Japan　ISBN978-4-86472-639-9